U0109338

古典詩歌研究彙刊

第三一輯

龔鵬程 主編

第5冊

論岑高邊塞詩之
治平情懷與域外視野

陳濟安 著

國家圖書館出版品預行編目資料

論岑高邊塞詩之治平情懷與域外視野／陳濟安 著 -- 初版 --
新北市：花木蘭文化事業有限公司，2022〔民 111〕
目 2+162 面；17×24 公分
（古典詩歌研究彙刊 第三一輯；第 5 冊）
ISBN 978-986-518-678-4（精裝）
1.CST：邊塞詩 2.CST：詩評 3.CST：唐代
820.91   110022039

ISBN-978-986-518-678-4

9 789865 186784

古典詩歌研究彙刊
第三一輯 第五冊   ISBN：978-986-518-678-4

論岑高邊塞詩之治平情懷與域外視野

作 者 陳濟安
主 編 龔鵬程
總 編 輯 杜潔祥
副總編輯 楊嘉樂
編輯主任 許郁翎
編 輯 張雅淋、潘玟靜、劉子瑄 美術編輯 陳逸婷
出 版 花木蘭文化事業有限公司
發 行 人 高小娟
聯絡地址 235 新北市中和區中安街七二號十三樓
電話：02-2923-1455／傳真：02-2923-1452
網 址 http://www.huamulan.tw 信箱 service@huamulans.com
印 刷 普羅文化出版廣告事業
初 版 2022 年 3 月
定 價 第三一輯共 7 冊（精裝）新台幣 13,000 元
版權所有 · 請勿翻印

論岑高邊塞詩之治平情懷與域外視野

陳濟安 著

作者簡介

陳濟安,臺中市人,國立中興大學中國文學所碩士,現任修平科技大學博雅學院講師,致力於中國古典文學的推廣普及,較關注的研究領域為南北朝邊塞詩、盛中唐邊塞詩、華夷體系之源流以及唐代社會的民族觀及邊疆秩序,教學之餘亦熱衷於拜讀前賢的著述,深自期許未來亦能在相關領域略盡棉薄之力。

提　　要

　　邊塞詩是最能體現盛唐氣象的藝術結晶,其中又以高適、岑參為代表,本書並非單就其詩歌內容進行探討,而是聚焦於兩者作品裡所共同映現的文化論述與士大夫情志,以期建構唐人對域外之視野與想像,並得到下列三項主要研究成果:首先,隨著皇室的積極經略邊疆,唐帝國與周遭民族的軍事衝突也日益頻繁,戰爭所帶來的苦難,有違儒家仁愛精神,因此,高適與岑參遂以源自《春秋公羊傳》的尊王攘夷理論作為其敘寫主軸,申明華夏文化的優越與己方政權之法統,藉此闡釋王師征討異族之道德正當性,亦呼應早在《尚書》之中便已成形的弔民伐罪思想。其次,就士大夫個人情志言,兩者或作詩自薦、冀求援引,或以詩酬贈,勸勉故交立功揚名,或吟詠古今將帥之功業,流露其矢志安邦定國的恢弘胸襟。對於當時的各種流弊,二人皆嘗提出諸多規箴,勸諫君王廣求民瘼、拔擢賢才,俾使內政清明,並須審時度勢,擬定足以根除邊患的戰略,具體展現儒生對於治國、平天下的崇高願景。再者,就域外想像言,高適、岑參共同遵循中原文人所固有的傳統,不論是在時序流轉抑或景域空間的書寫上,盡皆凸顯邊境蕭瑟悲涼的鮮明意象,深入探究兩者對於當地物產、文物之詮釋,可以清晰察覺蘊含其間的集體歷史記憶以及豐富文化內涵,足見唐人鑒觀異域、異族之感。

目

次

第一章　緒　論

　　本章將就下列三個主要面向進行陳述：一、本論文之研究動機。
二、研究現況與相關文獻回顧。三、研究範圍與方法。

第一節　研究動機

　　詩歌乃中國古典文學之瑰寶，關於其定義與用途，《毛詩‧大序》
有云：

> 詩者，志之所之也。在心為志，發言為詩。情動於中，而形
> 於言，言之不足，故嗟歎之，嗟歎之不足，故詠歌之，……
> 情發於聲，聲成文謂之音。治世之音安以樂，其政和；亂世
> 之音怨以怒，其政乖；亡國之音哀以思，其民困。故正得失，
> 動天地，感鬼神，莫近於詩。先王以是經夫婦，成孝敬，厚
> 人倫，美教化，移風俗。〔註1〕

文中指出，詩歌是個人內心情志流露於外的表現形式，同時兼具政治
教化之功用，亦即《文心雕龍‧明詩》所謂「持人情性」、「順美匡惡」
〔註2〕。王更生亦云：

〔註1〕　〔漢〕毛亨傳；〔漢〕鄭玄箋：《毛詩鄭箋》（台北：新興書局，1964年
　　　　3月），卷1，頁1。
〔註2〕　〔梁〕劉勰撰；王更生注：《文心雕龍讀本》（台北：文史哲出版社，
　　　　1984年3月），卷2，頁83～84。

> 詩歌乃感情之自然表現，文辭純樸，音韻天成，無絲毫造
> 作痕跡，……至於徵聖、宗經之文學思想，於此已不言可
> 喻了。〔註3〕

其對詩歌之觀點，當與《毛詩》及《文心雕龍》相符，詩歌在極為漫長的發展過程之中亦不斷演變，創造豐富多元的題材內容與風格意境。至於本文探討的邊塞詩，何寄澎曾對其作出如下定義：「凡詩中描寫的人、事、物，只要不脫邊塞範圍，就應列為邊塞詩。」〔註4〕就此言之，凡涉及戰爭場面、塞外風物、軍旅生活、建功立業志向、征人思婦苦楚乃至於各民族之間的矛盾對立等諸多題材，皆可納入邊塞詩的探討範疇，譚優學則更進一步界定其地域空間之範疇，〔註5〕然而譚氏僅關注創作者的「親身體驗」，未談及在「真實經歷」以外，為數眾多、不容忽視的「虛構作品」，對此，王文進嘗於《南朝山水與長城想像》一書裡詳細闡述「想像邊塞」的概念，本文亦將於第四章進行深入探討。

迄於唐代，隨著帝國版圖空前遼闊，各邊區的軍事需求急遽增加，以上述題材作為敘寫核心的邊塞詩因而蔚為流行，正式步入此詩歌國度的舞臺中央，創作成果極豐碩可觀，《全唐詩》收錄的邊塞詩篇數多達兩千首以上，〔註6〕遠超過歷代的總和。盛唐邊塞詩以正向態度謳歌帝國國力之強盛，描繪邊塞風光的奇特，陳述文人從軍之豪情以及對於四方蠻夷的批評，並於玄宗開天時期（713～756）締造一個後人再也難以企及之巔峰，是時知名詩人輩出，例如高適、岑參、李頎、王昌

〔註3〕〔梁〕劉勰撰；王更生注：《文心雕龍讀本》，卷2，頁81。

〔註4〕何寄澎：《總是玉關情：唐代邊塞詩初探》（台北：聯經出版社，1978年6月），頁7。

〔註5〕見〈邊塞詩泛論〉：「邊塞詩派作品不但在唐詩中有很高的成就，在整個中國文學史上也是很出色的，……以地域而言，主要指沿長城一線以及河西、隴右的邊塞之地。」譚優學：〈邊塞詩泛論〉，收入於西北師範大學中文系主編：《唐代邊塞詩研究論文選粹》（蘭州：甘肅教育出版社，1988年5月），頁1～2。

〔註6〕秦紹培、劉藝：〈論唐代邊塞詩及其繁榮原因〉（《新疆大學學報・哲學社會科學版》1992年1期），頁81。

齡、王之渙、李白、王維等人，皆嘗以此題材進行創作，其中又以高、岑二人的作品最受時人與後世文學評論家矚目，臺靜農有云：

> 近世文學史家，每稱高、岑兩人為唐代邊塞詩人，就兩人作品所表現的性格看出，岑參猶是文人氣質，高適倒是一個邊關英雄。至於兩家詩的風格，大體近似，皆具有沉雄感慨，俊邁自然的境界。……高所表現的皆其磊落奇俊之懷抱，岑所寫出的多為實地生活之體驗，此又是兩人所不同處。〔註7〕

美國漢學家梅維恆（Victor Henry Mair）亦云：

> 高適和岑參也經常被視為唐代邊塞詩人的雙雄，描寫唐帝國在中亞挺進時西北邊疆兵士與世隔絕的艱苦生活，……並構成了唐詩的一個單獨門類。高適和岑參都曾在幕府中擔任參軍，對於這些壯美而罕無人煙的塞外景色有廣泛的個人體驗。他們的作品，……可謂唐代邊塞詩的標竿。〔註8〕

邊塞詩雖然只是高、岑二人畢生創作之中的一小部份，但其藝術成就卻備受關注，杜甫〈寄彭州高三十五使君適虢州岑二十七長史參三十韻〉嘗曰：「高岑殊緩步，沈鮑得同行。」〔註9〕劉克莊《後村詩話·後集卷二》曰：「高適、岑參，開元、天寶以後大詩人，……歌行皆流出肺肝，無斧鑿痕。」〔註10〕嚴羽《滄浪詩話·詩評》則曰：「高岑之詩悲壯，讀之使人感慨。」〔註11〕高棅《唐詩品彙·總序》亦云：「開元、天寶間，……高適、岑參之悲壯，李頎、常建之超凡，此盛唐之盛者。」〔註12〕由上述評論可知，高、岑二人的作品乃盛唐邊塞詩之典

〔註7〕 臺靜農：《中國文學史》（台北：台大出版中心，2016 年 4 月），頁 464。
〔註8〕 〔美〕梅維恆編；馬小悟譯：《哥倫比亞中國文學史》（北京：新星出版社，2016 年 7 月），頁 321。
〔註9〕 〔唐〕杜甫撰；〔清〕仇兆鰲注：《杜詩詳注》（台北：里仁書局，1980 年 7 月），頁 640。
〔註10〕 〔宋〕劉克莊：《後村詩話》（北京：中華書局，1983 年 12 月），頁 62。
〔註11〕 〔宋〕嚴羽撰；郭紹虞校釋：《滄浪詩話校釋》（台北：里仁書局，1987 年 4 月），頁 181。
〔註12〕 〔明〕高棅：《唐詩品彙》（台北：學海出版社，1983 年 7 月），頁 8。

範，故此詩派又稱「高岑詩派」〔註 13〕。

以征戍生活為題材的詩篇，自古即有之，最早可上溯於《詩經》，諸如〈出車〉、〈采薇〉、〈擊鼓〉、〈常武〉等名篇，兩漢與魏晉時期則有〈戰城南〉、〈十五從軍征〉與曹操〈步出夏門行〉、陸機〈苦寒行〉、劉琨〈扶風歌〉等佳作，迄南北朝時期，當以鮑照〈代出自薊北門行〉、庾信〈燕歌行〉較具代表性，其中又以南朝邊塞詩最為重要，關於其興盛成因，祁立峰嘗於〈經驗匱乏者的遊戲——再探南朝邊塞詩成因〉一文中綜述當前學界較具有影響力的幾種觀點，亦即劉漢初「以文為戲說」、閻采平「北朝樂府影響說」、王文進「收復失土說」以及田曉菲「文化他者」四家之言，〔註 14〕劉漢初以為南朝邊塞詩實乃出自梁代貴遊文學集團之手，可謂一種超脫於現實經驗以外的遊戲創作。閻采平聲稱北朝樂府民歌傳入中原，進而傳入梁、陳，俾使邊塞題材的作品在南方蔚為風潮。王文進嘗於《南朝邊塞詩新論》一書裡深入闡釋「大漢圖騰」與「歷史想像」的相關論述，〔註 15〕他認為南朝文人以其特殊「時空思維」〔註 16〕，奠定邊塞詩的核心架構，賦予其獨立生命，使之得以脫離征戍詩，自成一格，對於唐代邊塞詩的發展造成深遠影響。而田曉菲則在《烽火與流星》一書裡談及「文化他者」以及「性別

〔註 13〕譚優學：〈邊塞詩泛論〉，收入於西北師範大學中文系主編：《唐代邊塞詩研究論文選粹》，頁 1。

〔註 14〕祁立峰：〈經驗匱乏者的遊戲——再探南朝邊塞詩成因〉，《漢學研究》第 29 卷 1 期（2011 年 3 月），頁 283～291。

〔註 15〕王文進：《南朝邊塞詩新論》，（台北：里仁書局，2000 年 12 月），頁 195～205、223～224。

〔註 16〕見《南朝山水與長城想像》：「南朝邊塞詩已經具涵後世邊塞詩的內在思維與外在形式，所謂內在思維即是南朝邊塞詩中普遍存在的『時空思維』，最顯著的特徵就是以長安為焦距而複製出來的大漢帝國拓邊守疆的歷史縮影，……於戰爭則以長安洛陽為焦距，輻射至當時的長城邊塞，戰爭的將軍則以當時的李廣、衛青、霍去病為主，戰爭的性質則為慘烈的胡漢之爭，……這樣的寫作習慣，仍持續至唐人的邊塞詩中。」王文進：《南朝山水與長城想像》（台北：里仁書局，2008 年 6 月），頁 210。

操演」等理論，她指出梁代文人既「想像北方」〔註17〕，極力塑造北疆之苦寒，藉以反向加強自我文化身份；亦重新「建構南方」〔註18〕，刻意描繪平民女性形象，藉以滿足渡江避難的中原士大夫之優越感。

上述四種觀點皆有其論述依據，至於其與盛唐邊塞詩之關聯，本文認為劉漢初「以文為戲說」未必適用，相較畢牛從未踏上北疆的南朝邊塞詩人，以高適、岑參為代表的部份盛唐邊塞詩人，具備游邊入幕的經歷，對塞外風光與軍旅生活有深刻而廣泛的真實體驗，故其詩篇未能與梁代貴遊文學等同視之。開天盛世的廣袤疆域當然也遠非偏安江左、積弱不振的南朝政權所能相提並論，因此，王文進的「收復失土說」亦難成立，但其反覆提及的「心靈圖像」、「大漢圖騰」，仍然時見於盛唐邊塞詩中，充分體現唐人視己方政權為繼兩漢之後的又一盛世之心理。至於田曉菲談到的「文化他者」、「性別操演」理論，亦能詮釋盛唐邊塞詩常運用的敘寫策略，頗有耐人尋味之處，值得更深入且全面的討論，關於這兩項獨特的觀點，本文將於第三、四章進行闡述，並援引高、岑詩篇佐證之。

此外，盛唐邊塞詩與南朝邊塞詩的另一不同之處，便在於文人普遍抱持的積極樂觀態度，亦即他們對於自身國家、民族乃至於文化之

〔註17〕 見《烽火與流星》：「在南北朝時期，南人出於政治需要，把北方的形象塑造為蠻荒、樸野、自然，這些價值觀本身即存在褒貶曖昧之處。南人之本意，在於強調北人之疏野，以求突出南人之文明，以正統漢文化的傳人自居。」田曉菲：《烽火與流星》（新竹：國立清華大學出版社，2009年8月），頁265。

〔註18〕 見《烽火與流星》：「南朝樂府不可以被視為單純的『民歌』，……與其把這些樂府視為女兒之歌，倒不如探討它們在象徵意義上的『女性化』，這一女性化之所以是象徵意義上的，是因為它們被邊緣化，被視為與『雅樂』相對的『俗樂』，因為它們曾被當成南方平民文化的代表，直到今天猶然，如果在父權社會結構中「女性」或「陰性」總是被邊緣化，那麼這些歌就構成一個「女性」或「陰性」的空間，被（男性）文化精英階層出於種種目的加以利用，……這些樂府構成北方貴族移民的文化劇場，他們可以在其中滿足自己對南方本土平民的想像。」田曉菲：《烽火與流星》，頁279～280。

高度自信，這種奮發昂揚的心理狀態，當與唐帝國極為鼎盛之武功有
關。縱觀前半部的唐代歷史，可說是華夏文明發展過程中的一段黃金
歲月，其整體國力之強盛以及在國際間的威望之崇高，歷代罕有其比，
向來飽受草原遊牧民族欺壓的漢族，於此完全扭轉頹勢，一躍成為東
亞地區最強勢的領導者，《舊唐書》詳載太宗貞觀四年（630）以及高宗
顯慶二年（657）相繼平定東、西突厥之事，〔註19〕這兩次重大軍事勝
利，徹底掃除自西晉末年以來，困擾中原長達數百年的北方邊患，其後
東、西突厥雖然皆曾復國，卻再無威脅華夏民族生存發展之能力，唐帝
國的版圖亦於高宗總章元年（668）平定高句麗之後達到最大，東起朝
鮮半島北側，西臨中亞鹹海，北抵俄羅斯貝加爾湖，南至越南北部，其
疆域之遼闊，即便武功同樣鼎盛的漢代也望塵莫及，因此，盛唐邊塞詩
所流露之恢弘氣象與昂揚情調，亦遠非南朝邊塞詩所能比擬，可謂空
前亦絕後的文化結晶。

　　在不斷向外擴張的過程之中，唐帝國也與周邊各民族爆發無數次
大小不一的軍事衝突，其主要邊患也隨著時代的推移而有所不同，自
太宗與高宗二朝的東、西突厥，乃至於玄宗朝的契丹、回紇、吐蕃，皆
嘗對於邊防造成一定程度之影響，為有效因應隨時可能到來的戰爭，
並妥善管理廣袤無垠的邊陲之地，唐朝政府的軍事政策也不斷進行調
整，從高宗朝的六都護府，以至於玄宗朝的十節度使，〔註20〕透過此

〔註19〕　見《舊唐書・太宗本紀》：「四年春正月乙亥，定襄道行軍總管李靖破
　　　　　突厥，獲隋皇后蕭氏及煬帝之孫正道，送至京師。……李靖又破突厥
　　　　　於陰山，頡利可汗輕騎遠遁。……三月庚辰，大同道行軍副總管張寶
　　　　　相生擒頡利可汗，獻于京師。……自是西北諸蕃咸請上尊號為『天可
　　　　　汗』。」《舊唐書・高宗本紀》：「蘇定方攻破西突厥沙缽羅可汗賀魯……
　　　　　賀魯走石國，副將蕭嗣業追擒之，收其人畜前後四十餘萬。甲寅，西
　　　　　域平，以其地置濛池、昆陵二都護府，復于龜茲國置安西都護府，以
　　　　　高昌故地為西州。」〔後晉〕劉昫撰；楊家駱主編：《新校本舊唐書》
　　　　　（台北：鼎文書局，1976 年 10 月），頁 39、78。
〔註20〕　岑仲勉：《隋唐史》（石家莊：河北教育出版社，2000 年 12 月），頁
　　　　　217。

地方軍政合一的模式來靈活調度兵力，藉以對付叛服無常，行動又極為迅速的遊牧民族。此外，值得特別注意的是，唐代科舉考試制度未臻完備，行卷舞弊風氣盛行，進士科為數不多的員額泰半為權貴子弟所佔據，寒門士子難以與之競爭，〔註21〕制度的缺陷造成眾多底層文人無緣躋身仕途，在這樣的困境之下，他們不得不另闢蹊徑，各邊區的節度使有權自行選拔人才擔任幕僚，遂吸引眾多科舉落第或仕途困厄的文人投奔於其幕下，秦紹培、劉藝〈論唐代邊塞詩及其繁榮原因〉有云：

> 從初唐詩人們開始將詩歌題材「從臺閣移至江山與塞漠」以後，寫邊塞的詩人層出不窮，邊塞詩作數量劇增，質量高超，流傳千古的名篇也隨處可見，這一局面足以說明邊塞詩在唐代的如火如荼之勢，我們可以說，唐代詩壇如果沒有繁盛的邊塞詩為之添彩，會大為遜色的。〔註22〕

文中又進一步指出：

> 唐以前，由於沒有大批文人嚮往邊塞，投佐幕府，是當時邊塞詩未能長足發展的一個不容忽視的原因。只有唐代詩人，在盛世的時代精神感召下，赴邊從戎，才迎來了邊塞詩空前的繁榮。〔註23〕

誠如其所言，時代機緣、社會氛圍以及政策制度等各項因素，皆促成盛唐邊塞詩的蓬勃發展，亦使其跳脫南朝邊塞詩「以文為戲」〔註24〕之

〔註21〕 見《隋唐史》：「進士比明經鑽研較廣，懸格稍高，名額又較少，《通典》所稱開元二十四年以後『進士漸難』，自是實情。再從客觀方面說，人情都貴難而賤易，社會上當然輕視明經，同時，進士所習能適應於上層工作，仕途上應易於進展。……由是寒族遂向進士科與貴族作殊死鬥爭，……然而當封建時代，政治率為反動勢力所把持、籠罩，主司恆被其支配。」岑仲勉：《隋唐史》，頁184。

〔註22〕 秦紹培、劉藝：〈論唐代邊塞詩及其繁榮原因〉，頁83。

〔註23〕 秦紹培、劉藝：〈論唐代邊塞詩及其繁榮原因〉，頁86。

〔註24〕 劉漢初：〈梁朝邊塞詩小論〉，收入於香港中文大學中文系主編：《魏晉南北朝文學論集》（台北：文史哲出版社，1994年11月），頁69～82。

窠臼，完美結合民族歷史想像與個人實際見聞，以高適、岑參為首的盛唐邊塞詩人，據其親身經歷進行異域書寫，為這個璀璨的時代留下無數動人篇章。

如前文所述，高適、岑參二人的邊塞詩歌歷來備受矚目，相關的研究文獻自是不在少數，但是，這些文獻大多惟就文學之脈絡而言，探討其詩歌中的句法、用韻、情感、風格與整體成就，但卻甚少關注其作品當中所蘊涵的文化意象，以及在帝國不斷向外擴張的時代背景下，唐代士子對異族、異域之集體意識，上述這些議題，都是應留意而前賢研究卻未臻完備之重要面向，因此本文擬藉由對高適、岑參作品之剖析，來探討盛唐邊塞詩人對域外之視野與想像，在傳統詩言志的理論基礎上，更進一步論述詩歌與時局發展、社會現況，乃至於整個民族的文化之關聯性，希望藉此議題之設定，得以促使往後的研究者關注那些向來較少被注意到的側面，以期能使邊塞詩歌的研究更加豐富完備。

第二節　研究現況

關於盛唐邊塞詩以及高適、岑參二人之相關研究及論述，歷來已累積相當豐碩可觀的成果，本文將其分為下列三個主要面向，茲分述如次：

一、文獻考察：高適、岑參生平與著作考證

文獻考察乃知人論事之始，本論文以高適、岑參作為研究對象，自然必須針對此二位唐代邊塞詩家的生平與著作進行相關文獻之整理。

（一）高適

高適素為唐詩研究的一大焦點，相關論述已頗為精緻，大致可分成家世生平、交游關係以及詩歌創作考述這三個面向以資討論。

1. 家世生平考證

　　高適雖出身貧寒，但其晚年卻日益顯達，進封渤海縣侯，死後受朝廷追贈禮部尚書，故兩唐書皆嘗為之立傳，提供後人在研究上的重要依據，綜觀當代的文獻，有彭蘭〈高適繫年考證〉、孫欽善〈高適年譜〉、左雲霖《高適傳論》、佘正松《高適研究》以及周勛初《高適年譜》等極具參考價值之著作，〔註 25〕詳實考證其生平經歷、重要事蹟與各方面的成就，其中又以周勛初《高適年譜》最為完備，有助本文研究高適的家族世系、仕宦際遇以及行旅足跡等基本背景知識，瞭解此人的思想特徵與其邊塞詩篇的創作旨趣，進而得以闡述其治平情懷與域外視野。至於周勛初〈高適生平若干問題的探討〉、彭蘭〈關于高適研究中若干問題的探討〉、孫欽善〈高適年譜諸疑考辨〉等單篇論文，〔註 26〕則針對兩唐書本傳以及現有文獻資料裡部份未臻精確之處進行更詳實的考察，藉此釐清諸如「適年過五十，始留意詩什」這類以訛傳訛的說法，避免研究者受其誤導。而仇鹿鳴、唐雯〈高適家世及其早年經歷釋證——以新出《高崇文玄堂記》、《高逸墓志》為中心〉這篇論文，〔註 27〕則以近年出土的文獻為證，探討高崇文、高崇德、高崇禮三個支系的發展情形，有助於研究者深入瞭解高適的父系親族之概況。至於張馨心〈高適研究述評〉一文，〔註 28〕則以更全面的視角，將前人

〔註 25〕　彭蘭：〈高適繫年考證〉（《文史》1963 年第 3 輯）。孫欽善：〈高適年譜〉（《北京大學學報・人文科學版》1963 年第 6 期）。左雲霖：《高適傳論》（北京：人民文學出版社，1985 年 5 月）。佘正松：《高適研究》（成都：巴蜀書社，1992 年 8 月）。周勛初：《高適年譜》，收入周勛初：《周勛初文集》（南京：江蘇古籍出版社，2000 年 9 月）。

〔註 26〕　周勛初：〈高適生平若干問題的探討——兼評文學研究所《唐詩選》〉（《文學評論》1979 年第 2 期）。彭蘭：〈關于高適研究中若干問題的探討〉（《武漢師範學院學報・哲學社會科學版》1982 年 1 期）。孫欽善：〈高適年譜諸疑考辨〉（《北京大學學報・哲學社會科學版》1983 年第 4 期）。

〔註 27〕　仇鹿鳴、唐雯〈高適家世及其早年經歷釋證——以新出《高崇文玄堂記》、《高逸墓志》為中心〉（《社會科學》2010 年第 4 期）。

〔註 28〕　張馨心：〈高適研究述評〉（《甘肅社會科學》2011 年第 1 期）。

研究的概況進行系統性整理，取得甚為不俗之成果，有利於相關研究者快速掌握當前的研究現況與未竟之處，堪稱近期以來的一篇重要著作。

2. 交游關係考證

身為活躍於開元、天寶時期的著名詩家，高適與李白、杜甫、岑參、薛據以及儲光羲等時人均有往來，關於其交游狀況，亦為一項不容忽視的研究議題，阮廷瑜〈高適交遊考〉已首開兩岸先聲，[註29] 近年則有劉峰《交游天下才，悲歌傷懷抱——高適交游詩研究》一學位論文，[註30] 針對高適為數眾多的交游詩進行系統性的整理，分別就其北遊求仕、宋中耕讀、出塞入幕等不同階段展開全面探討，對於本文研究實具有莫大裨益。至於喬長阜〈杜甫與高適李白游宋中考辨——兼辨杜李游魯及杜入長安時間〉、張馨心〈盛唐詩人高適、李白的人生選擇及交游關係新議〉、辛曉娟〈杜甫與高適蜀中關係新論〉、秦丹丹《安史亂後李白、高適、杜甫關係研究》、伍鈞鈞〈高適李白杜甫同游梁宋探析〉等論文，[註31] 則聚焦於高適在特定階段的交游關係，有助於研究者細探其某一時期的詩歌創作之時空背景與思想內涵。

3. 詩歌創作考證

高適存詩約二百四十餘首，現有阮廷瑜《高常侍詩校注》、徐無聞〈高適詩文繫年稿〉、孫欽善《高適集校注》與劉開揚《高適詩集編

〔註29〕 阮廷瑜：〈高適交遊考〉（《大陸雜誌》第 30 卷 7 期–第 30 卷 8 期，1965 年 4 月）。

〔註30〕 劉峰：《交游天下才，悲歌傷懷抱——高適交游詩研究》（北京：首都師範大學中國古代文學碩士論文，2012 年 5 月）。

〔註31〕 喬長阜：〈杜甫與高適李白游宋中考辨——兼辨杜李游魯及杜入長安時間〉（《杜甫研究學刊》1995 年第 2 期）。張馨心：〈盛唐詩人高適、李白的人生選擇及交游關係新議〉（《甘肅社會科學》2013 年第 4 期）。辛曉娟：〈杜甫與高適蜀中關係新論〉（《中國典籍與文化》2014 年 2 期）。秦丹丹：《安史亂後李白、高適、杜甫關係研究》（保定：河北大學中國古代文學碩士論文，2017 年 6 月）。伍鈞鈞：〈高適李白杜甫同游梁宋探析〉（《中國文化研究》2017 年第 3 期）。

年箋注》等重要著作，﹝註 32﹞為其作品進行繫年及校釋，而其中又以
劉開揚的版本最為詳實完備，既依創作時間的先後順序進行排列，亦
詳細整理歷代論者對高適的詩歌成就之評述，故本文遂以其作為研究
底本。孫欽善〈《高適集》版本考〉、孫欽善〈《高適集》校敦煌殘卷
記〉、吳肅森〈敦煌殘卷高適佚詩初探〉、張錫厚〈敦煌本《高適詩集》
考述〉、邵文實〈敦煌遺書 P3812 號中所見高適詩考辨〉等論文，﹝註
33﹞則以敦煌本為根據，針對高適詩中異文、佚詩與流傳版本等問題
進行詳實考證，皆獲得眾多有別於既往認知的發現。而佘正松〈九曲
之戰與高適詩歌中的愛國主義〉、劉滿〈高適詩地名考證〉、余嘉華〈高
適《李雲南征蠻詩》有關史實辨略〉、龐琳〈高適詩《同呂判官從哥舒
大夫破洪濟城回登積石軍多福寺七級浮圖》史地考釋〉以及陸凌霄〈高
適《燕歌行》意蘊尋繹〉等論文，﹝註 34﹞則深入探究高適詩歌中所提
及的史實與地名。此外，蔡振念著有《高適詩研究》一書，﹝註 35﹞綜
述其詩歌創作背景、語法句式、聲韻節律、典故運用與整體意象，提
出甚多別具創見的論點，堪稱臺灣近十餘年來高詩研究的權威著作，

﹝註 32﹞　〔唐〕高適撰；阮廷瑜注：《高常侍詩校注》（台北：國立編譯館中華
　　　　　叢書編審委員會，1965 年）。徐無聞：〈高適詩文繫年稿〉（《西南師範
　　　　　大學學報・人文社會科學版》1980 年 2 期）。〔唐〕高適撰；孫欽善注：
　　　　　《高適集校注》（上海：上海古籍出版社，1984 年 2 月）。〔唐〕高適
　　　　　撰；劉開揚注：《高適詩集編年箋註》（北京：中華書局，2000 年 1 月）。
﹝註 33﹞　孫欽善：〈《高適集》版本考〉（《文獻》1982 年第 1 期）。孫欽善：〈《高
　　　　　適集》校敦煌殘卷記〉（《文獻》1983 年第 3 期）。吳肅森：〈敦煌殘卷
　　　　　高適佚詩初探〉（《敦煌研究》1985 年第 3 期）。張錫厚：〈敦煌本《高
　　　　　適詩集》考述〉（《文獻》1995 年第 4 期）。邵文實：〈敦煌遺書 P3812
　　　　　號中所見高適詩考辨〉（《文獻》1997 年第 1 期）。
﹝註 34﹞　佘正松：〈九曲之戰與高適詩歌中的愛國主義〉（《文學遺產》1981 年
　　　　　1 期）。劉滿：〈高適詩地名考證〉（《蘭州大學學報》1984 年 4 期）。余
　　　　　嘉華：〈高適《李雲南征蠻詩》有關史實辨略〉（《雲南師範大學學報・
　　　　　哲學社會科學版》1986 年 5 期）。龐琳：〈高適詩《同呂判官從哥舒大
　　　　　夫破洪濟城回登積石軍多福寺七級浮圖》史地考釋〉（《青海民族學院
　　　　　學報》1992 年 1 期）。陸凌霄：〈高適《燕歌行》意蘊尋繹〉（《廣西民
　　　　　族學院學報・哲學社會科學版》1995 年 4 期）。
﹝註 35﹞　蔡振念：《高適詩研究》（台北：花木蘭文化出版社，2008 年 9 月）。

頗有值得後人留意、參酌之處。

（二）岑參

岑參作為與高適齊名的唐代邊塞詩人，以雄壯奇麗的詩風見稱於世，備受歷代詩論家與研究者矚目，迄今為止也累積了相當卓越的研究成果，本論文亦將其分為家世生平、交游關係以及詩歌創作三個類型。

1. 家世生平考證

兩唐書皆未替岑參立傳，其〈感舊賦〉與杜確〈岑嘉州詩集序〉同為研究他的家世生平之重要資料。民國以後，賴義輝〈岑參年譜〉、聞一多〈岑嘉州繫年考證〉首開兩岸岑參研究之先聲，〔註36〕具有相當高的參考價值，而近年來則有孫映逵〈岑參生年考辨〉、劉尚勇〈岑參生卒年考〉、史墨卿《岑參研究》、廖立《岑參評傳》、廖立〈唐代戶籍制與岑參籍貫〉、廖立〈岑參生年再辨——兼及各說論證方法〉、王勛成〈岑參入仕年月及生年考〉、王勛成〈岑參去世年月辨考〉以及孫植〈岑參生年諸說辨疑〉等多部專書與論文，〔註37〕仔細考證其生卒年、籍貫與重要經歷，其中又以廖立《岑參評傳》一書最周全完備，依序針對岑參各個時期的際遇進行詳實陳述，有助於本文探討此人的生平概況與思想特徵，進而得以充分闡述其治平情懷以及域外視野。而孫映逵〈岑參邊塞經歷考〉、廖立〈岑參赴西域時間路途考補〉、廖立〈吐魯

〔註36〕 賴義輝：〈岑參年譜〉（《嶺南學報》第 1 卷第 2 期，1930 年 5 月）。聞一多：〈岑嘉州繫年考證〉（《清華學報》第 8 卷第 2 期，1933 年 6 月）。

〔註37〕 孫映逵：〈岑參生年考辨〉（《南京師大學報‧社會科學版》1981 年第 3 期）。劉尚勇：〈岑參生卒年考〉（《成都大學學報‧社會科學版》1983 年第 2 期）。史墨卿：《岑參研究》（台北：台灣商務印書館，1985 年 2 月）。廖立：《岑參評傳》（北京：人民文學出版社，1990 年 8 月）。廖立：〈唐代戶籍制與岑參籍貫〉（《中州學刊》1986 年第 4 期）。廖立：〈岑參生年再辨——兼及各說的論證方法〉（《鄭州大學學報‧哲學社會科學版》1994 年第 6 期）。王勛成：〈岑參入仕年月及生年考〉（《文學遺產》2003 年 4 期）。王勛成：〈岑參去世年月辨考〉（《蘭州大學學報》1990 年 4 期）。孫植：〈岑參生年諸說辨疑〉（《海南師範大學學報‧社會科學版》2013 年第 9 期）。

番出土文書與岑參〉、史國強〈岑參赴安西路途考證〉、李芳民〈岑參安西之行事跡新考〉與夏國強〈岑參首赴安西路途與唐代絲綢之路南道〉等單篇論文，〔註38〕則專就岑參兩度出塞的事跡進行深入考察，可與詩中的內容相互印證，實乃研究其邊塞詩所不可或缺的重要參考文獻，頗有值得後人參酌之處。

2. 交游關係考證

關於岑參與時人的互動關係，目前有王劉純〈岑參交游考辨──閻防、杜位與嚴維〉、廖立〈岑參詩友考〉、李厚瓊〈岑參入蜀未與杜鴻漸同行〉、李厚瓊〈岑參蜀中交游考〉、馬登杰〈岑參詩中的西域主將和僚佐〉等多篇論文，〔註39〕詳實考察岑參在各時期的交游概況。另外，劉文娟著有《岑參送別詩初探》一學位論文，〔註40〕專就其現存作品中佔比甚高的送別詩篇進行考述，有利於相關研究者拼湊還原岑參的人際網絡與生活面貌，頗具參考價值，提供許多本文在研究上所需的背景知識。

3. 詩歌創作考證

岑參存詩約四百首，現有孫映逵《岑參詩傳》、劉開揚《岑參詩集編年箋註》、廖立《岑嘉州詩箋注》與陳鐵民《岑參集校注》等專

〔註38〕 孫映逵：〈岑參邊塞經歷考〉（《徐州師範學院學報》1984 年 2 期）。廖立：〈岑參赴西域時間路途考補〉（《河南大學學報‧社會科學版》1995 年 4 期）。廖立：〈吐魯番出土文書與岑參〉（《新疆大學學報‧哲學社會科學版》1996 年 1 期）。史國強：〈岑參赴安西路途考證〉（《新疆大學學報‧哲學社會科學版》2007 年 1 期）。李芳民：〈岑參安西之行事跡新考〉（《復旦學報‧社會科學版》2014 年 5 期）。夏國強：〈岑參首赴安西路途與唐代絲綢之路南道〉（《新疆大學學報‧哲學社會科學版》2017 年第 5 期）。
〔註39〕 王劉純：〈岑參交游考辨──閻防、杜位與嚴維〉（《河南大學學報‧哲學社會科學版》1988 年 5 期）。廖立：〈岑參詩友考〉（《鄭州大學學報‧哲學社會科學版》1991 年第 1 期）。李厚瓊：〈岑參入蜀未與杜鴻漸同行〉（《內江師範學院學報》2005 年第 3 期）。李厚瓊：〈岑參蜀中交游考〉（《樂山師範學院學報》2006 年第 9 期）。馬登杰：〈岑參詩中的西域主將和僚佐〉（《西域研究》2009 年第 4 期）。
〔註40〕 劉文娟：《岑參送別詩初探》（西安：陝西師範大學中國古代文學所碩士論文，2012 年 5 月）。

書，〔註41〕詳細考證其詩歌創作的時空背景，並為之作注，皆為極具
參考價值的重要文獻，而其中又以陳鐵民的注本為佳，內容完備、校
點清晰，並詳細整理歷代論者對岑詩的評述，故本文以之作為研究底
本。至於岑參最受後世矚目之邊塞詩，歷來亦有甚為豐碩可觀的研究
成果，目前有劉滿〈岑參「西征」詩地名探討〉、蘇北海〈岑參《輪臺
歌》的幾個考證〉、李羿萱〈岑參西域詩中的火山、赤亭、走馬川考〉、
謝建忠〈試探岑參詩中的西域胡人〉、薛天緯〈岑參詩與唐輪臺〉、朱
秋德〈以詩證史：岑參邊塞詩中有關唐代西域名稱的變遷〉等論文，
〔註42〕即就其詩中所涉及之西域人、事、地、物進行深入考述，提供
許多在詩歌研究方面所需的背景知識，對本文頗有裨益。盧葦〈岑參
西域之行及其邊塞詩中對唐代西域情況的反映〉、柴劍虹〈岑參邊塞
詩和唐代的中西交往〉與夏國強〈岑參西域詩史地學價值論略〉等論
文，〔註43〕則以恢弘視角探討岑參邊塞詩所映現之西域實況，有利相
關研究者瞭解當時安西、北庭與中亞一帶的局勢，以及唐帝國與鐵勒
諸部、昭武九姓等氏族在政治、軍事、經貿、文化各方面的互動情形，
頗有值得後人參酌之處，亦與本文所欲探之域外視野有所關聯。

〔註41〕 孫映逵：《岑參詩傳》（鄭州：中州古籍出版社，1989年12月）。劉開
揚：《岑參詩集編年箋註》（成都：巴蜀書社，1995年11月）。〔唐〕
岑參撰；廖立注：《岑嘉州詩箋注》（北京：中華書局，2004年9月）。
〔唐〕岑參撰；陳鐵民、侯忠義注：《岑參集校注》（上海：上海古籍
出版社，2004年9月）。

〔註42〕 劉滿：〈岑參「西征」詩地名探討〉（《西北師大學報·社會科學版》1982
年第4期）。蘇北海：〈岑參《輪臺歌》的幾個考證〉（《人文雜誌》1984
年第1期）。李羿萱：〈岑參西域詩中的火山、赤亭、走馬川考〉（《西北
史地》1995年第4期）。謝建忠：〈試探岑參詩中的西域胡人〉（《西南
民族學院學報·哲學社會科學版》2001年第11期）。薛天緯：〈岑參詩
與唐輪臺〉（《文學遺產》2005年5期）。朱秋德：〈以詩證史：岑參邊
塞詩中有關唐代西域名稱的變遷〉（《中國文學研究》2006年1期）。

〔註43〕 盧葦：〈岑參西域之行及其邊塞詩中對唐代西域情況的反映〉（《蘭州大
學學報》1980年第1期）。柴劍虹：〈岑參邊塞詩和唐代的中西交往〉
（《西北大學學報·哲學社會科學版》1984年第1期）。夏國強：〈岑
參西域詩史地學價值論略〉（《昌吉學院學報》2017年第1期）。

二、內容探討：綜述盛唐邊塞詩、域外書寫

　　邊塞詩本為涵蓋自然景觀及人文活動等各種元素的文本，既能表述士大夫的個人情志與共通意識，亦緊密扣合當時的社會脈動，實乃後世研究唐代軍政制度、疆域變遷、對外關係及文化內涵之重要依據，可與現存的史地文獻相互參證，對於這種最能夠展現恢弘繁盛的大唐氣象之文化載體，迄今已有相當卓越的研究成績，本文將其分為三個主要類型以資討論，茲分述如下：

1. 綜合陳述、文體源流、時代背景

　　誠如前文所述，邊塞詩不始於唐代，濫觴自先秦，歷經兩漢、魏晉時期的漫長發展，逐漸定型於南朝，並在唐玄宗開元、天寶年間登峰造極，創造出令後世再也難以企及的璀璨成果，頗能體現唐人對赫然國容之高度自信及其共同抱持的昂揚精神，有關於盛唐邊塞詩的探討，向來是中國古典文學研究之中的一項熱門議題，歷代研究者眾多，也因此累積了十分豐碩可觀的成果，就當前現況而言，現有葉金〈論盛唐邊塞詩〉、左雲霖〈尚武社會風氣的形成及其對盛唐邊塞詩的影響〉、胡大浚〈邊塞詩之涵義與唐代邊塞詩的繁榮〉、徐定祥〈文章四友和盛唐邊塞詩——兼談邊塞詩的文學淵源〉、秦紹培、劉藝〈論唐代邊塞詩及其繁榮原因〉等論文，〔註44〕詳細闡述邊塞詩的定義、起源及其在唐代趨於鼎盛之成因，具有甚為卓越的研究成績。戴偉華〈對文人入幕與盛唐高岑邊塞詩幾個問題的考察〉、冉旭〈論盛唐詩人入幕的實況和對邊塞詩的影響——從明人「例就辟外幕」說談起〉、陳鐵民〈關於文人出塞與盛唐邊塞詩的繁榮——兼與戴偉華同志商

〔註44〕　葉金：〈論盛唐邊塞詩〉（《社會科學》1983年2期）。左雲霖：〈尚武社會風氣的形成及其對盛唐邊塞詩的影響〉（《社會科學輯刊》1984年4期）。胡大浚：〈邊塞詩之涵義與唐代邊塞詩的繁榮〉（《西北師大學報‧社會科學版》1986年2期）。徐定祥：〈文章四友和盛唐邊塞詩——兼談邊塞詩的文學淵源〉（《安徽大學學報》1988年第4期）。秦紹培、劉藝：〈論唐代邊塞詩及其繁榮原因〉（《新疆大學學報‧哲學社會科學》1992年第1期）。

權〉等論文,〔註45〕則聚焦於初盛唐的入幕風潮與其對邊塞詩所造成之深遠影響,亦有助於本文探討高適、岑參二人數度游邊的動機。秦紹培、劉藝〈論唐代邊塞詩的思想價值〉以及霍然〈論盛唐邊塞詩與唐人社會心態〉這兩篇論文,〔註46〕則與本文所留意的文人情懷、集體意識密切相關,對本文的研究頗有裨益。此外,應曉琴著有《唐代邊塞詩綜論》,〔註47〕總結前人之研究成果,並綜述邊塞詩的源流、形式、內容與類型,提出甚多別具創見的獨特觀點,堪稱是近十餘年以來兩岸邊塞詩研究的又一力作,頗有值得參酌之處。

2. 景域空間書寫

唐代中前期,帝國幅員極其遼闊,邊地迥異於中原之獨特自然景觀,令遠道而來的幕府文人備感新奇,遂成為邊塞詩中甚為常見的一個書寫對象,若深入掘發其敘寫脈絡,可察覺創作者在景域空間之營構上,存在著由來已久的書寫傳統,反映他們身處異域之際的共同觀感與情志,就當前現況而言,已有李智君〈詩性空間:唐代西北邊塞詩意象地理研究〉、范武杰《唐代西北邊塞詩山川意象研究》、王永莉〈唐代邊塞詩「絕域」意象的歷史地理學考察〉等論文,〔註48〕探討唐代邊塞詩的意象營構技巧,與本文所關注的域外想像、文化他者等議題

〔註45〕 戴偉華:〈對文人入幕與盛唐高岑邊塞詩幾個問題的考察〉(《文學遺產》1995 年 2 期)。冉旭:〈論盛唐詩人入幕的實況和對邊塞詩的影響──從明人「例就辟外幕」說談起〉(《上海師範大學學報・哲學社會科學版》2000 年第 4 期)。陳鐵民:〈關於文人出塞與盛唐邊塞詩的繁榮──兼與戴偉華同志商榷〉(《文學遺產》2002 年第 3 期)。

〔註46〕 秦紹培、劉藝:〈論唐代邊塞詩的思想價值〉(《新疆大學學報・哲學社會科學版》1993 年 1 期)。霍然:〈論盛唐邊塞詩與唐人社會心態〉(《江海學刊》1996 年第 6 期)。

〔註47〕 應曉琴:《唐代邊塞詩綜論》(上海:華東師範大學中國古代文學博士論文,2007 年 5 月)。

〔註48〕 李智君:〈詩性空間:唐代西北邊塞詩意象地理研究〉(《寧夏社會科學》2004 年 6 期)。范武杰:《唐代西北邊塞詩山川意象研究》(蘭州:西北民族大學文藝學碩士論文,2014 年 5 月)。王永莉:〈唐代邊塞詩「絕域」意象的歷史地理學考察〉(《人文雜誌》2014 年 10 期)。

多有關聯，亦有助於研究者透視盛唐邊塞詩的敘寫脈絡，瞭解詩人如何藉由特定詞彙、物象展演其內心情志。趙志強〈初盛唐邊塞詩的時空描寫藝術再探〉、燕曉洋〈絲綢之路景觀與岑參邊塞詩的空間想像〉、徐煒紅〈論盛唐邊塞詩空間美感的形成〉等論文，〔註49〕詳細闡述各首詩篇裡的觀察視角、色彩運用、空間配置、整體意象以及其共同映現之文人想像與情懷，有助於研究者瞭解詩人當下的心理狀態，進而掌握全詩所欲傳達之意蘊。

3. 民族關係、文化意蘊

隨著李唐皇室對經略邊疆的高度重視，唐帝國積極向外擴張版圖之步伐未曾間歇，與周邊民族的關係亦至為複雜，迄玄宗一朝，東北有契丹、奚、靺鞨，西北有包含回紇在內的鐵勒諸部，與活躍於中亞一帶，以粟特人作為主體的昭武九姓，至於西南邊境，亦有吐蕃、南詔、大小勃律等政權，各族勢力與唐王朝彼此間縱橫捭闔，形勢變幻莫測，置身邊地的幕府文人，自也多於其邊塞詩中關注外交局勢，現有禹克坤〈唐代邊塞詩與民族問題〉、余恕誠、王樹森〈論初盛唐東北邊塞詩及其政治軍事背景〉、王樹森〈唐蕃角力與盛唐西北邊塞詩〉、馮淑然〈從初盛唐邊塞詩看東北民族關係〉等論文，〔註50〕對於盛唐邊塞詩中所反映的複雜民族議題進行深入闡述，亦與本文所聚焦的華夷意識、胡漢關係密切相關，對本文的研究頗有裨益。另外一方面，綜觀唐代邊塞詩的內容，可以清晰察覺其對於漢代歷史之縱向繼承，充分體現唐

〔註49〕　趙志強：〈初盛唐邊塞詩的時空描寫藝術再探〉（《華北電力大學學報‧社會科學版》2016 年 2 期）。燕曉洋：〈絲綢之路景觀與岑參邊塞詩的空間想像〉（《哈爾濱師範大學社會科學學報》2017 年第 6 期）。徐煒紅：〈論盛唐邊塞詩空間美感的形成〉（《短篇小說》2018 年第 14 期）。

〔註50〕　禹克坤：〈唐代邊塞詩與民族問題〉（《中央民族學院學報》1991 年第 2 期）。余恕誠、王樹森：〈論初盛唐東北邊塞詩及其政治軍事背景〉（《吉林師範大學學報‧人文社會科學》2014 年 1 期）。王樹森：〈唐蕃角力與盛唐西北邊塞詩〉（《北京大學學報‧哲學社會科學版》2014 年第 4 期）。馮淑然：〈從初盛唐邊塞詩看東北民族關係〉（《內蒙古民族大學學報‧社會科學版》2017 年 3 期）。

人內心渴望重拾前朝榮光的積極思維，詩中有關西域文化之橫向移植，亦反映帝國兼容並蓄的恢弘胸襟及其社會文化的多元面貌，就此而言，現有胡大浚〈唐代社會文化心理與唐代邊塞詩〉、張玉娟〈試論唐代邊塞詩「以漢喻唐」模式〉、任文京《唐代邊塞詩的文化闡釋》、何蕾〈唐代邊塞詩對於漢代歷史文化的記憶與書寫〉以及姜玉琴〈論盛唐邊塞詩對於「漢文本」的引用與改寫〉等多篇論文，〔註51〕深入掘發蘊藏於邊塞詩中的豐富意涵，既能夠呼應王文進所提出的「心靈圖像」與「大漢圖騰」理論，亦有助於本文探討高、岑邊塞詩中流露的民族意識、歷史記憶與文化認同，提供許多極具參考價值的觀點。關於唐代邊塞詩中甚常提及的胡樂，亦有崔玉梅〈初盛唐邊塞詩中的胡樂器解讀〉、黃倩〈論盛唐邊塞詩中的西域樂器意象──以琵琶、羌笛為例〉這兩篇論文，〔註52〕就其中所寄寓的文人情懷進行闡釋，梳理中原士大夫對於特定西域樂器的敘寫脈絡，進而得以探究創作者的內心想像世界，提供許多對於本文在撰述上有所幫助的寶貴指引。

三、比較研究：高適、岑參詩歌同異之探討

　　高適與岑參同為開元、天寶年間的詩人，兩者的出身及際遇甚為相似，亦皆嘗數度奔赴邊疆幕府，就其切身的軍旅生活體驗進行邊塞書寫，兩者俱以慷慨激昂、雄渾豪壯的詩風見稱於世，但細讀二人詩作，仍然可以察覺其中的諸多歧異之處，關於兩者的詩歌同異之探討，

〔註51〕 胡大浚：〈唐代社會文化心理與唐代邊塞詩〉（《唐代文學研究》1992 年 00 期）。張玉娟：〈試論唐代邊塞詩「以漢喻唐」模式〉（《山東社會科學》2004 年 3 期）。任文京：《唐代邊塞詩的文化闡釋》（保定：河北大學中國古代文學博士論文，2004 年 6 月）。何蕾：〈唐代邊塞詩對漢代歷史文化的記憶與書寫〉（《中南民族大學學報・人文社會科學版》2013 年 5 期）。姜玉琴：〈論盛唐邊塞詩對「漢文本」的引用與改寫〉（《上海大學學報・社會科學版》2016 年第 6 期）。

〔註52〕 崔玉梅：〈初盛唐邊塞詩中的胡樂器解讀〉（《甘肅聯合大學學報・社會科學版》2006 年第 6 期）。黃倩：〈論盛唐邊塞詩中的西域樂器意象──以琵琶、羌笛為例〉（《蘭州教育學院學報》2019 年第 6 期）。

歷來不在少數，亦頗有建樹，現存李無未〈高適岑參詩韻系異同比較〉、王玉梅〈高適岑參邊塞詩異同論〉、王偉康〈高適、岑參邊塞詩創作風格差異及其成因探賾〉、曹芬〈高適、岑參邊塞詩比較〉、趙愛梅〈慷慨激昂，豪放悲壯——高適、岑參邊塞詩奏響盛唐之音〉與龐維躍〈高適、岑參邊塞詩風格辨異〉等論文，〔註 53〕針對此項議題展開深入闡釋。其中又以周勛初與姚松二人合著之《高適和岑參》為要，〔註 54〕內容詳實、論述精闢，值得研究者詳加參酌。

　　綜上所述可知，關於高適、岑參二人以及盛唐邊塞詩的研究，已具相當可觀的成果，但在文人的視野與想像上，猶有甚多值得琢磨之處，故本文擬以此二家詩篇為例，探討盛唐邊塞詩人對域外之觀察想像及其共通情志，並將就政治觀點、民族意識、儒家精神、場域描繪、風物敘寫這幾個主要面向切入，深盼能在前賢奠定的厚實基礎之上繼續精進，清晰勾勒出唐代文人鑒觀異域、異族時的內心想像世界，以期為邊塞詩的研究略盡一己棉薄之力。

第三節　研究範圍與方法

一、研究範圍

　　高適、岑參二人於唐代便已富有詩名，作品傳世頗豐，亦衍生眾多版本，然而各版本所收錄的篇目皆存在闕漏、重出、異文、誤收或是後人偽作的問題，以高適詩集為例，明活字本、汲古閣本以及《全唐詩》

〔註 53〕 李無未：〈高適岑參詩韻系異同比較〉（《延邊大學學報‧社會科學版》1990 年第 4 期）。王玉梅：〈高適岑參邊塞詩異同論〉（《天津師大學報‧社會科學版》1999 年 4 期）。王偉康：〈高適、岑參邊塞詩創作風格差異及其成因探賾〉（《揚州大學學報‧人文社會科學版》2003 年第 6 期）。曹芬：〈高適、岑參邊塞詩比較〉（《安徽農業大學學報‧社會科學版》2006 年第 4 期）。趙愛梅：〈慷慨激昂，豪放悲壯——高適、岑參邊塞詩奏響盛唐之音〉（《青海社會科學》2007 年 3 期）。龐維躍：〈高適、岑參邊塞詩風格辨異〉（《喀什師範學院學報》2010 年第 4 期）。
〔註 54〕 周勛初、姚松：《高適和岑參》（上海：上海古籍出版社，1994 年 3 月）。

本彼此之間即有甚多差異，類似的狀況在岑參詩集的傳本中亦層出不
窮，相對於古本而言，由近代兩岸學者所輯校的注本則較為完善，諸如
阮廷瑜、孫欽善、劉開揚、廖立、陳鐵民等人，皆嘗就高適或岑參的詩
集版本、作品內容進行詳實的考證與注解，惟後出轉精，故本論文分別
採用目前內容相對完備且校點清楚的劉開揚箋注，北京中華書局於 2000
年 1 月印行之《高適詩集編年箋註》，以及陳鐵民、侯忠義校注，上海古
籍出版社於 2004 年 9 月印行之《岑參集校注》作為研究底本。此外，
由於本論文以知人論世作為研究方向，故參照《舊唐書》、《資治通鑑》、
《通典》、《唐六典》以及《唐會要》等多部重要歷史典籍，還有當代學
者編撰的各種年譜，探究高、岑詩歌創作的時空背景與他們在不同時期
的活動概況，透過對《詩經》、《尚書》、《論語》、《左傳》、《公羊傳》、《史
記》與《後漢書》等文獻之爬梳，則有助於瞭解二人詩中所牽涉的政治
論述、民族意識、歷史記憶、文化認同以及儒學精神等諸多深層意涵。

在研究範圍的設定上，本文以高適、岑參的邊塞詩篇作為研究主
軸，涵蓋兩者置身幕府時期的創作與其酬贈、送別詩中涉及邊塞書寫
者。文中也收錄少部分未能明確界定為邊塞詩的作品，諸如高適〈行路
難二首〉、〈古歌行〉、〈別韋參軍〉以及〈酬河南節度使賀蘭大夫見贈之
作〉等詩，還有岑參〈行軍二首〉、〈送顏平原〉、〈送孟孺卿落第歸濟
陽〉、〈送張秘書充劉相公通汴河判官便赴江外覲省〉等詩，皆是為了佐
證文中所提出的觀點，藉此說明當時的社會概況，以及基層士人對動
亂、朝政弊端的省思與諫言，透過這些次要的輔證，俾使本文的論述更
加充足與完備。

二、研究方法

本篇論文採用「文本分析法」與「歷史研究法」進行撰寫，茲分
述如下：

（一）文本分析法

在中國文學極其漫長的發展過程之中，素有「詩以言志，文以載

道」的說法，詩歌被視為最能體現創作者內心情思的一種文體，本論文聚焦於盛唐邊塞詩人對域外之視野與想像，自然須針對高適、岑參這兩位主要研究對象的詩篇進行分析，就此二家共計 120 首左右的邊塞題材作品展開闡述，諸如鍊字、用韻、句法等傳統詩學視角，皆非本文所關注的核心焦點，在章節架構的設定上，可分成「尊王攘夷」、「文人情懷」、「域外想像」這三個面向，亦即本文的論述主軸。

其一，就尊王攘夷言，高適、岑參的詩作裡時而流露主動迎擊敵寇，早日平定邊患以撫慰天下蒼生的積極意識，二人皆多於詩中申明王師討伐異族之正當性，並細膩描繪虜騎四散奔逃、潰不成軍的窘況，藉以表述自身對解民倒懸之深切嚮往，此般共通的敘寫脈絡絕非巧合，亦其來有自，頗有值得琢磨之處，而向來標榜胡漢一家的唐帝國，在經歷安史戰亂後，其華夷觀念之轉變，也是文中所關注的焦點。

其二，就文人情懷言，作為中華文化主體的儒家思想，隨著統治階層的提倡並被納入科舉考試之範疇，因而根植於唐代士人的心中，亦成為其立身處世之圭臬，綜觀高適、岑參的邊塞詩篇，可察覺儒學之淑世精神洋溢其間：或以古喻今，謳歌前朝名將與當代兵家的輝煌戰功，寄託己身對平定天下的理想抱負；或諷諭君王，勸其應知人善任，革除內政弊端，並審酌邊境形勢，積極攘除外患。充分體現邊塞詩的思想深度及多元面貌，頗有諸多值得討論之處。

其三，就域外想像言，邊疆別具特色之自然景觀以及人文資源，乃邊塞詩中的一個重要敘寫對象，深入分析高適與岑參的寫景、詠物詩句，可發覺其自有既定之表述方式，亦合乎中原文人一貫的書寫傳統，故本文將分別就場域空間描繪、異國風物形容這兩個方向進行考察，探究二人詩作中所流露的情感、思想，以及洋溢於其間之豐富歷史文化意蘊，藉此瞭解盛唐詩人對於域外所共同抱持的觀感與想像。

總之，本文的正文部份共分為六小節，每小節皆選定至少 10 首高適或岑參的邊塞詩作為主要例證，透過對於現有文本之爬梳整理，藉

以證成文中所提出的各項論點,如前文所述,「詩言志」乃中國文學的一項重要傳統,詩歌承載著創作者的各種情感與抱負,兩者間的關係密不可分,若欲洞悉文人之內心世界,則實有必要就其詩歌意涵進行深入探討,故「文本分析法」即本文所採用的主要研究方式之一。

(二)歷史研究法

　　細究高適、岑參的邊塞詩,固有想像臆測之成份,亦充分體現漢樂府緣事而發的寫實精神,其詩中的人物、事件,多有史實可考:或吟詠歷代兵家之典故,諸如李牧攻滅襜襤、衛青與霍去病北伐匈奴、李廣利西征大宛、竇憲刻石勒功以及班超具有燕頷虎頸之相等事;或描述唐朝軍隊與契丹、吐蕃、南詔等異族的激烈戰役,諸如張守珪梟首可突于、哥舒翰收復河西九曲、高仙芝出擊大食以及雲南太守李宓率兵聲討閣羅鳳失利等事。由此觀之,深入考證其詩中所涉及的史事之始末原委,確有助於瞭解高、岑二人創作當下的情感與思想,故本論文亦採用「歷史研究法」進行撰述,參照多部史籍,並與詩歌內容互相比對,藉此客觀方式證明文中所提出的各項論點並非空言,《舊唐書》、《資治通鑑》詳實記錄玄宗、肅宗、代宗三朝之史事,有助於研究者考察當時唐帝國與周邊民族的互動關係,以及各場戰役的相關細節,而閱讀《史記》、《後漢書》、《晉書》等文獻,則能清楚掌握高適、岑參詩中典故的背景,進而瞭解其所寓含之深厚意蘊,至於《唐六典》、《通典》與《唐會要》等政書,亦載明唐代職官、選舉、邊防、禮樂、律令等各種制度規範,對於本論文在考察詩歌中的詞彙涵義方面實有莫大裨益。

　　文學創作與歷史變遷之間的關係向來密不可分,邊塞詩在開元、天寶年間蔚為風潮,自有其時代脈絡,就內容性質言,也絕非單純抒情言志之作,實乃一種涵蓋政治發展、軍事對立、族群競合、歷史記憶以及文化認同等諸多複雜議題的載體,映現唐代社會之真實面貌,故在「文本分析法」以外,亦須採用「歷史研究法」。

　　總之，本論文並非單就高適、岑參邊塞詩篇的異同進行比較，而
是以二人作品為例，探究其間所涉及之邊塞形象、戎狄定位、儒學精
神、歷史記憶與源遠流長的華夏文化內涵，以期瞭解盛唐時期的文人
士大夫對異域、異族之共同觀感與想像。

第二章 尊王攘夷：恢弘的民族意識

　　尊王攘夷的論述源自《春秋公羊傳》，歷經長久發展而根植於士大夫階層，迄胡風盛行的唐代亦然，李唐皇室本具鮮卑血統，入主中原後亦對諸胡抱持相對寬容開放的態度，華夷有別的觀念相較先秦、兩漢時期為輕，然而，這種思維並未就此消失，綜觀高適、岑參的邊塞詩篇，仍然可以察覺傳統華夷秩序觀在盛唐文人階層所留下的影響痕跡，兩者皆多於其詩作中申明「征伐四方夷狄，彰顯天朝聲威」之必要性，本文將其再細分為「弔民伐罪」與「華夷有別」這兩個面向進行探討。

第一節　弔民伐罪之意識

　　邊境上的軍事衝突乃邊塞詩的敘寫主線之一，而戰爭所導致的結果，必將嚴重損耗國力，俾使交戰雙方的人民深受其害，此現象違背儒家思想中所強調的仁政，因此，「師出有名」必為王師所須遵循之圭臬，迄乎開元、天寶年間，唐玄宗基於帝國發展的考量，積極經略邊疆，先後與契丹、吐蕃、南詔諸部交戰，身處前線的邊塞詩人，自然也多於其詩中闡述己方政權聲討異族的正當性，本文將其論述依據稱為「弔民伐罪」。

　　所謂弔民伐罪，即為出兵討伐失德的統治者，解救當地黎民於水深火熱之中，藉此推行王政於天下。藉此道德面向來詮釋自身國家與周邊部族之間的戰爭，甚至將其侵略行為合理化，此乃中華文化裡一種根深蒂固的觀念，此般論述其來有自，例如《書經·湯誓》有云：

王曰：「格爾眾庶，悉聽朕言，非台小子，敢行稱亂！有夏多罪，天命殛之。今爾有眾，汝曰：『我后不恤我眾，舍我穡事而割正夏？』予惟聞汝眾言，夏氏有罪，予畏上帝，不敢不正。今汝其曰：『夏罪其如台？』夏王率遏眾力，率割夏邑，有眾率怠弗協，曰：『時日曷喪？予及汝皆亡。』夏德若茲，今朕必往。」〔註1〕

《書經‧泰誓》亦有類似記載，其云：

武王乃作太誓，告于眾庶：「今殷王紂乃用其婦人之言自絕于天，毀壞其三正，離逖其王父母弟，乃斷棄其先祖之樂，乃為淫聲，用變亂正聲怡悅婦人。故今予發維共行天罰，勉哉夫子，不可再，不可三。」〔註2〕

上述二段文字皆明確指出，舉兵起義的主要動機乃在於替天行道、解救蒼生，藉由武力征伐的方式，來懲罰暴虐無道的昏君，俾使黎民百姓得以免於苦難，並讓社會發展回歸正軌，從實踐正義的角度來審視戰爭行為，針對商湯放桀以及武王伐紂的奪權事實，賦予其道德上之正當性，《孟子‧滕文公下》亦云：

葛伯放而不祀，湯使人問之曰：『何為不祀？』曰：『無以供犧牲也。』湯使遺之牛羊，葛伯食之，又不以祀，湯又使人問之曰：『何為不祀？』曰：『無以供粢盛也。』湯使亳眾往為之耕，老弱饋食，葛伯率其民，要其有酒食黍稻者奪之，不授者殺之，有童子以黍肉餉，殺而奪之，《書》曰：『葛伯仇餉。』此之謂也，為其殺是童子而征之，四海之內皆曰：『非富天下也，為匹夫匹婦復讎也。』湯始征，自葛載，十一征而無敵於天下，東面而征，西夷怨；南面而征，北狄怨，

〔註 1〕 此乃商湯伐桀之誓詞，見〔清〕孫星衍：《尚書今古文註疏》（濟南：山東友誼書社，1991 年 10 月），卷 5，頁 413～418。

〔註 2〕 此乃武王伐紂之誓詞，見〔清〕孫星衍：《尚書今古文註疏》，卷 10，頁 525～528。

曰：『奚為後我？』民之望之，若大旱之望雨也。……誅其君，
弔其民，如時雨降，民大悅。〔註3〕

文中指出湯之所以會出兵討伐葛伯，最主要的原因有二，首先，他無法
認同葛伯放而不祀之事，在極度重視祭祀先祖的古代社會裡，如此行
徑堪稱放縱無道，自是令聖王難以苟同，其次，湯派遣老人、幼童前去
餽贈糧食，葛伯非但不感激，反倒將其盡數殺害，這樣的情況讓湯再也
無法忍受，遂揮軍擊之，進而征討各方蠻夷，最終平定天下。就孟子視
角而言，湯發起戰爭之動機在於葛伯不祀與未能安頓蠻夷，「討伐罪人，
撫慰蒼生」遂成為其論述主軸。盛唐邊塞詩本與邊境征戰有關，自然也
繼承了這項文化傳統，此般思維時見於眾多名篇之中，就高適、岑參而
言亦然，二人適逢開元、天寶年間的頻繁征戰，皆以上述觀點來詮釋王
師出擊異族之舉。

一、拯救異地之黎民

　　高適年少時家境清寒，使他對於底層人民的窮苦生活有著極為深
刻之體悟，故其詩作裡常流露出一種悲天憫人的情懷，如〈苦雨寄房
四昆季〉嘗云「惆悵憫田農，徘徊傷里閭。曾是力井稅，曷為無斗儲？
萬事切中懷，十年思上書」〔註4〕，而〈淇上酬薛三據兼寄郭少府微〉
亦云「永願拯芻蕘，孰云干鼎鑊？皇情念淳古，時俗何浮薄？理道資任
賢，安人在求瘼」〔註5〕，高適藉由創作來表達自己對黎民的真摯關切，
更呼籲上位者必須苦民所苦，並任用賢才以開創治世，其淑世精神當
與振臂疾呼「致君堯舜上，再使風俗淳」〔註6〕的杜甫不謀而合，此般
理念亦時見於其邊塞詩之中，例如〈信安王幕府詩〉裡有此數句：

〔註3〕〔周〕孟軻撰；〔清〕焦循：《孟子正義》（台北：文津出版社，1988 年
　　　　7 月），卷 12，頁 431～434。
〔註4〕〔唐〕高適撰；劉開揚注：《高適詩集編年箋註》（北京：中華書局，
　　　　2000 年 1 月），頁 57。
〔註5〕〔唐〕高適撰；劉開揚注：《高適詩集編年箋註》，頁 53。
〔註6〕〔唐〕杜甫撰；〔清〕仇兆鰲注：《杜詩詳注》，卷 1，頁 74。

大漠風沙裏，長城雨雪邊。雲端臨碣石，波際隱朝鮮。夜壁
衝高斗，寒空駐綵斿。倚弓玄兔月，飲馬白狼川。關塞鴻勳
著，京華甲第全。落梅橫吹後，春色凱歌前。庶物隨交泰，
蒼生解倒懸。四郊增氣象，萬里絕風煙。〔註7〕

北方荒漠蒼茫遼闊的景色勾起詩人內心最深層的文化意識，一方面表
達對於戰勝夷狄的期許，而另外一方面亦抒發高適對於邊地人民的關
懷，渴望盡快結束戰爭，讓當地百姓免於生離死別的磨難中，根據《舊
唐書·北狄傳》裡的記載，玄宗開元十八年（730），契丹族將領可突于
脅迫奚族共同叛唐，歸附突厥，開元二十年（732），唐室命信安王李禕
率兵聲討，〔註8〕高適藉此詩讚頌李禕與幕府諸人，並預祝己方將士早
日擊破反覆侵擾幽、薊邊地的契丹，「庶物隨交泰，蒼生解倒懸」二句
明確反映詩人對這場戰役的態度，就其視角而言，唐軍此次出師北伐
的主要意圖，在於懲戒擾亂邊境的胡族首領，進而調和天地之氣，拯救
異地黎民免於倒懸之苦，最終完成「萬里絕風煙」的遠大淑世理想，清
晰體現「弔民伐罪，匡扶天下」之思維脈絡。〈睢陽酬別暢大判官〉裡
亦有此數句：

大夫拔東蕃，聲冠霍嫖姚。兜鍪衝矢石，鐵甲生風飆。諸將
出井陘，連營濟石橋。酋豪盡俘馘，子弟輸征徭。邊庭絕刁
斗，戰地成漁樵。榆關夜不扃，塞口長蕭蕭。〔註9〕

詩中所描述之背景乃開元二十二年（734），幽州長史張守珪大破契丹
一事，〔註10〕高適稱其立下顯赫的戰功，聲威遠邁西漢名將霍去病，

〔註7〕〔唐〕高適撰；劉開揚注：《高適詩集編年箋註》，頁40。
〔註8〕見《舊唐書·北狄傳》：「十八年，可突于殺邵固，率部落並脅奚眾降
於突厥，……二十年，詔禮部尚書信安王禕為行軍副大總管，領眾與
幽州長史趙含章出塞擊破之，俘獲甚眾。」〔後晉〕劉昫：《舊唐書》
（北京：中華書局，1975年5月），卷199下，頁5352～5353。
〔註9〕〔唐〕高適撰；劉開揚注：《高適詩集編年箋註》，頁93。
〔註10〕見《舊唐書·玄宗本紀》：「二十二年，……幽州長史張守珪發兵討契
丹，斬其王屈烈及大臣可突于於陣，傳首東都，餘叛奚皆散走山谷。」
〔後晉〕劉昫撰；楊家駱主編：《新校本舊唐書》，卷8，頁202。

「酋豪盡俘馘，子弟輸征徭」二句詳細描述唐軍將士對胡族俘虜所採取的嚴厲處份，割其左耳以獻朝廷，並將其悉數發配戍邊，綜觀本詩的敘寫脈絡可知，上述「伐罪」之言實乃完成「弔民」理想的具體方法，詩人追求的終極目標，即為後文所強調的「邊庭絕刁斗，戰地成漁樵」，藉由對於叛胡的懲戒，俾使形勢詭譎莫測的東北邊地就此恢復平靜，讓戍守前線的士卒得以歇息，也令當地百姓的生活能夠再度回歸安穩，此役的勝利，充份實踐了詩人對於弔民伐罪的主張，因此，高適遂於詩中給予張守珪極為正面的評價。

　　自詡「國家六葉，吾門三相」〔註11〕的岑參，年少時亦面臨家道中落之困境，欲重拾家族昔日榮耀的他，立志「干於王侯，勵已增修」〔註12〕，是以「建功立業，名垂青史」遂成為其早年詩作之中的敘寫主軸，如〈戲題關門〉嘗云「來亦一布衣，去亦一布衣。羞見關城吏，還從舊道歸」〔註13〕，〈送郭乂雜言〉亦云「功名須及早，歲月莫虛擲。早年已工詩，近日兼注易」〔註14〕，其對功名富貴的嚮往之情，於此可見一斑。而在仕途不順的情況之下，「奔赴塞外，為國安邊」便被岑參視為實現平生之志的重要途徑，而他的邊塞詩一方面暢談自身理想抱負，另一方面亦陳述其對匡扶天下之願景，〈胡歌〉有云：

　　黑姓蕃王貂鼠裘，葡萄宮錦醉纏頭。關西老將能苦戰，七十
　　行兵仍未休。〔註15〕

此詩旨在藉由西域蕃王之驕奢逸樂，來反襯長年戍守前線的漢族士兵之艱辛勞苦，西北邊疆局勢詭譎莫測，各附庸部族叛服無常，與唐室的宗屬關係並非絕對穩固，隨時可能因為內部權力更迭或外部勢力介入

〔註11〕　〔唐〕岑參：〈感舊賦並序〉，收入〔清〕董誥編：《全唐文》（北京：
　　　　　中華書局，1983 年 11 月），卷 358，頁 3634。
〔註12〕　〔唐〕岑參：〈感舊賦並序〉，收入〔清〕董誥編：《全唐文》，卷 358，
　　　　　頁 3635。
〔註13〕　〔唐〕岑參撰；陳鐵民、侯忠義注：《岑參集校注》（上海：上海古籍
　　　　　出版社，2004 年 9 月），頁 13。
〔註14〕　〔唐〕岑參撰；陳鐵民、侯忠義注：《岑參集校注》，頁 32。
〔註15〕　〔唐〕岑參撰；陳鐵民、侯忠義注：《岑參集校注》，頁 205。

而生變，因此，安西、北庭都護府皆有大批駐軍長年戍守於此，也進而導致眾多將士遲遲未能返家，岑參既表達對於詩中那位年逾七十的老將之憐憫，也寄寓「驅除胡虜，令士卒早日還鄉」的弦外之音，亦可將其視為弔民伐罪思想之展現。〈奉陪封大夫宴〉又云：

> 西邊虜盡平，何處更專征？幕下人無事，軍中政已成。座參殊俗語，樂雜異方聲。醉裏東樓月，偏能照列卿。〔註16〕

岑參在詩中對於北庭節度使封常清的欽慕之情溢於言表，其主要原因乃在於封氏經略安西、北庭有成，揮軍掃平不肯臣服於唐室的部族，俾使邊境回歸平穩，胡漢各族得以相安無事，切實呼應詩人對於征討叛胡，藉以撫慰異地黎民之期待。

　　相較於高適在作品中反覆陳述的救濟蒼生理念，岑參的邊塞詩更加具有懲戒夷狄之思想傾向，〈獻封大夫破播仙凱歌六首其五〉有云：

> 蕃軍遙見漢家營，滿谷連山遍哭聲。萬箭千刀一夜殺，平明流血浸空城。〔註17〕

關於封常清破播仙之役，史傳失載，然而此詩卻真實映現在唐帝國向外擴張之際，部分文人看待「開拓疆域，征服異族」的立場，對蕃軍在戰爭中所受到的血腥屠殺，詩人並未寄予同情，反倒以虛筆極力渲染，藉其慘重傷亡來襯托王師的驍勇善戰，進而歌詠封常清的彪炳戰功，此套敘寫模式仍舊合於「伐罪以弔民」的論述脈絡，〈武威送劉單判官赴安西行營便呈高開府〉裡亦有此數句：

> 都護新出師，五月發軍裝。甲兵二百萬，錯落黃金光。揚旗拂崑崙，伐鼓震蒲昌。太白引官軍，天威臨大荒。西望雲似蛇，戎夷知喪亡。渾驅大宛馬，繫取樓蘭王。〔註18〕

本詩作於天寶十載（751）五月，描述唐帝國與大食之戰，《資治通鑑》有云：

〔註16〕〔唐〕岑參撰；陳鐵民、侯忠義注：《岑參集校注》，頁193。
〔註17〕〔唐〕岑參撰；陳鐵民、侯忠義注：《岑參集校注》，頁184。
〔註18〕〔唐〕岑參撰；陳鐵民、侯忠義注：《岑參集校注》，頁118。

高仙芝之虜石國王也，石國王子逃詣諸胡，具告仙芝欺誘貪
暴之狀，諸胡皆怒，潛引大食欲共攻四鎮，仙芝聞之，將蕃、
漢三萬眾擊大食，深入七百餘里，至恒羅斯城，與大食遇，
相持五日，葛羅祿部眾叛，與大食夾攻唐軍，仙芝大敗，士
卒死亡略盡，所餘才數千人。〔註19〕

上述史料反映這場戰爭的起因，乃在於唐將高仙芝對於西域小國的擄
掠，此舉引發周邊部族的強烈不滿，遂聯合大食的軍隊發起進攻，雙方
在恒羅斯（哈薩克共和國塔拉茲）交戰，由於附庸葛邏祿部的臨陣倒
戈，導致唐軍最終以慘敗收場，關於此戰役的來龍去脈，司馬光認定這
是高仙芝主動挑起的紛爭，其敗績可謂咎由自取，然而，耐人尋味的地
方便在於，岑參在其詩作中卻抱持著與史官截然不同之觀點，入侵鄰
國的唐軍，在他的筆下化身為一支受到「將星」〔註20〕指引的正義之
師，透過對西域諸部的討伐，藉以革除異域之暴政，〔註21〕俾使帝王
的威嚴得以籠罩於極西邊地，並順利貫徹天道，此論述合乎漢代儒者
董仲舒所強調的「天人合一」〔註22〕概念，亦與傳統占星術之觀點相
侔，〔註23〕其後岑參又援引漢軍攻破樓蘭的典故，預言唐軍最終必將
大獲全勝，俘虜各部首領，將其押解回首都長安。本詩雖未合於史實，

〔註19〕〔宋〕司馬光：《資治通鑑》（台北：中華書局，1969 年 11 月），卷 216，
　　　　頁 14～15。

〔註20〕關於將星之說法，見《史記正義》：「太白者，西方金之精，白帝之子，
　　　　上公大將軍之象。」〔漢〕司馬遷撰；〔劉宋〕裴駰集解；〔唐〕司馬貞
　　　　索隱；〔唐〕張守節正義：《史記三家注》（台北：漢京文化事業有限公
　　　　司，1981 年 4 月），卷 27，頁 519。

〔註21〕見《漢書・天文志》：「太白經天，天下革，民更王。」〔漢〕班固撰；
　　　　〔唐〕顏師古注；楊家駱編：《新校本漢書并附編二種》（台北：鼎文
　　　　書局，1997 年 10 月），卷 26，頁 1283。

〔註22〕見《春秋繁露・深察名號》：「天人之際，合而為一，同而通理，動而
　　　　相益，順而相受，謂之德道。」〔漢〕董仲舒撰；鍾肇鵬編：《春秋繁
　　　　露校釋》（濟南：山東友誼出版社，1994 年 12 月），卷 10，頁 519。

〔註23〕見《天文》：「太白主秋，主西維，主金，主兵，……主殺，殺失者。」
　　　　收入〔唐〕瞿曇悉達主編：《開元占經》（台北：台灣商務印書館，1973
　　　　年 10 月），卷 45，頁 1。

但卻清晰體現盛唐邊塞詩人對於域外之視野與想像。

二、開化蠻夷之風俗

　　相較拯救異地黎民於水火之論述，盛唐邊塞詩裡亦蘊含更積極正面的思維，即徹底改變蠻夷未合正道之施政與環境，使其同沐聖朝王恩，此觀念由來已久，最早可上溯於先秦時期，如《詩經・采芑》嘗云「蠢爾蠻荊，大邦為讎」〔註24〕，充分流露中原人民對於周邊部族之鄙視，而《詩經・皇矣》亦云「帝遷明德，串夷載路，天立厥配，受命既固」〔註25〕，極力強調周室之正統及蠻夷之必敗，也具體映現華夏民族自詡受命於天的優越感，就此觀點言之，攻伐異族並非為了滿足己方利益，其主要動機乃在於開化蠻夷，使其得以脫離愚昧、鄙陋之生活狀態，正如《詩經・常武》所言「整我六師，以修我戎，既敬既戒，惠此南國」〔註26〕。此觀念廣為中原士人接受，即便到了胡風盛行的唐代，亦未曾完全消失，時見於高、岑二人的邊塞詩篇，例如高適〈自武威赴臨洮謁大夫不及因書即事寄河西隴右幕下諸公〉裡有此數句：

> 獻狀陳首級，饗軍烹太牢。俘囚驅面縛，長幼隨顛毛。氈裘
> 何蒙茸，血食本羶臊。漢將乃兒戲，秦人空自勞。〔註27〕

哥舒翰，突騎施人，玄宗朝名將，因討伐吐蕃有功而屢獲朝廷拔擢，〔註28〕當時民間亦以「至今窺牧馬，不敢過臨洮」〔註29〕之語盛譽其勳業。此詩乃作於天寶十一載（753），旨在頌揚哥舒翰之戰功，並求其

〔註24〕〔周〕佚名撰；高亨注：《詩經今注》（上海：上海古籍出版社，2009年5月），頁247。
〔註25〕〔周〕佚名撰；高亨注：《詩經今注》，頁388。
〔註26〕〔周〕佚名撰；高亨注：《詩經今注》，頁465。
〔註27〕〔唐〕高適撰；劉開揚注：《高適詩集編年箋註》，頁253。
〔註28〕見《舊唐書・哥舒翰傳》：「吐蕃保石堡城，路遠而險，久不拔。八載，以朔方、河東群牧十萬眾委翰總統攻石堡城，翰使麾下將高秀巖、張守瑜進攻，不旬日而拔之，上錄其功，……加攝御史大夫。」〔後晉〕劉昫：《舊唐書》，卷104，頁3213。
〔註29〕〔清〕彭定求主編：《御定全唐詩》（台北：明倫出版社，1971年5月），卷784，頁8850。

幕府諸人代為引薦，「氈裘何蒙茸，血食本羶腥」二句，充分描繪降虜受縛之際的窘迫情態，關於「蒙茸」一詞，《詩經・旄丘》云「狐裘蒙戎」〔註30〕，《毛詩正義》注曰：「蒙戎，亂貌。」〔註31〕此處指胡虜衣著之凌亂，至於「血食」一詞，劉開揚以為非指「牲牢祭祀」，意近於「茹毛飲血」，故高適稱其「羶腥」，足見中原士人看待異族的輕侮之情。就其視角而言，唐軍對於吐蕃的屢次進攻，是為了推行聖王教化的開明之舉，使邊疆夷狄皆能雨露均霑，同享天朝恩澤。然而弔詭之處便在於，李白、杜甫皆對哥舒翰頗有微詞，更將傷亡極慘烈的石堡城一役視為「不義之戰」〔註32〕，但是高適卻抱持著與李、杜二人截然不同之態度，一方面是基於個人政治目的，而另一方面則可將其視為邊塞詩人對於戰爭的理解與詮釋，〈李雲南征蠻詩序〉又云：

> 天寶十一載，有詔伐西南夷，右相楊公兼節制之寄，乃奏前
> 雲南太守李宓涉海自交趾擊之，道路險艱，往復數萬里，蓋
> 百王所未通也。〔註33〕

根據《舊唐書・南詔蠻傳》的記載，由於地方行政首長的驕橫，導致唐與南詔關係生變，進而爆發嚴重衝突，好大喜功的楊國忠掌權後，無視先前的敗績，執意大舉徵兵討伐，最終仍以慘敗收尾，〔註34〕對於這

〔註30〕〔周〕佚名撰；高亨注：《詩經今注》，頁53。

〔註31〕〔漢〕毛亨傳、鄭玄箋；〔唐〕孔穎達疏：《毛詩正義》，收入李學勤主編：《十三經注疏》（北京：北京大學出版社，2001年9月），卷2，頁157～158。

〔註32〕見李白〈答王十二寒夜獨酌有懷〉：「君不能學哥舒，橫行青海夜帶刀，西屠石堡取紫袍。」〔唐〕李白撰；〔清〕王琦注：《李太白全集》（北京：中華書局，1977年9月），卷19，頁911。杜甫〈喜聞盜賊總退口號五首其二〉：「贊普多教使入秦，數通和好止煙塵。朝廷忽用哥舒將，殺伐虛悲公主親。」〔唐〕杜甫撰；〔清〕仇兆鰲注：《杜詩詳注》，卷21，頁1858。

〔註33〕〔唐〕高適撰；劉開揚注：《高適詩集編年箋註》，頁261。

〔註34〕見《舊唐書・南詔蠻傳》：「閣羅鳳襲雲南王，鮮于仲通為劍南節度使，張虔陀為雲南太守，仲通褊急寡謀，虔陀矯詐，待之不以禮。……閣羅鳳忿怨，因發兵反攻，圍虔陀，殺之，時天寶九年。明年，仲通率兵出戎巂州，閣羅鳳遣使謝罪，……仲通不許，囚其使，進兵大和城，

一場完全可以避免的戰役，高適亦有諸多未合史實之主觀論述，地處
偏遠的南詔，在他眼中即「百王未通」的蠻荒之地，〔註35〕唐軍的到
來，將開化當地不行禮樂之蒙昧人民，完成歷代帝王的未竟功業，由上
述引文可得知，即便是在胡風相對盛行的唐代社會，士人仍多少存有
以禮樂衣冠制度區分華夷、辨別他我的觀念，因此高適依舊以正向態
度謳歌王師對於異族的征討，詩末甚至還有「廉藺若未死，孫吳知暗
同」〔註36〕的獨特評價，藉廉頗、藺相如、孫武、吳起等歷代著名將
相比擬李宓、楊國忠，頌揚二人在「移風易俗，施行王道」方面的貢
獻，此般極富儒家思想色彩之政治論述，亦時見於岑參的詩作中，例如
〈北庭西郊候封大夫受降回軍獻上〉裡有此數句：

> 胡地首蓿美，輪臺征馬肥。大夫討匈奴，前月西出師。甲兵
> 未得戰，降虜來如歸。橐駝何連連，穹帳亦纍纍。陰山烽火
> 滅，劍水羽書稀。卻笑霍嫖姚，區區徒爾為。〔註37〕

本詩作於天寶十三載（754），關於詩中所指之事，史傳失載，但就其內
容而言，當為頌揚主帥戰功，藉以抒發自身壯志之作，岑參盛讚封常
清，稱其不戰而屈人之兵，手段之高明，就連西漢名將霍去病也難以望
其項背，而「降虜來如歸」一句，更可清晰看出岑參對於邊疆異族之態
度，在詩人的想像世界裡，異地黎民莫不引頸企盼王師之降臨，心悅誠
服前來歸順，並恪遵聖朝仁義教化，故其對唐帝國的擴張主義之觀感，
當與高適如出一轍，〈奉陪封大夫九日登高〉亦云：

> 九日黃花酒，登高會昔聞。霜威逐亞相，殺氣傍中軍。橫笛

為南詔所敗，自是閣羅鳳北臣吐蕃。……十二年，劍南節度楊國忠執
國政，仍奏徵天下兵，俾留後、侍御史李宓將十餘萬，……復敗於大
和城北，死者十八、九。」〔後晉〕劉昫：《舊唐書》，卷197，頁5280
～5281。

〔註35〕「百王」一詞，出自《漢書・董仲舒傳》：「蓋聞五帝三王之道，改制
作樂而天下洽和，百王同之。」〔漢〕班固撰；〔唐〕顏師古注；楊家
駱主編：《新校本漢書并附編二種》，卷56，頁2496。

〔註36〕〔唐〕高適撰；劉開揚注：《高適詩集編年箋註》，頁262。

〔註37〕〔唐〕岑參撰；陳鐵民、侯忠義注：《岑參集校注》，頁179。

驚征雁，嬌歌落塞雲。邊頭幸無事，醉舞荷吾君。〔註38〕

本詩乃作於天寶十四載（755）秋，彼時封常清甫破大勃律（今喀什米爾一帶），〔註39〕建立顯赫戰功，亦即岑參詩中所言「前年斬樓蘭，去歲平月支」〔註40〕，西域諸部畏於封氏聲威，不敢隨意滋事，是以形勢稍定。面對席間觥籌交錯，一片歌舞昇平的盛況，詩人內心有所感觸，故藉此詩抒發情懷，封氏治軍有方，使邊陲之地亦能出現弦歌不輟之景象，並可依循中原傳統風俗生活，這完全合乎儒家對治世之期待與想像，就此脈絡言之，便不難理解岑參於詩中所流露的那股仰慕之情。

　　高適、岑參皆服膺儒學，對於儒家濟世安民理念也多有闡發，但二人詩作之中亦不乏諸多謳歌邊將戰功、描繪敵虜敗亡的陳述，乍看之下似乎與孔、孟所標榜的仁義精神相悖，但若縱觀自先秦以迄唐代的相關史料，當可瞭解華夏民族長久以來對於夷狄之觀感及論述，進而體悟兩者面對唐帝國所發起的擴張戰爭之態度，仍然合乎儒學文化傳統，茲以《漢書・匈奴傳》為例，其云：

> 匈奴，其先夏后氏之苗裔，……其俗，寬則隨畜田獵禽獸為生業，急則人習戰攻以侵伐，其天性也。其長兵則弓矢，短兵則刀鋋，利則進，不利則退，不羞遁走，苟利所在，不知禮義。自君王以下咸食畜肉，衣其皮革，被旃裘，壯者食肥美，老者飲食其餘，貴壯健，賤老弱。父死，妻其後母；兄弟死，皆取其妻妻之。〔註41〕

文中詳細描述匈奴的生活風俗，亦針對其中未合乎華夏文化之處進行

〔註38〕〔唐〕岑參撰；陳鐵民、侯忠義注：《岑參集校注》，頁197。

〔註39〕見《資治通鑑》：「天寶十二載，……安西節度使封常清擊大勃律，至菩薩勞城，前鋒屢捷，常清乘勝逐之，……遂大破之，受降而還。」〔宋〕司馬光：《資治通鑑》，卷216，頁24。

〔註40〕〔唐〕岑參撰；陳鐵民、侯忠義注：《岑參集校注》，頁180。

〔註41〕〔漢〕班固撰；〔唐〕顏師古注；楊家駱主編：《新校本漢書并附編二種》，卷94上，頁3743。

批判，稱匈奴唯利是圖、不知禮義，「賤老弱、妻後母」之舉，尤其令重視人倫綱常的漢儒無法容忍，故該卷末又有「夷狄之人貪而好利，被髮左袵，人面獸心」〔註42〕這種充滿蔑視語氣的評論，類似觀點亦時見於各部史書中，例如《後漢書‧西域傳》嘗云「人性淫虛，不率華禮，莫有典書」〔註43〕，而由魏徵等人編修，成書於貞觀十年的《隋書》，亦恪遵此論述脈絡，例如〈北狄傳〉嘗有「正朔所不及，冠帶所不加，唯利是視，不顧盟誓」之言，〔註44〕充分反映初唐年間的官方立場，總歸來說，歷代史家對於各方部族的論贊，多少都含有貶低意味，將其視為蒙昧無知、民情澆薄，中原王朝對於外族的征討，也被詮釋為開化異域蠻夷，使其風俗趨近於醇厚，此乃漢族向外擴張版圖之論述依據，時至社會風氣相對多元開放的唐代，上述觀點仍舊存在於士大夫階層，尤以置身邊疆的幕府文人為最，例如高適〈送白少府送兵之隴右〉有云：

> 踐更登隴首，遠別指臨洮。為問關山事，何如州縣勞？軍容
> 隨赤羽，樹色引青袍。誰斷單于臂？今年太白高。〔註45〕

岑參〈獻封大夫破播仙凱歌六首其四〉亦云：

> 日落轅門鼓角鳴，千群面縛出蕃城。洗兵魚海雲迎陣，秣馬
> 龍堆月照營。〔註46〕

高詩「斷單于臂」之語，援引漢武帝開通西域以孤立匈奴之事，〔註47〕呼籲朝廷應積極經略邊疆，招撫西域諸部，使其歸附天朝，藉

〔註42〕〔漢〕班固撰；〔唐〕顏師古注；楊家駱主編：《新校本漢書并附編二種》，卷94下，頁3834。

〔註43〕〔劉宋〕范曄：《後漢書》（北京：中華書局，1987年10月），卷88，頁2934。

〔註44〕〔唐〕魏徵撰；楊家駱主編：《新校本隋書》（台北：鼎文書局，1975年3月），卷84，頁1884。

〔註45〕〔唐〕高適撰；劉開揚注：《高適詩集編年箋註》，頁247。

〔註46〕〔唐〕岑參撰；陳鐵民、侯忠義注：《岑參集校注》，頁184。

〔註47〕見《後漢書‧班梁列傳》：「昔孝武皇帝患匈奴彊盛，兼總百蠻，以逼障塞。於是開通西域，離其黨與，論者以為奪匈奴府藏，斷其右臂。……今通西域則虜勢必弱，虜勢弱則為患微矣。孰與歸其府藏，續其斷臂哉？」〔劉宋〕范曄：《後漢書》，卷47，頁1587～1588。

此削弱敵虜氣焰，維護唐帝國在各部之間的聲威，高懸天際之太白星，亦昭示恪遵仁義的王師最終必將大獲全勝，至於岑詩「面縛出城」之語，則流露出更為強烈的征服意圖，也具體映現詩人對於當時的國際政治之想像與態度。

比較值得注意的是，對於上述這些以力服人的霸道之舉，高適、岑參二人皆以正向態度來看待，就其視角而言，唐帝國的向外擴張，並非為了滿足自身政治利益，而是具有更神聖崇高的使命，即誅殺未合正道的異族首領，拯救當地黎民免於暴政之苦，進而使其澆薄風俗漸趨醇厚，脫離蒙昧鄙陋的生活狀態，戰爭實乃推行聖王仁義教化之必要手段，以上論述皆為弔民伐罪思想的不同面向，亦為盛唐邊塞詩人審視異域以及異族時所共有的集體意識。

第二節　華夷有別之鑑視

以中原文明為天下中心，視周邊部族為藩屬或是未受開化的蠻夷，乃古代中國基於文化本位主義觀點所建構而成的世界理論體系，《禮記·王制》有云：

> 中國戎夷，五方之民，皆有性也，不可推移。東方曰夷，被髮文身，有不火食者矣。南方曰蠻，雕題交趾，有不火食者矣。西方曰戎，被髮衣皮，有不粒食者矣。北方曰狄，衣羽毛穴居，有不粒食者矣。中國、夷、蠻、戎、狄，……五方之民，言語不通，嗜欲不同。〔註48〕

文中所言之「中國」，並非現今定義裡的國家，而是比較接近文化地理學之概念，類似成形於周代的「九州」〔註49〕體系，當代中國史家葛兆光嘗對此進行闡釋，其云：

> 《尚書·禹貢》中有「九州」，……這個地區大約包括的只是

〔註48〕〔清〕孫希旦撰；沈嘯寰、王星賢點校：《禮記集解》（台北：文史哲出版社，1990 年 8 月），卷 13，頁 359～360。

〔註49〕〔清〕孫星衍：《尚書今古文註疏》，卷 3 下，頁 385～387。

　　今河北、山東、江蘇、湖北、湖南、河南、四川、陝西、山
西這一圈，就是古代中國人相信比較文明的地方，這就是「天
下」。〔註50〕

綜合上述二段資料可知，凡在此範圍邊緣甚至其外的區域，該地風俗
民情多迥異於當時的中原農耕社會，各部土著多過著比較原始之漁獵
生活，諸如披頭散髮、盛行紋身、穿著獸皮、住在洞穴以及不吃熟食與
穀物，基於文化上的眾多差異，使中原地區的民族把他們視為野蠻落
後，進而將其排除在華夏正統之外，概以蠻、夷、戎、狄等具有歧視性
的字眼稱之，例如《論語》云「夷狄之有君，不如諸夏之亡也」〔註51〕，
《公羊傳》云「春秋內其國而外諸夏，內諸夏而外夷狄」〔註52〕，《左
傳》云「蠻夷戎狄，不式王命，淫湎毀常，王命伐之」〔註53〕，而《國
語》亦云「蠻夷戎狄，其不賓也久矣，中國所不能用也」〔註54〕。

　　須特別注意的是，華夷之辨並非單就種族及地域來論定，最主要
是以能否接受農耕生活與禮樂制度來作為區分標準，亦即對於中原文
化的認同程度，四方部族若能著衣冠、行禮義，則中原各國將不復以夷
狄視之，倘若不能遵循此道，便屬化外之民，得視情況征討，其中最著
名的例子，即春秋時代齊相管仲勸諫桓公出兵救邢一事，《左傳・閔公
元年》嘗提及此事，其云：

　　狄人伐邢，管敬仲言於齊侯曰，戎狄豺狼，不可厭也，諸夏

〔註50〕　葛兆光：《何為中國：疆域民族文化與歷史》（香港：牛津大學出版社，
　　　　　2014年6月），頁37～38。
〔註51〕　〔宋〕朱熹：《四書章句集注》，收入〔宋〕朱熹撰；朱傑人、嚴佐之、
　　　　　劉永翔主編：《朱子全書》（上海：上海古籍出版社，2002年12月），
　　　　　卷2，頁85。
〔註52〕　〔漢〕公羊壽傳、何休解詁、〔唐〕徐彥疏：《春秋公羊傳注疏》，收入
　　　　　李學勤主編：《十三經注疏》（北京：北京大學出版社，2001年9月），
　　　　　卷18，頁400。
〔註53〕　〔周〕左丘明傳；〔晉〕杜預注；〔唐〕孔穎達疏：《春秋左傳正義》，
　　　　　收入李學勤編：《十三經注疏》，卷25，頁709。
〔註54〕　〔周〕左丘明撰；〔清〕董增齡正義：《國語正義》（成都：巴蜀書社，
　　　　　1985年4月），卷17，頁2。

親暱，不可棄也，宴安酖毒，不可懷也。〔註55〕

邢國，周代姬姓封國，位於今河北省邢台市，春秋前期屢受北方部族鮮
虞侵擾，值此存亡之際，管仲請求桓公發兵援助，使同屬華夏文明圈的
友邦得以延續其國祚，就管氏視角言之，北狄乃貪得無厭、居心險惡的
豺狼之輩，而邢國與齊國同為周室藩屬，皆恪遵中原衣冠禮樂制度，可
謂兄弟之邦，邢國受難，齊國自不可坐視不理，必須攜手合作，齊力攘
除夷狄。此觀點深獲儒家認可，進而衍生「尊王攘夷」〔註56〕的政治
理論，並成為春秋時代各諸侯國所共同遵循之圭臬，而《論語・憲問》
亦提及孔子對於此事的贊同，其云：

> 子貢曰：「管仲非仁者與？桓公殺公子糾，不能死，又相之。」
> 子曰：「管仲相桓公，霸諸侯，一匡天下，民到於今受其賜，
> 微管仲，吾其被髮左衽矣，豈若匹夫匹婦之為諒也？自經於
> 溝瀆而莫之知也。」〔註57〕

面對子貢所提出之質疑，曾嚴厲批判管仲，稱其「器小、不知禮」〔註
58〕的孔子，此時反倒大力為其辯護，肯定他輔佐齊桓公九合諸侯，並
多次出兵討伐北方遊牧民族，既維護周天子的威望，亦成功保存中原
右衽文化，既有如此巨大之貢獻，則其另投他主的爭議自是不值一提，
由此般論述亦可得知，若就孔子視角而言，夷夏之防的重要性當遠勝
於君臣之義。

迄唐代，歷經太宗、高宗長久以來對邊疆之積極經略，至玄宗一

〔註55〕 〔周〕左丘明傳；〔晉〕杜預注；〔唐〕孔穎達疏：《春秋左傳正義》，
收入李學勤編：《十三經注疏》，卷11，頁303。

〔註56〕 見《春秋公羊傳・僖公四年》：「夷狄也，而亟病中國，南夷與北狄交，
中國不絕若線，桓公救中國，而攘夷狄，卒帖荊，以此為王者之事。」
〔漢〕公羊壽傳、何休解詁、〔唐〕徐彥疏：《春秋公羊傳注疏》，收入
李學勤主編：《十三經注疏》，卷10，頁213～214。

〔註57〕 〔宋〕朱熹：《四書章句集注》，收入〔宋〕朱熹撰；朱傑人、嚴佐之、
劉永翔主編：《朱子全書》，卷7，頁192。

〔註58〕 〔宋〕朱熹：《四書章句集注》，收入〔宋〕朱熹撰；朱傑人、嚴佐之、
劉永翔主編：《朱子全書》，卷2，頁90。

朝,唐帝國的聲威遠播,在西域各國之間具有極深厚的影響力,首都長安堪稱當時的世界中心,聚集成千上萬來自於各地的商旅、僧眾及留學生,胡風蔚為盛行,唐朝政府甚至還起用大量具有胡族血統的將領戍守邊疆,諸如哥舒翰、高仙芝與安祿山之流,皆在這種兼容並蓄、多元開放的時代氛圍之中獲得重用。

　　然而,值得特別留意的是,李唐皇室本具有鮮卑一族的血統,故其生活風俗、倫常觀念皆與漢人多有不同,但在入主神州之後,為鞏固政權,並獲得南方士大夫階層的認同,因而接受傳統的華夷秩序觀,以「華夏正統」自居,〔註59〕並在開國之初便設立孔廟加以祭祀,以示其對於儒學的重視。〔註60〕另外一方面,為標榜自身家族乃聖人之後裔,高祖亦極力尊崇道教,諸如太宗、高宗、玄宗等人,皆延續此一政策,宣稱道家創始者李耳為其先祖,不斷追加封號,其次數之頻繁,又以玄宗為最,〔註61〕當代學者李豐楙亦指出高祖巧妙運用道教圖讖傳

〔註59〕 李淵、李世民父子入主中原之後,亦接受了早自先秦時期便已成形的華夷觀念,事見《舊唐書‧高祖本紀》:「貞觀八年三月甲戌,高祖宴西突厥使者於兩儀殿,顧謂長孫無忌曰『當今蠻夷率服,古未嘗有。』無忌上千萬歲壽,高祖大悅,以酒賜太宗,太宗又奉觴上壽,流涕而言曰:『百姓獲安,四夷咸附,……被髮左衽,並為臣妾,此豈臣智力?皆由上稟聖算。』高祖大悅。」〔後晉〕劉昫撰;楊家駱主編:《新校本舊唐書》,卷1,頁17、18。

〔註60〕 見《舊唐書‧儒學上》:「高祖建義太原,初定京邑,雖得之馬上,而頗好儒臣。……二年,詔曰:『……朕君臨區宇,興化崇儒,永言先達,情深紹嗣,宜令有司於國子學立周公、孔子廟各一所,四時致祭。』仍博求其後,具以名聞,詳考所宜,當加爵土。是以學者慕向,儒教聿興。」〔後晉〕劉昫:《舊唐書》,卷189上。

〔註61〕 見《舊唐書‧高宗本紀》:「(乾封元年)二月己未,次亳州,幸老君廟,追號曰太上玄元皇帝。……(上元元年)十二月……天后上意見十二條,請王公百僚皆習《老子》。」《舊唐書‧玄宗本紀》:「(天寶二年)春正月丙辰,追尊玄元皇帝為大聖祖玄元皇帝,……親祀玄元廟以冊尊號。……(八載)閏月丙寅,上親謁太清宮,冊聖祖玄元皇帝尊號為聖祖大道玄元皇帝。……(十三載)二月癸酉,上親朝獻太清宮,上玄元皇帝尊號曰大聖祖高上大廣道金闕玄元天皇大帝。」〔後晉〕劉昫撰;楊家駱主編:《新校本舊唐書》,卷5,頁90、99;卷9,頁216、223、227。

說，創造其當應符命而為帝王的預言神話。〔註62〕綜上所述可知，在政治因素的考量之下，李氏雖然對胡人抱持著相對寬容、開放的治理態度，但仍恪遵早自先秦時期便已成形的華夷理論體系，自詡為中華文化的正統繼承者，兼採儒、道、陰陽等各家思想，而在看似胡漢一家的表象之下，仍可從當時的眾多邊塞詩篇裡，清楚看出華夷有別的觀念在士大夫階層裡的影響力，安史之亂過後，這種集體意識更趨昂揚，因此，本節將分別就「中華文化正統地位」以及「邊疆蠻夷偏邪不正」這兩個不同的側面展開論述。

一、中華文化之正統地位

如前文所述，盛唐邊塞詩脫胎於南朝邊塞詩，兩者皆大量化用漢代歷史典故，反映時人渴望重振民族聲威，恢復昔日榮耀之共同意志，須特別注意的是，邊塞詩絕非單純抒發個人情懷之作，而是一種與時代脈動緊密扣合的藝術結晶，國家政治與軍事各方面的實力消長，必將深刻影響邊塞詩所呈現出的精神面貌，隋唐時期，漢人徹底突破六朝長期偏安江南的困境，一掃向來備受北方異族欺凌之頹勢，重新取得傳統華夷秩序中的宗主權，迄於玄宗開天時期，文治、武功皆趨於鼎盛，是以，盛唐邊塞詩裡所流露之恢弘氣象與昂揚情調，亦遠非南朝作品所能企及，或言帝國國力之強大，或謳歌華夏文化之優越，抑或陳述中原政權之正統性，而華夷之辨的論述化於詩歌系統中，成為士大夫階層共有的集體意識，最早可上溯於先秦時期，例如《詩經‧閟宮》有云：

〔註62〕 見《六朝隋唐仙道類小說研究》：「從東晉前後開始，就已經流傳一種李氏當王的圖讖，成為當時起兵爭奪政權者的政治預言，……隋末天下紛擾，群雄紛起，其中李姓的李密、李淵等集團均參與角逐王位之列，諸李亦均巧妙運用『李氏當應圖錄』的口號，最後李淵父子終能開國創業。……有關李氏應讖當王的圖讖傳說，就是道教信仰形成之後的真君李弘傳說，……同屬老子神化後的老子信仰，作為道教教主的老君，當此紛擾不安的亂世，被塑造為救世主形象。」李豐楙：《六朝隋唐仙道類小說研究》（台北：學生書局，1986年4月），頁281、283。

周公之孫，莊公之子，龍旂承祀，六轡耳耳，春秋匪解，享祀
不忒，皇皇后帝，皇祖后稷，享以騂犧，是饗是宜，降福既
多。……公車千乘，朱英綠縢，二矛重弓，公徒三萬，貝冑朱
綬，烝徒增增，戎狄是膺，荊舒是懲，莫我敢承。……至于海
邦，淮夷蠻貊，及彼南夷，莫不率從，莫敢不諾。〔註63〕

此詩出自於〈魯頌〉，詩中先強調魯國一脈的悠久歷史與其政權之正統
性，再歌詠魯僖公積極參與諸侯盟會，屢次對外用兵之功業，〔註64〕
並極言魯軍軍容壯盛威武，俾使四方蠻夷畏服，全詩既充分顯示魯人
對於本國文化之驕傲自豪，亦清晰映現中原諸夏對於蠻夷戎狄的輕蔑
態度，極富文化本位主義之色彩。

　　根據《竹書紀年》的記載，西周宣王即位初期，嘗數度發動戰爭
討伐邊疆部族，武功盛極一時，是以各方諸侯紛紛入朝請服，〔註65〕
關於王師聲勢之浩大與陣中主帥的威儀，時人亦多有陳述，茲以下列
數首詩為例，《詩經·出車》有云：

王命南仲，往城于方，出車彭彭，旂旐央央，天子命我，城
彼朔方。赫赫南仲，玁狁於襄。……王事多難，不遑啟居。……
赫赫南仲，薄伐西戎。……執訊獲醜，薄言還歸，赫赫南仲，
玁狁于夷。〔註66〕

《詩經·采芑》亦云：

〔註63〕　〔周〕佚名撰；高亨注：《詩經今注》，頁518～519。
〔註64〕　見《左傳·僖公四年》：「公會齊侯……侵蔡，蔡潰，遂伐楚。」《左傳·
　　　　　僖公十三年》：「公會齊侯……于鹹，淮夷病杞故，且謀王室。秋，為
　　　　　戎難故，諸侯戍周。」《左傳·僖公十六年》：「公會齊侯……于淮，謀
　　　　　鄫，且東略也。」〔周〕左丘明傳；〔晉〕杜預注；〔唐〕孔穎達疏：《春
　　　　　秋左傳正義》，收入李學勤主編：《十三經注疏》，卷12、13、14，頁
　　　　　327、367、386、388。
〔註65〕　見《竹書紀年·宣王》：「三年，王命大夫仲伐西戎。……（五年）秋
　　　　　八月，方叔帥師伐荊蠻。……九年，王會諸侯于東都。」〔清〕雷學淇：
　　　　　《竹書紀年義證》（臺北：藝文印書館，1977年5月），卷25，頁382、
　　　　　384、393。
〔註66〕　〔周〕佚名撰；高亨注：《詩經今注》，頁231～232。

蠢爾蠻荊，大邦為讎，方叔元老，克壯其猶，方叔率止，執
訊獲醜，戎車嘽嘽，嘽嘽焞焞，如霆如雷，顯允方叔，征伐
玁狁，蠻荊來威。〔註67〕

上述二詩皆出自〈小雅〉，既描繪王室軍隊行進時的壯觀景象，亦謳歌
奉命出征的將領之非凡氣概，藉此強調王朝權威絕不容挑戰，文人對
本國強大實力之光榮感，以及審視異族時所流露的鄙夷之情，於此一
覽無遺。《詩經・江漢》又云：

江漢湯湯，武夫洸洸，經營四方，告成于王，四方既平，王
國庶定，時靡有爭，王心載寧，江漢之滸，王命召虎，式辟
四方，徹我疆土，……肇敏戎公，用錫爾祉。……虎拜稽首，
對揚王休，作召公考，天子萬壽，明明天子，令聞不已，矢
其文德，洽此四國。〔註68〕

本詩出自〈大雅〉，敘述周宣王命令召虎領兵討伐淮夷一事，〔註69〕藉
由王帥出征之際的磅礡氣勢，昭示「四方平，王國定」之結局，謳歌宣
王的雄才偉略之餘，也側寫召虎之竭誠盡節，呈現一幅君賢臣忠的盛
世景象，全詩充分流露士人對周室中興、四海賓服的政局之深切期許，
並完整體現尊王攘夷的文化脈絡。

　　在召穆公與周定公扶持之下登基的周宣王，一掃其父厲王在位時
眾叛親離之頹勢，藉由接連幾次對外戰爭的勝利，重新確立其在諸侯
間之威望，並且再度凝聚各封國對於王室的向心力，〔註70〕《詩經・

〔註67〕　〔周〕佚名撰；高亨注：《詩經今注》，頁247～248。
〔註68〕　〔周〕佚名撰；高亨注：《詩經今注》，頁462～463。
〔註69〕　見《竹書紀年・宣王》：「六年，召穆公帥師伐淮夷，王帥師伐徐戎，……
　　　　王歸自伐徐，錫召穆公命。」〔清〕雷學淇：《竹書紀年義證》，卷25，
　　　　頁385、387～388。
〔註70〕　見《史記・周本紀》：「王行暴虐侈傲，國人謗王。……乃相與畔，襲
　　　　厲王，厲王出奔於彘。……太子靜長於召公家，二相乃共立之為王，
　　　　是為宣王。宣王即位，二相輔之，修政，法文、武、成、康之遺風，
　　　　諸侯復宗周。」〔漢〕司馬遷撰；〔劉宋〕裴駰集解；〔唐〕司馬貞索隱；
　　　　〔唐〕張守節正義：《史記三家注》，卷4，頁79～80。

韓弈》便嘗反映此事，其云：

> 溥彼韓城，燕師所完，以先祖受命，因時百蠻，王錫韓侯，
> 其追其貊，奄受北國，因以其伯，實墉實壑，實畝實籍，獻
> 其貔皮，赤豹黃羆。〔註71〕

本詩亦出自〈大雅〉，描述韓侯於周宣王四年入朝覲見天子一事，〔註72〕強調韓國先祖接受天子冊命，因而得以駕馭百蠻、雄視北國，全詩既肯定韓侯經略邊疆之功，亦極言周王室的絕對權威，詩末關於各部進貢之描繪，則反映姬姓諸侯國鑒觀異族時所抱持的強烈優越感，清晰展示華夏民族對於己身文化之高度認同與自信。

　　由上述各詩可得知，對於華夏文化的正統地位與中原政權的權威性之闡釋，實乃華夷之辨的論述主軸，而此思維脈絡亦廣為唐人接受與沿襲，並具體映現於盛唐邊塞詩之中，例如高適〈信安王幕府詩〉裡有此數句：

> 雲紀軒皇代，星高太白年。廟堂咨上策，幕府制中權。盤石
> 藩維固，升壇禮樂先。國章榮印綬，公服貴貂蟬。樂善旌深
> 德，輸忠格上玄。剪桐光寵錫，題劍美貞堅。聖祚雄圖廣，
> 師貞武德虔。雷霆七校發，旌旆五營連。〔註73〕

關於本詩的創作背景，已見前文，值得特別注意的是，詩人以代指華夏始祖黃帝的「雲紀、軒皇」〔註74〕之語，比擬開元年間的極盛之世，稱其可與儒家嚮往的上古時代相媲美，充分流露唐人以華夏正統自居的觀點，其後亦陳述中原文化所固有的分藩與禮樂制度，又極力謳歌君主之偉略、將帥之忠貞以及王師之武德，以此昭示唐軍最終大破契丹之必然

〔註71〕〔周〕佚名撰；高亨注：《詩經今注》，頁458～459。
〔註72〕見《竹書紀年・宣王》：「四年，王命蹶父如韓，韓侯來朝。」〔清〕雷學淇：《竹書紀年義證》，卷25，頁382。
〔註73〕〔唐〕高適撰；劉開揚注：《高適詩集編年箋註》，頁39～40。
〔註74〕見《左傳・昭公十七年》：「昔者黃帝氏以雲紀，故為雲師而雲名。」〔周〕左丘明傳；〔晉〕杜預注；〔唐〕孔穎達疏：《春秋左傳正義》，收入李學勤主編：《十三經注疏》，卷48，頁1360。

性，此般觀點完全合乎早在《詩經》系統之中便已確立的華夷論述，亦
清晰映現邊塞詩人對於民族戰爭之詮釋與想像，〈送渾將軍出塞〉又云：

> 將軍族貴兵且強，漢家已是渾邪王。子孫相承在朝野，至今
> 部曲燕支下。控弦盡用陰山兒，登陣常騎大宛馬。銀鞍玉勒
> 繡蝥弧，每逐嫖姚破骨都。李廣從來先將士，衛青未肯學孫
> 吳。〔註75〕

根據劉開揚之考證，本詩應當作於天寶十一載（752）左右，詩中所提
及的渾將軍，乃朔方軍將領渾釋之，〔註76〕詩人陳述渾氏之世系及其
先祖降於漢朝一事，〔註77〕並對其部眾迄今仍為唐室所用表示肯定，
若細究詩意，可發覺高適於詩中所流露的讚譽之情，實乃基於其內心
對於民族及政治之想像，就其視角而言，鐵勒渾部雖本屬蠻夷，卻能果
斷棄暗投明，歸附中原政權，並為朝廷竭誠盡忠，攻伐尚未臣服之異
邦，有功於邊疆，〔註78〕故詩人便不復以夷狄視之，反倒大力頌揚渾
氏之智勇與其部族之昌盛，此觀點既昭示華夏之正統性，亦清晰展現
華夷論述中的多元面向。

　　高適的邊塞詩中有關民族、政治之論述，已自成一套完整脈絡，
既暢談其對於中華文化本位之肯定，也描繪其內心裡關於四夷賓服、
萬國來朝的理想願景，而當邊境爆發衝突時，詩人亦於戰爭敘寫之中
詳述其民族觀，〈塞下曲〉裡有此數句：

> 結束浮雲駿，翩翩出從戎。且憑天子怒，復倚將軍雄。萬鼓

〔註75〕〔唐〕高適撰；劉開揚注：《高適詩集編年箋註》，頁257。
〔註76〕〔唐〕高適撰；劉開揚注：《高適詩集編年箋註》，頁258。
〔註77〕見《史記・匈奴列傳》：「渾邪王殺休屠王，并將其眾降漢，凡四萬餘
　　　　人，號十萬。於是漢已得渾邪王，則隴西、北地、河西益少胡寇。」
　　　　〔漢〕司馬遷撰；〔劉宋〕裴駰集解；〔唐〕司馬貞索隱；〔唐〕張守節
　　　　正義：《史記三家注》，卷110，頁1188。
〔註78〕見《舊唐書・渾瑊傳》：「渾瑊，皋蘭州人也，本鐵勒九姓部落之渾部
　　　　也。……曾祖元慶、祖大壽、父釋之，皆代為皋蘭都督。……釋之，
　　　　少有武藝，從朔方軍，積戰功於邊上。」〔後晉〕劉昫：《舊唐書》，卷
　　　　134，頁3703。

雷殷地，千旗火生風。日輪駐霜戈，月魄懸珥弓。青海陣雲

匝，黑山兵氣衝。戰酣太白高，戰罷旄頭空。〔註79〕

本詩作於天寶十二載（753），言及哥舒翰討伐吐蕃，收復河西九曲失地

一事，〔註80〕詩中巧妙化用《詩經》典故，〔註81〕強調唐軍出兵之正

當性，而「戰酣太白高，戰罷旄頭空」二句別具深意，既宣稱將星高懸

天際，王師必勝，又以象徵胡族的「旄頭星」〔註82〕之殞落，昭示吐

蕃邪不勝正，最終必徹底覆滅，全詩洋溢恢弘的民族意識，而岑參的詩

歌中亦有類似論述，例如〈輪臺歌奉送封大夫出師西征〉裡有此數句：

輪臺城頭夜吹角，輪臺城北旄頭落。羽書昨夜過渠黎，單于

已在金山西。戍樓西望煙塵黑，漢兵屯在輪臺北。上將擁旄

西出征，平明吹笛大軍行。四邊伐鼓雪海湧，三軍大呼陰山

動。〔註83〕

本詩作於天寶十三載（754），詩中所指之事究竟為何，已無從得知，當

為北庭節度使封常清領導的某次軍事行動，詩人以吹角、羽書、煙塵之

語，敘述虜騎入寇的急迫形勢，接著又描繪黎明破曉之際，唐軍將士拔

營起行的磅礴氣勢，並極言王師陣容之威武壯盛，藉此呼應作者對「旄

頭落」的期待與想像，高適、岑參二人皆未親臨戰陣，但其邊塞詩卻不

約而同地呈現幕府文士對於華夷有別的觀念之闡發。岑參〈獻封大夫

破播仙凱歌六首其一〉亦云：

〔註79〕〔唐〕高適撰；劉開揚注：《高適詩集編年箋註》，頁269。

〔註80〕見《資治通鑑》：「天寶十二年，……隴右節度使哥舒翰擊吐蕃，拔洪
　　　　濟、大漠門等城，悉收九曲部落。」〔宋〕司馬光：《資治通鑑》，卷216，
　　　　頁22。

〔註81〕「天子怒」一詞，出自《詩經‧皇矣》：「密人不恭，敢距大邦，侵阮
　　　　徂共。王赫斯怒，爰整其旅，……以篤于周祜，以對于天下。」〔周〕
　　　　佚名撰；高亨注：《詩經今注》，頁388。

〔註82〕見《史記‧天官書》：「昂曰旄頭，胡星也。」〔漢〕司馬遷撰；〔劉宋〕
　　　　裴駰集解；〔唐〕司馬貞索隱；〔唐〕張守節正義：《史記三家注》，卷
　　　　27，頁514。

〔註83〕〔唐〕岑參撰；陳鐵民、侯忠義注：《岑參集校注》，頁176。

　　漢將承恩西破戎，捷書先奏未央宮。天子預開麟閣待，祇今
　　誰數貳師功。〔註84〕

本詩作於天寶十三載（754）末，關於破播仙一役之始末，今已不可考，詩人根據此事進行創作，藉以表達對於主帥戰功的頌揚之情，既陳述封常清奉王命出征，並順利掃除夷狄，凱旋返回帝都，復稱其功勛卓著，遠邁前賢，全詩充分流露文人士大夫對於尊王攘夷、為國安邊的高度嚮往，較值得注意的是，此詩大量援引漢代典故，諸如未央宮、麟閣、貳師之語，〔註85〕皆體現唐人渴望重拾漢代榮耀之積極意識，亦即前文所提及的，反覆出現於盛唐邊塞詩中的大漢圖騰，此文化符號既反映邊塞詩人對於帝國威服西域、締造輝煌武功之殷切期許，亦顯示士大夫階層對於己方政權的法統性之高度認同，自漢以迄於唐，中華文明雖歷經南北朝的亂世洗禮，屢次面臨異族文化的威脅與挑戰，卻始終綿延不絕、未曾中斷，有唐一代乃繼承華夏正統的中原王朝，自然也接納了源遠流長的華夷秩序觀，是以，攻伐異族、俾使四方蠻夷盡皆臣服於天朝聲威，遂成為岑參邊塞詩中的論述主軸之一，〈登北庭北樓呈幕中諸公〉裡有此數句：

　　嘗讀西域傳，漢家得輪臺。古塞千年空，陰山獨崔嵬。……
　　上將新破胡，西郊絕煙埃。邊城寂無事，撫劍空徘徊。〔註86〕

本詩作於天寶十四載（755），是時邊境形勢稍定，詩人登樓遠眺，緣景生情，因而有此作。詩中「嘗讀西域傳，漢家得輪臺」二句，乃《漢書·

〔註84〕〔唐〕岑參撰；陳鐵民、侯忠義注：《岑參集校注》，頁183。
〔註85〕見《史記·高祖本紀》：「蕭丞相營作未央宮，……宮成，高祖大朝諸侯群臣，置酒未央前殿。」《史記·大宛列傳》：「宛有善馬在貳師城，匿不肯與漢使。天子既好宛馬，……拜李廣利為貳師將軍，……以往伐宛，期至貳師城取善馬，故號貳師將軍。」〔漢〕司馬遷撰；〔劉宋〕裴駰集解；〔唐〕司馬貞索隱；〔唐〕張守節正義：《史記三家注》，卷8、123，頁177、1296～1297。《漢書·李廣蘇建傳》：「上思股肱之美，乃圖畫其人於麒麟閣，法其形貌，署其官爵姓名。」〔漢〕班固撰；〔唐〕顏師古注；楊家駱主編：《新校本漢書并附編二種》，卷54，頁2468。
〔註86〕〔唐〕岑參撰；陳鐵民、侯忠義注：《岑參集校注》，頁191。

西域傳》所載之事，〔註87〕岑參藉漢將李廣利攻伐大宛之史實，盛譽主帥封常清「破胡絕煙埃」，使西北諸蕃請服的靖邊功績，清晰展示漢人士子所堅信的華貴夷賤之民族意識。

二、邊疆蠻夷之偏邪不正

除了申明華夏文化的優越性與正統地位之外，對於邊疆蠻夷貪婪嗜慾、殘暴好戰等諸多較主觀的批判，同為盛唐邊塞詩的敘寫主線之一，此般論述亦可上溯於先秦時期的詩歌與散文，例如《書經・舜典》云「蠻夷猾夏，寇賊姦宄」〔註88〕，極言夷狄之偏邪不正，充分顯示中原民族的警戒提防之心，《詩經・六月》又云：

> 六月棲棲，戎車既飭，四牡騤騤，載是常服，玁狁孔熾，我是用急，王于出征，以匡王國。……玁狁匪茹，整居焦穫，侵鎬及方，至于涇陽，……薄伐玁狁，至于大原，文武吉甫，萬邦為憲。〔註89〕

《詩經・采薇》亦云：

> 靡室靡家，玁狁之故，不遑啟居，玁狁之故。……戎車既駕，四牡業業，豈敢定居？一月三捷。……四牡翼翼，象弭魚服，豈不日戒？玁狁孔棘。〔註90〕

上述二詩皆出自於〈小雅〉，描述西周宣王初年討伐玁狁一事，〔註91〕〈六月〉極力強調玁狁的驕橫已對中原造成了莫大的威脅，邊境形勢

〔註87〕 見《漢書・西域傳》：「自貳師將軍伐大宛之後，西域震懼，多遣使來貢獻，……輪臺、渠犁皆有田卒數百人，置使者校尉領護，以給使外國者。」〔漢〕班固撰；〔唐〕顏師古注；楊家駱主編：《新校本漢書并附編二種》，卷96上，頁3873。

〔註88〕 〔漢〕孔安國傳；〔唐〕孔穎達疏：《尚書正義》，收入李學勤主編：《十三經注疏》，卷3，頁75。

〔註89〕 〔周〕佚名撰；高亨注：《詩經今注》，頁244～245。

〔註90〕 〔周〕佚名撰；高亨注：《詩經今注》，頁228。

〔註91〕 見《竹書紀年・宣王》：「五年六月，尹吉甫帥師伐玁狁，至于太原。」〔清〕雷學淇：《竹書紀年義證》，卷25，頁383。

急於星火，藉此昭示王師出征之正當性，其後筆鋒一轉，歌詠朝廷軍隊之威武與主帥尹吉甫的才幹，稱其撥亂反正，使天下恢復安定，足為後世之表率。而〈采薇〉則反映長年戍守在外的將士之艱辛，虜騎未退，以致征人遲未能返家，本詩藉由底層戍卒的遭遇，對玁狁反覆侵擾邊境所造成的危害提出最強而有力之控訴，二詩的敘寫策略雖不盡相同，但卻同時體現中原民族面對強勁外敵時的戒慎恐懼之情。

　　迄盛唐時期，隨著帝國積極向外擴張，與周邊民族的軍事衝突未曾間斷，是時強敵環伺，諸如橫行河北、遼寧二省的契丹族，還有稱雄於青藏高原的吐蕃王國，以及盤據雲南、貴州一帶的南詔國，抑或叛服無常、立場搖擺不定的西域諸部，都對唐帝國的邊防造成極為嚴重之威脅，是以，面對異族隨時皆有可能入侵的狀況，邊塞詩人遂藉由創作來陳述對於夷狄的防範心理，高適〈登百丈峯二首其二〉有云：

> 晉武輕後事，惠皇終已昏。豺狼塞瀍洛，胡羯爭乾坤。四海如鼎沸，五原徒自尊。而今白庭路，猶對青陽門。朝市不足問，君臣隨草根。〔註92〕

本詩乃天寶十一載（752）秋季，高適初至武威時所作，其身處的河西、隴右一帶，是當時的戰略要地，高原民族吐蕃時常入寇劫掠，邊防形勢極為嚴峻，〔註93〕而當地荒涼蒼茫之景，亦觸發詩人內心弔古傷今之情，故以此詩排遣感懷，詩中言及西晉王朝覆滅的往事，並嚴詞批判晉室人謀不臧，導致蠻夷猾夏、衣冠南渡之混亂局面，〔註94〕諸如「豺

〔註92〕　〔唐〕高適撰；劉開揚注：《高適詩集編年箋註》，頁250～251。

〔註93〕　見《舊唐書‧吐蕃傳》：「吐蕃既得九曲，其地肥良，堪頓兵畜牧，又與唐境接近，自是復叛，始率兵入寇。……既自恃兵強，每通表疏，求敵國之禮，言詞悖慢，上甚怒之。……十五年正月，……吐蕃大將悉諾邏率眾入攻大斗谷，又移攻甘州，焚燒市里。……明年秋，吐蕃大將悉末朗復率眾攻瓜州，守珪出兵擊走之。……今河西、隴右，百姓疲竭，事皆由此。」〔後晉〕劉昫：《舊唐書》，卷196上，頁5228～5230。

〔註94〕　見《晉書‧武帝紀》：「武皇承基，誕膺天命，……驕泰之心，因斯而起，見土地之廣，謂萬葉而無虞，睹天下之安，謂千年而永治。……曾未數年，綱紀大亂，海內版蕩，宗廟播遷。帝道王猷，反居文身之

狼」、「胡羯」這類帶有歧視性的詞彙，清晰反映中原士人審視邊疆異族時的負面觀感，高適既於詩中陳述自己對於五胡亂華一事的強烈憤慨，亦就中原政權之失道提出省思，呼籲朝廷謹記歷史教訓、勵精圖治，勿重蹈西晉皇室亡國喪邦，使夷狄得以竊據中原之覆轍，此詩借古諷今，極具思想內涵，亦頗富民族主義色彩，岑參〈走馬川行奉送出師西征〉裡有此數句：

匈奴草黃馬正肥，金山西見煙塵飛，漢家大將西出師。……

虜騎聞之應膽懾，料知短兵不敢接，車師西門佇獻捷。〔註95〕

本詩與前文所提及的〈輪臺歌奉送封大夫出師西征〉同述一事，當時西北諸部常在秋高馬肥之際舉兵入寇，進而衍生出「防秋」的說法，〔註96〕岑參亦於詩中陳述此戒備心態，並進一步指出，王師所到之處，必能使氣焰囂張的胡虜聞風而逃，故其自稱將於營帳邊恭候主帥封常清凱旋歸來，詩人對己方軍力的高度信心，以及看待邊疆敵對勢力之鄙夷心態，皆於詩中表露無遺。

玄宗天寶十四載（755）年底，震驚帝國的安史之亂正式揭開序幕，范陽節度使安祿山以清君側之名起兵反叛，翌年六月，潼關失守，玄宗倉皇逃離首都長安，〔註97〕自此之後，唐帝國元氣大傷，為了弭平叛

俗；神州赤縣，翻成被髮之鄉。……良由失慎於前，所以貽患於後。……元海當除而不除，卒令擾亂區夏；惠帝可廢而不廢，終使傾覆洪基。」〔唐〕房玄齡撰；楊家駱編：《新校本晉書並附編六種》（台北：鼎文書局，1976 年 10 月），卷 3，頁 81～82。

〔註95〕〔唐〕岑參撰；陳鐵民、侯忠義注：《岑參集校注》，頁 178。

〔註96〕見高適〈九曲詞三首其三〉：「青海只今將飲馬，黃河不用更防秋。」〔唐〕高適撰；劉開揚注：《高適詩集編年箋註》，頁 271。岑參〈虢州送天平何丞入京市馬〉：「習戰邊塵黑，防秋塞草黃。」〔唐〕岑參撰；陳鐵民、侯忠義注：《岑參集校注》，頁 280。《舊唐書·陸贄傳》：「河隴陷蕃以來，西北邊常以重兵守備，謂之防秋。」〔後晉〕劉昫：《舊唐書》，卷 139，頁 3804。

〔註97〕見《舊唐書·玄宗本紀》：「范陽節度使安祿山率蕃、漢之兵十餘萬，自幽州南向詣闕，以誅楊國忠為名，……哥舒翰至潼關，為其帳下火拔歸仁以左右數十騎執之降賊，關門不守，京師大駭，……將謀幸蜀。」〔後晉〕劉昫撰；楊家駱主編：《新校本舊唐書》，卷 9，頁 230、232。

亂，朝廷調撥河西、隴右以及朔方等地的兵力來抵禦叛軍，進而導致西北邊防虛空，吐蕃趁虛而入，唐朝徹底喪失對於西域及中亞一帶的控制能力，〔註98〕長達八年的動亂，亦造成經濟大幅衰退，人口總數銳減，向來最為繁榮的華北平原烽煙四起、民不聊生，值得注意的是，叛軍首領安祿山與史思明二人皆具有胡族血統，因此，部份漢族士大夫遂將此場動亂視為華夷之間的民族戰爭，由統治階層所倡導的「胡漢一家」〔註99〕風氣逐漸式微，夷夏之防意識漸趨昂揚，〔註100〕文人士子多藉由詩作來表達對異族的敵視心態，也就其在中原地區所造成之騷動進行強烈批判。此般觀念的轉變，可從杜甫詩中略見一斑，素有詩史稱號的他，亦於詩歌中詳實紀錄由契丹、奚等北方部族所組成的叛軍對華夏文明之摧殘，或用「蠻夷雜種」〔註101〕、「戎狄乘妖氣」〔註102〕這般尖銳言辭，或在作品裡反覆陳述胡虜橫行的危害，藉此映現中原人民在戰爭裡所承受之苦難，例如〈悲陳陶〉有云：

〔註98〕 見《舊唐書・吐蕃傳》：「及潼關失守，河洛阻兵，於是盡徵河隴、朔方之將鎮兵入靖國難，……乾元之後，吐蕃乘我間隙，日蹙邊城，……數年之後，鳳翔之西，邠州之北，盡蕃戎之境，湮沒者數十州。」〔後晉〕劉昫：《舊唐書》，卷196上，頁5236。

〔註99〕 見《資治通鑑》：「（貞觀二十一年）上曰：『……自古皆貴中華，賤夷狄，朕獨愛之如一，故其種落皆依朕如父母。』」〔宋〕司馬光：《資治通鑑》，卷198，頁19。

〔註100〕 安史之亂實乃唐代社會風氣的關鍵轉捩點，為期八年的動亂對於整個帝國的發展造成極深遠之負面影響，由於亂黨首領皆具突厥血統，故有部份士大夫將此事歸咎於「胡漢長期雜處」，甚而以「妖邪之物」蔑稱胡人，排外意識漸趨昂揚，並延續至中唐時期，例如《東城老父傳》有云：「今北胡與京師雜處，娶妻生子，長安中少年有胡心矣，吾子視首飾靴服之制，不與向同，得非物妖乎？」〔唐〕陳鴻：《東城老父傳》，收入李劍國輯校：《唐五代傳奇集》（北京：中華書局，2015年5月），頁772。

〔註101〕 見杜甫〈承聞河北諸道節度入朝歡喜口號絕句十二首其二〉：「社稷蒼生計必安，蠻夷雜種錯相干。周宣漢武今王是，孝子忠臣後代看。」〔唐〕杜甫撰；〔清〕仇兆鰲注：《杜詩詳注》，卷18，頁1624。

〔註102〕 見杜甫〈送盧十四弟侍御護韋尚書靈櫬歸上都二十韻〉：「戎狄乘妖氣，塵沙落禁闈。……萬姓瘡痍合，群兇嗜慾肥。」〔唐〕杜甫撰；〔清〕仇兆鰲注：《杜詩詳注》，卷23，頁2013。

孟冬十郡良家子，血作陳陶澤中水。野曠天清無戰聲，四萬
義軍同日死。群胡歸來血洗箭，仍唱夷歌飲都市。都人迴面
向北啼，日夜更望官軍至。〔註103〕

　　本詩作於唐肅宗至德元載（756）十月，根據《舊唐書》記載，當
時宰相房琯請纓出戰安史叛軍，卻於陳濤斜（陝西省咸陽市東）為敵將
安守忠所擊敗，數萬唐軍四散奔逃，〔註104〕杜甫遂以此詩記錄這場極
為悲壯的戰役，既陳述官軍的慘重傷亡，亦極力描繪胡族殘暴嗜殺、驕
橫猖狂之態，藉此抒發其滿腔悲憤，詩末又宣稱帝都子民皆引頸企盼
王師之降臨，以期能撥亂反正，使天下恢復安定，全詩既反映身處亂世
的黎民百姓對於和平之嚮往，亦清晰展現漢族士子面對異族入侵時的
觀感，以及對於尊崇王室、攘除夷狄的概念之闡發。

　　除了對於邊疆蠻夷的主觀批評之外，杜甫也在詩作裡闡述其對於
時局的獨到見解，茲以〈北征〉一詩為例，其中有此數句：

東胡反未已，臣甫憤所切。揮涕戀行在，道途猶恍惚。乾坤
含瘡痍，憂虞何時畢？……胡命其能久，皇綱未宜絕。憶昔
狼狽初，事與古先別。姦臣竟菹醢，同惡隨蕩析。不聞夏殷
衰，中自誅褒妲。周漢獲再興，宣光果明哲。……煌煌太宗
業，樹立甚宏達。〔註105〕

本詩作於肅宗至德二載（757）八月，當時詩人甫因房琯罷相一事而觸
怒皇帝，遭敕放還，翌年又被貶為華州司功參軍，〔註106〕此詩正是在

〔註103〕〔唐〕杜甫撰；〔清〕仇兆鰲注：《杜詩詳注》，卷4，頁314。
〔註104〕見《舊唐書·肅宗本紀》：「上素知房琯名，至是琯請為兵馬元帥收復
　　　　兩京，許之，……琯與賊將安守忠戰于陳濤斜，官軍敗績，楊希文、
　　　　劉貴哲等降於賊，琯亦奔還。」〔後晉〕劉昫撰；楊家駱主編：《新校
　　　　本舊唐書》，卷10，頁244。
〔註105〕〔唐〕杜甫撰；〔清〕仇兆鰲注：《杜詩詳注》，卷5，頁395～405。
〔註106〕見《舊唐書·肅宗本紀》：「（二載）五月……房琯為太子少師，罷知政
　　　　事，以諫議大夫張鎬為中書侍郎、同中書門下平章事。」〔後晉〕劉昫
　　　　撰；楊家駱主編：《新校本舊唐書》，卷10，頁246。《舊唐書·杜甫傳》：
　　　　「琯罷相，甫上疏言琯有才，不宜罷免。肅宗怒，貶琯為刺史，出甫為

他剛返抵鄜州老家時所寫，儘管不為天子所容，但杜甫仍於此詩之中
流露強烈的忠君愛國情懷，詩中先極言對胡人起兵反叛之憤恨，並陳
述夷狄侵暴中國，以致天地動盪不安，蒼生流離失所，其後筆鋒一轉，
強調蠻夷命數必無法長久，聖朝福祚則能延續千秋萬世，對於楊氏兄
妹失勢敗亡、餘黨相繼潰散一事，杜甫亦抱持正面肯定之態度，稱其有
益於整肅朝綱，重振人唐聲威，詩末又頌揚肅宗可媲美西周宣王、東漢
光武帝等中興之主，勉勵其效法先帝太宗開創一番不世偉業。本詩洋
溢著詩人對於國家與民族之熱愛，同時也兼具極為豐富的思想內涵。

　　在漸趨敵視異族的時代氛圍裡，同樣經歷安史之亂的高適，也在
詩中記錄這場曠日持久的戰爭，既表達對於蠻夷猾夏的強烈憤慨，亦
陳述有關己方政局之省思，例如〈酬河南節度使賀蘭大夫見贈之作〉裡
有此數句：

> 高閣憑欄檻，中軍倚旆旌。感時常激切，於己即忘情。河華
> 屯妖氣，伊瀍有戰聲。愧無裁難策，多謝出師名。秉鉞知恩
> 重，臨戎覺命輕。〔註107〕

本詩亦作於肅宗至德二載（757），當時唐軍與安史亂黨於各地激戰方
酣，形勢極為膠著，〔註108〕河南節度使賀蘭進明亦奉旨討賊，〔註109〕
高適遂藉由此酬贈詩來抒發己身捨命殺敵，戮力以靖國難之豪情，充
分展現「以安危為己任」〔註110〕的士人精神，而他也在此詩之中極言

華州司功參軍。」〔後晉〕劉昫：《舊唐書》，卷190下，頁5054。
〔註107〕〔唐〕高適撰；劉開揚注：《高適詩集編年箋註》，頁288。
〔註108〕見《舊唐書‧肅宗本紀》：「（元載）十一月，……回紇引軍來赴難，
　　　　與郭子儀同破賊黨同羅部三千餘眾於河上。……（二載）二月，……
　　　　節度使李光弼大破賊將蔡希德之眾於城下，斬虜七萬，……朔方節度
　　　　使郭子儀大破賊將崔乾祐於潼關，收河東郡。……五月，郭子儀與賊
　　　　將安守忠戰于清渠，官軍敗績。」〔後晉〕劉昫撰；楊家駱主編：《新
　　　　校本舊唐書》，卷10，頁244～246。
〔註109〕見《資治通鑑》：「（至德二年七月）河南節度使賀蘭進明克高密琅邪，
　　　　殺賊二萬餘人。」〔宋〕司馬光：《資治通鑑》，卷219，頁19。
〔註110〕見《舊唐書‧高適傳》：「適喜言王霸大略，務功名，尚節義。逢時多
　　　　難，以安危為己任。」〔後晉〕劉昫：《舊唐書》，卷111，頁3331。

胡虜之偏邪不正，諸如「河華屯妖氣，伊瀍有戰聲」二句，便以嚴厲態度譴責夷狄竊據神州，致使中原板蕩。〈酬裴員外以詩代書〉裡亦有如下數句：

> 單車入燕趙，獨立心悠哉。寧知戎馬間，忽展平生懷。且欣清論高，豈顧夕陽頹？題詩碣石館，縱酒燕王臺。北望沙漠垂，漫天雪皚皚。臨邊無策略，覽古空徘徊。樂毅吾所憐，拔齊翻見猜。荊卿吾所悲，適秦不復迴。……乙未將星變，賊臣候天災。胡騎犯龍山，乘輿經馬嵬。千官無倚著，萬姓徒悲哀。誅呂鬼神動，安劉天地開。……誓當翦鯨鯢，永以竭駑駘。小人胡不仁？讒我成死灰。賴得日月明，照耀無不該。留司洛陽宮，詹府唯蒿萊。是時掃氛祲，尚未殲渠魁。背河列長圍，師老將亦乖。歸軍劇風火，散卒爭椎埋。一夕瀍洛空，生靈悲曝腮。……城池何蕭條，邑室更崩摧。縱橫荊棘叢，但見瓦礫堆。行人無血色，戰骨多青苔。〔註111〕

本詩乃肅宗上元元年（760），高適於彭州刺史任內所作，當時詩人已年近花甲，藉由此詩來回顧平生經歷，並抒發胸中感懷，詩中首先追憶年少時奔赴幽薊邊地，遠眺塞外荒漠、慷慨懷古的往事，抒發自身對樂毅、荊軻的憑弔之情，寄託勸告君王須尚賢事能的弦外之音，其後話鋒一轉，詳細描繪安史之亂爆發以後，各地屍橫遍野、滿目瘡痍的慘況，藉此表達詩人對「孤負聖朝，造作氛祲」〔註112〕的叛胡之深切怨恨，「誅呂」、「安劉」之語，是他對於楊國忠伏誅一事所抱持的正面觀感，「翦鯨鯢」數句，則抒發其矢志討伐逆賊，卻反為宵小詆毀之無奈，〔註113〕此詩既闡揚尊王攘夷的民族意識，亦極言奸相與佞臣為禍之

〔註111〕〔唐〕高適撰；劉開揚注：《高適詩集編年箋註》，頁308～309。

〔註112〕見高適〈賀安祿山死表〉：「逆賊孤負聖朝，造作氛祲，嘯聚吠堯之犬，倚賴射天之矢，殘酷生靈，斯亦至矣。」〔唐〕高適撰；劉開揚注：《高適詩集編年箋註》，頁394。

〔註113〕見《舊唐書·高適傳》：「初，上皇以諸王分鎮，適切諫不可。及永王叛，肅宗聞其論諫有素，召而謀之，適因陳江東利害，永王必敗，上

烈，體現高適詩中的豐富思想內涵。

　　根據《舊唐書》記載，至德二載（757）二月，甫於靈武即位的唐肅宗移駕鳳翔。岑參自北庭返抵中原後，遂追隨天子左右，入為右補闕，正值強仕之年的他，面對這場撼動帝國根基之劇變，亦多有感慨，例如〈行軍二首其一〉裡有此數句：

　　　　胡兵奪長安，宮殿生野草。傷心五陵樹，不見二京道。我皇在行軍，兵馬日浩浩。胡雛尚未滅，諸將懇征討。昨聞咸陽敗，殺戮盡如掃。積屍若丘山，流血漲豐鎬。干戈礙鄉國，豺虎滿城堡。村落皆無人，蕭條空桑棗。儒生有長策，無處豁懷抱。塊然傷時人，舉首哭蒼昊。〔註114〕

本詩即岑參扈從於鳳翔時所作，詩中言及自安史之亂爆發後，長安、洛陽二京相繼淪陷，以致聖駕奔波於外，未能返回帝都，其後亦描繪陳濤斜一役的景況，詩人以「豺虎」二字，極言叛胡之殘暴嗜殺堪比禽獸，以屍積如山、血流成河及空村無人這些詞彙，呈現北方異族橫行中原所造成的慘重傷亡，亦抒發自身報國無門，空有禦敵良策卻不為朝廷所重用之悲憤，〈九日使君席奉餞衛中丞赴長水〉又云：

　　　　節使橫行東出師，鳴弓擐甲羽林兒。臺上霜威凌草木，軍中殺氣傍旌旗。
　　　　預知漢將宣威日，正是胡塵欲滅時。為報使君多泛菊，更將絃管醉東籬。〔註115〕

本詩當作於上元二年（761）九月，當時安祿山、安慶緒父子以及史思明皆已身亡，由史朝義領導的叛黨殘部繼續與唐軍周旋，同年十一月，

　　　　奇其對，以適兼御史大夫、揚州大都督府長史、淮南節度使，詔與江東節度使來瑱率本部兵平江淮之亂，會於安州，師將渡而永王敗。……兵罷，李輔國惡適敢言，短於上前，乃左授太子少詹事。未幾，蜀中亂，出為蜀州刺史，遷彭州。」〔後晉〕劉昫：《舊唐書》，卷111，頁3329。
〔註114〕〔唐〕岑參撰；陳鐵民、侯忠義注：《岑參集校注》，頁221。
〔註115〕〔唐〕岑參撰；陳鐵民、侯忠義注：《岑參集校注》，頁288。

神策軍節度衛伯玉在長水縣一帶擊潰敵軍，〔註116〕岑參似乎已預見這場漫長動亂的最終結局，於此詩之中極力謳歌衛氏的威儀以及神策軍之驍勇，藉以昭示王師大破胡虜的必然性，同時也再度展示他對華夷戰爭中的民族觀之詮釋。

由上述列舉的詩作可得知，即便是在胡風極為盛行之唐代，華夷有別的思維仍深植於多數士大夫的心裡，而安史之亂的爆發，則使此般觀念變得愈發清晰，面對北方異族的強勢入侵，漢族文人紛紛由胡漢一家的氛圍中矍然猛醒，轉以更嚴肅、謹慎的態度來闡述夷夏之防，以期撥亂反正，使天下秩序恢復穩定。

第三節　小結

本章透過高適、岑參詩中關於戰爭、胡地及胡人的描繪，表述盛唐邊塞詩對於自我／邊界在政治及文化上之演繹與詮釋。首先，就政治意識言，高、岑二人皆於其邊塞詩中詳加闡釋對戰爭之觀點，有關戰爭的殘酷本質，先秦諸子已多有陳述，例如《道德經》有云「兵者不祥之器，非君子之器，不得已而用之」〔註117〕，《韓非子》亦嘗云「兵者，凶器也，不可不審用也」〔註118〕，而向來標榜仁愛精神的儒家諸賢，則更聚焦於發起戰爭的背後動機，亦即「師出有名」之必要，試圖從實踐仁義的角度來審視戰爭，強調王師出征並非為了滿足統治者的一己私慾，而須具備道德層面的正當性，以恩德感召天下蒼生，使其不論遠近，咸來歸服，〔註119〕具體展現自《尚書》體系之中便已確立的弔民

〔註116〕見《資治通鑑》：「上元二年建子月，……神策軍節度使衛伯玉攻史朝義，拔永寧，破澠池、福昌、長水等縣。」〔宋〕司馬光：《資治通鑑》，卷222，頁9〜10。

〔註117〕〔魏〕王弼注；〔唐〕陸德明釋文：《老子道德經注》（台北：世界書局，1957年9月），頁18。

〔註118〕〔周〕韓非撰；陳奇猷校注：《韓非子新校注》（上海：上海古籍出版社，2000年10月），卷1，頁34。

〔註119〕見《孟子‧梁惠王下》：「賊仁者謂之賊，賊義者謂之殘，殘賊之人謂之一夫，聞誅一夫紂矣，未聞弒君也。」〔周〕孟軻撰；〔清〕焦循正義：

伐罪思想，此論述又可再細分為兩個面向：一、誅殺殘暴無行的異邦首領，拯救當地百姓於水深火熱中，使其能脫離未施仁義的苛刻政治。二、醇厚邊疆澆薄的風俗民情，使異域黎民得以接受聖朝教化，改變其野蠻失序的鄙陋生活。上述觀念全為高適、岑參所接受與沿襲，二人側重的焦點雖不盡相同，卻皆於詩歌裡呈現其內心對「征討有罪之人，藉以撫慰天下蒼生」的政治觀之闡釋。

　　其次，就文化脈絡而言，針對早在先秦時期便已然成形的華夷秩序觀，高適與岑參亦於其邊塞詩中進行更深入的詮釋，本文又將其再細分為下列兩個主要面向：一、申明華夏文化之正統地位，或言本國政教制度的優越，或描繪關於四夷賓服的理想願景，或強調己方政權受命於天的法統性，並在戰爭敘寫之中極言王師軍容的壯盛以及各方異族之必敗，充分展示漢人士子對於自身文明的高度信心。二、控訴邊疆蠻夷之偏邪不正，對其提出諸如貪婪嗜慾、殘暴好戰等眾多主觀的尖銳批判，亦反覆陳述外族入寇對中原地區造成的劇烈破壞，與廣大人民所承受的無窮苦難，具體映現中原士大夫審視異族時所流露的鄙夷、警戒、仇視等複雜心態，安史之亂爆發後，文人對於蠻夷猾夏的憤慨情緒急遽高漲，尊王攘夷的民族意識愈發昂揚，盡皆映現於高適與岑參的邊塞詩歌之中。

《孟子正義》，卷5，頁145。《荀子・議兵》：「兵者所以禁暴除害也，非爭奪也，故仁者之兵，所存者神，所過者化，若時雨之降，莫不說喜。是以堯伐驩兜，舜伐有苗，禹伐共工，湯伐有夏，文王伐崇，武王伐紂，此四帝兩王，皆以仁義之兵行於天下，故近者親其善，遠方慕其德，兵不血刃，遠邇來服，德盛於此，施及四極。」〔周〕荀況撰；〔唐〕楊倞注：《荀子》（北京：中華書局，1985年2月），卷10，頁313～314。

第三章　治平情懷：安邦定國之闡發

　　積極尋求為世所用的入世精神，向來是儒家思想在政治方面的一貫態度，例如《論語》嘗云「鳥獸不可與同群，吾非斯人之徒與而誰與」〔註1〕，《孟子》亦云「如欲平治天下，當今之世，舍我其誰也」〔註2〕，充分體現孔、孟二人對「參與公共事務」的明確主張，當代儒學家杜維明嘗於《儒教》一書裡指出：

> 儒家精神的一個顯著特徵就是，把群體視為我們追求自我實現的一個不可或缺的部分。〔註3〕

就此言之，群體關係的和諧融洽、社會秩序的安定穩固以及國家政務的順暢運作，實乃每個人在一生之中必須不斷尋求實踐的重要目標，亦為儒家高度關切的核心價值，該書又提到：

> 儒家精神取向的另一個顯著特徵，便是對此世的內在合理性和意義的承諾，當然這種承諾絕非順應這樣的世界，或者接受現狀，而是被堅定的決心所鼓舞，要從內部改變這個世界，世界之「所是」未達其「所當是」的概念，使得儒家能夠和當時的既存經濟利益、政治權力以及社會等級保持批判性的距離，但不是要逃離這個世界，而是要……和世俗秩序的俗

〔註1〕〔宋〕朱熹：《四書章句集注》，收入〔宋〕朱熹撰；朱傑人、嚴佐之、劉永翔主編：《朱子全書》（上海：上海古籍出版社，2002年12月），卷9，頁228。

〔註2〕〔周〕孟軻撰；〔清〕焦循正義：《孟子正義》（台北：文津出版社，1988年7月），卷9，頁311。

〔註3〕杜維明撰；陳靜譯：《儒教》（台北：麥田出版社，2002年12月），頁31。

務搏鬥，帶著強烈的道德責任感，同時經常對人類悲劇抱持
著深切的關懷。〔註4〕

上述文字明確指出，真正的儒者所畢生遵循的，即為一種絕不妥協，近
乎於頑固、倔強的處世態度，也就是《論語》所謂「知其不可而為之」
〔註5〕，當世俗事務的發展有違儒者心目中的理想情境時，他們會窮其
一生的時間心力，向各種醜惡亂象發起永無止境之鬥爭，以期撥亂反
正，使國家社會的運作回歸正軌，救助廣大人民脫離各種艱苦的生存
困境。就現實層面而言，若欲達成這個遠大目標，唯有從政一途，是以
《論語》中亦嘗提出「學而優則仕」〔註6〕的概念，對於隋代以後的知
識份子來說，通過朝廷舉辦的考試，藉此獲取官職，即為他們參與政治
運作，進入國家權力核心的重要途徑，尤其對那些出身卑微、缺乏門第
庇蔭的寒族士子來說更是如此，科舉考試就是他們「擺脫貧困，翻轉自
身社會地位」的關鍵契機，換言之，「進士及第」當為其自我實現的先
決條件，也是他們由個人、群體而至天下的必經過程。

　　唐代的人才選拔制度甚為多元，設有維護世家子弟政治特權的「門
蔭入仕」〔註7〕、提供基層職掌雜務的文吏晉升中下級品階官員的「流
外入流」〔註8〕，以及「科舉取士」這幾種主要途徑。當代史家吳宗國
在《唐代科舉制度研究》一書中指出：

　　唐代科舉分為常舉和制舉，制舉由皇帝臨時下詔舉行，常舉

〔註4〕杜維明撰；陳靜譯：《儒教》，頁141。

〔註5〕見《論語・憲問》：「子路宿於石門，晨門曰：『奚自？』子路曰：『自
　　　孔氏。』曰：『是知其不可而為之者與？』」〔宋〕朱熹：《四書章句集
　　　注》，收入〔宋〕朱熹撰；朱傑人、嚴佐之、劉永翔主編：《朱子全書》，
　　　卷7，頁198。

〔註6〕見《論語・子張》：「仕而優則學，學而優則仕。」〔宋〕朱熹：《四書
　　　章句集注》，收入〔宋〕朱熹撰；朱傑人、嚴佐之、劉永翔主編：《朱
　　　子全書》，卷10，頁236。

〔註7〕吳宗國：《唐代科舉制度研究》（瀋陽：遼寧大學出版社，1997年3月），
　　　頁13～19。

〔註8〕吳宗國：《唐代科舉制度研究》，頁20～21。

即「常貢之科」，是常年按制度舉行的科目。〔註9〕
根據杜佑《通典》所載，「常舉」這種考試又可再細分為秀才、明經、進士、明法、明書、明算六科，〔註10〕等第最高的秀才科被徹底廢除之後，便以明經、進士二科最受士人重視，〔註11〕兩者皆設有帖經、答時務策這些測驗項目，但最大差別在於，進士科尚須加考詩賦、雜文，難度遠勝流於盲目背誦經文的明經科，故其錄取率較低，〔註12〕隨著時間的推移，便逐漸產生「獨尊進士科」的社會風氣，〔註13〕胸懷鴻鵠之志，企盼平步青雲的讀書人，莫不以此科別為其首要目標，〔註14〕岑參便是當中的一個例子，〔註15〕但隨著報考人數日漸增加，各種弊端也隨之衍生，

〔註9〕 吳宗國：《唐代科舉制度研究》，頁25。

〔註10〕 見《通典・選舉三》：「大唐貢士之法，多循隋制，……其常貢之科，有秀才，有明經，有進士，有明法，有書，有算。」〔唐〕杜佑：《通典》（台北：大化書局，1978年4月），卷15，頁140。

〔註11〕 見《通典・選舉三》：「初，秀才科等最高，……貞觀中，有舉而不第者，坐其州長，由是廢絕，開元二十四年以後，復有此舉，……主司以其科廢久，不欲收獎，應者多落之，……自是士族所趨嚮，唯明經、進士二科而已。」〔唐〕杜佑：《通典》，卷15，頁140。

〔註12〕 見《通典・選舉三》：「天寶元年，……明經所試……帖既通而口問之，一經問十義，得六者為通，問通而後試策，凡三條，三試皆通者為第。進士所試……帖既通而後試文試賦各一篇，文通而後試策，凡五條，三試皆通者為第。……進士，大抵千人得第者百一二；明經倍之，得第者十一二。」〔唐〕杜佑：《通典》，卷15，頁141。

〔註13〕 見《通典・選舉三》：「開元以後，四海晏清，士無賢不肖，恥不以文章達，其應詔而舉者，多則二千人，少猶不減千人，所收百纔有一，……五尺童子，恥不言文墨焉，是以進士為士林華選。」〔唐〕杜佑：《通典》，卷15，頁142。

〔註14〕 見《隋唐史》：「進士比明經鑽研較廣，懸格稍高，名額又較少，……人情都貴難而賤易，社會上當然輕視明經，……從主觀方面說，人而志氣低下，不肯奮鬥，就會相率走向明經一途；反之，志趣高尚者則雖在寒門，亦必力爭上游，不甘落後，由是寒族遂向進士科與貴族作殊死鬥爭。」岑仲勉：《隋唐史》（石家莊：河北教育出版社，2000年12月），頁184。

〔註15〕 見《登科記考補正》：「三載甲申……進士二十九人：趙岳、岑參……知貢舉禮部侍郎達奚珣。」〔清〕徐松撰；孟二冬補正：《登科記考補正》（北京：燕山出版社，2003年7月），卷9，頁351～353。

「行卷」、「溫卷」的關說風氣蔚為盛行，〔註16〕《通典》亦嘗明確提及此般狀況，〔註17〕換言之，考生們的應試表現並非其最終能否獲得錄取的唯一憑據，在放榜之際，時有達官顯貴、上流名士從中介入，影響主考官最終決定的情形，甚至在及第後轉赴吏部接受「關試」〔註18〕銓選的階段，亦存在政治力干預之情形。

屢試未第，皓首窮經而功名終不可得，普遍存在於唐代的士人階層之中，即便順利通過科舉考試、吏部銓選等難關，通常也僅能由八、九品的職位做起，往後的仕途是否就此一帆風順猶未可知，當「學而優則仕」的崇高理想與「宦海浮沉」的殘酷現實互相牴觸時，包含高適、岑參在內的部分文人，轉而尋求能化解此般生命困境的因應對策，亦即投身於各節度使幕下，以求受其賞識、提拔，進而薦舉自己擔任品階更高的官職，這正是他們之所以會離開中原、步向邊塞的主要動機，就其視角而言，「投筆從戎」既能夠滿足他們對於功名的追求，亦可達成儒家「治國、平天下」〔註19〕的自我實現願景。

總歸來說，作為中華文化主體的儒家思想，歷經千餘年來的發展與累積，早已根植於漢族士大夫階層之中，唐代文人自也深受其影響，莫不將「安邦定國」視作畢生職志，然而，須特別注意的是，隨著華夷之間的勢力消長，迄開元、天寶年間，唐帝國成為東亞地區的絕對主宰

〔註16〕 見《唐代科舉制度研究》：「為博得達官貴人、聞人、名士的賞識，取得他們的推薦，向他們投書獻文章，這就是所謂行卷。……旬日之間如果不見動靜，就再投書一次，叫做溫卷。」吳宗國：《唐代科舉制度研究》，頁226～228。

〔註17〕 見《通典·選舉五》：「舉人大率二十人中方收一人，故沒齒而不登科者甚眾，……收人既少，則爭第急切，交馳公卿，以求汲引，毀譽同類，用以爭先。」〔唐〕杜佑：《通典》，卷17，頁165。

〔註18〕 見《唐代科舉制度研究》：「進士及第，只是取得出身資格，還要到吏部參加關試，由吏部員外郎試判兩節。」吳宗國：《唐代科舉制度研究》，頁64～65。

〔註19〕 見《大學章句》：「心正而後身修，身修而後家齊，家齊而後國治，國治而後天下平。」〔宋〕朱熹：《四書章句集注》，收入〔宋〕朱熹撰；朱傑人、嚴佐之、劉永翔編：《朱子全書》，頁17。

者，首都長安堪稱當時的世界經濟中心，聚集來自回紇、林邑、天竺、罽賓、波斯、大食、拂菻等地的商旅，空前繁榮的盛世氣象、四方來朝的赫然國容，令當時的中原士人感到無比自豪，使其深信自己可以藉由「出塞入幕」的途徑立功揚名於萬里外的邊疆，從而實踐入世、淑世的遠大抱負。相較備受異族欺凌之苦，只能遠望北方故都，憑空遙想昔日榮光的南朝邊塞詩人，以高適、岑參為首的盛唐邊塞詩人，普遍流露出更加積極奮發的昂揚情調，高擎著「尊王攘夷」的旗幟，毅然奔赴東北、西北邊塞，欲藉由更具侵略性的軍事行動來一舉掃除胡塵，進而換取邊境的長治久安，在作詩美刺、裨補闕漏的寫作原則之上，他們更加關注前線的戰略部署以及軍政管理，透過詩歌勸諫君王勿再耗費資源於徒勞無功的羈縻綏撫政策，倡議主動出擊，徹底殲滅反覆侵擾邊境的敵寇，乍聽下似乎與儒家仁愛精神相悖，實則體現其「以戰止戰，匡扶社稷」的淑世思想，此般獨特論述即盛唐邊塞詩人與多數缺乏軍旅經驗、未諳邊疆形勢的傳統儒生之最大差異。因此，本章將就高、岑二人詩中映現的文人入世情懷與其靖邊治國主張進行闡述，並將分成「平天下之志向」與「對君主之諫言」這兩個主要面向以資討論。

第一節　治平之大志

　　高適、岑參皆來自官宦世家，前者是高宗朝名將高侃之孫，〔註20〕後者則為太宗朝宰相岑文本的曾孫，〔註21〕二人出身有其相似處，皆面臨家道中落、亟待振興的境況，〔註22〕家族過往之顯赫，對照自身

〔註20〕見《舊唐書·高宗本紀》：「右驍衛郎將高侃執車鼻可汗詣闕，獻於社廟及昭陵。」〔後晉〕劉昫撰；楊家駱主編：《新校本舊唐書》（台北：鼎文書局，1976年10月），卷4，頁68。

〔註21〕見杜確〈岑嘉州集序〉：「曾太公文本，大父長倩，伯父義，皆以學術德望，官至台輔。」收入〔清〕董誥編：《全唐文》（北京：中華書局，1983年11月），卷459，頁4692。

〔註22〕見《舊唐書·高適傳》：「適少濩落，不事生業，家貧，客於梁、宋，以求丐取給。」〔後晉〕劉昫：《舊唐書》（北京：中華書局，1975年

當下的清寒貧困，使他們在年少時便對功名充滿渴望，然而兩者的從
政之路皆非一帆風順，高適年過五十才應制有道科，獲得封丘縣尉的
卑微官職，〔註23〕岑參應進士科及第，卻也只能屈就右內率府兵曹參
軍這個正九品下階的職位，〔註24〕面對仕宦生涯的困頓艱阻，他們不
得不另覓蹊徑，踏上一條多數儒生望而卻步的從軍之路，奔赴邊塞擔任
幕府文士，以期實現平定天下、立功封侯的抱負，值得特別注意的是，
儒家對於平定天下的描繪，皆環扣「施行仁政、推廣王道」的概念進行
闡發，而遠赴萬里之外的邊塞詩人，身處交戰激烈的危險場域，勢必無
法再遵循此般傳統論述，唯有以軍事力量徹底擊潰敵國，方可換取邊境
的長治久安，故其多對「王師征伐異族」抱持正面觀感，體現其內心亟
欲平定天下的凌雲壯志，就其敘寫模式而言，二人皆運用虛實相間的筆
法，營構特定的意象以展演個人內心情志，此與劉漢初所謂「以文為戲」
略有不同，相較於缺乏真實經驗，只能藉作詩唱和以取樂，滿足一己想
像的六朝貴遊集團，高適、岑參都曾親赴前線，具有長年軍旅生活的歷
練，故其邊塞詩篇並非單純遊戲之作，而更偏向於以舞臺戲劇的形式表
現其自身的各種情思與感懷，本文將於其後分別闡述之。

一、實踐功業：進而建立戰功

如前文所述，高適、岑參在仕途困厄的情況下奔赴邊塞，就其視

5月），卷111，頁3328。岑參〈感舊賦並序〉：「武后臨朝，鄧國公由
是得罪，先天中，汝南公又得罪，朱輪華轂，如夢中矣，今王道休明，
噫世業淪替。」收入〔清〕董誥編：《全唐文》，卷358，頁3634。
〔註23〕見《舊唐書‧高適傳》：「適年過五十，始留意詩什，數年之間，體格
漸變，以氣質自高，……宋州刺史張九皋深奇之，薦舉有道科。」〔後
晉〕劉昫：《舊唐書》，卷111，頁3328。《登科記考補正》：「八載己
丑……有道科：高適。」〔清〕徐松撰；孟二冬補正：《登科記考補正》，
卷9，頁365。
〔註24〕見杜確〈岑嘉州集序〉：「天寶三載進士高第，解褐右內率府兵曹參軍。」
收入〔清〕董誥編：《全唐文》，卷459，頁4692。《舊唐書‧職官志》：
「正第九品下階：……太子左右內率監門率府諸曹參軍事。」〔後晉〕
劉昫：《舊唐書》，卷42，頁1802。

角而言，盡心輔佐戎帥，進而建立戰功，即為其實踐功業、揚名立萬的最佳途徑，因此他們多於詩裡回溯過往中原軍隊所取得的豐碩戰果，並更關注現今邊疆形勢以及自身國家所採取的各種軍事擴張行動，足見其當下之心理狀態。

（一）以古為喻：憑弔歷代輝煌武功

藉由吟詠前朝名將的勳業，以謳歌己方戎帥之功績，乃邊塞詩篇裡常見的敘寫模式，既反映詩人對於帝國輝煌榮光之嚮往，也體現他們渴望參與其中，在與周邊民族的戰爭裡貢獻所長，進而建立功業之積極意識，就盛唐邊塞詩而言亦是如此，眾多詩篇皆嘗直接或間接提及「先秦、兩漢時期的重大軍事勝利」，展示幕府文人內心的正面觀感，並由此衍生對於自我之深切期待，例如高適〈淇上酬薛三據兼寄郭少府微〉有此數句：

> 自從別京華，我心乃蕭索。十年守章句，萬事空寥落。北上
> 登薊門，茫茫見沙漠。倚劍對風塵，慨然思衛霍。〔註25〕

根據劉開揚之考證，本詩乃開元二十一年（733），高適結束首次出塞，南返中原途經衛州（河南省衛輝市）時所作，〔註26〕當時詩人已屆而立之年，在仕途上卻始終未有斬獲，故有「萬事空寥落」之歎，詩中回顧兩年前北遊燕趙之情景，塞外蒼茫遼闊的荒漠觸動其內心最深處的感慨，使他想起西漢名將衛青、霍去病嘗於此地大破匈奴，〔註27〕縱觀昔人所建立的輝煌功業，對照自身當下的一事無成，其內心之落寞可想而知，「倚劍對風塵，慨然思衛霍」二句即是以一種舞臺

〔註25〕〔唐〕高適撰；劉開揚注：《高適詩集編年箋註》，頁53。

〔註26〕見〈高適年譜〉，收入〔唐〕高適撰；劉開揚注：《高適詩集編年箋註》，頁6。

〔註27〕見《史記・衛將軍驃騎列傳》：「元狩四年春，上令大將軍青、驃騎將軍去病將各五萬騎，……大將軍之與單于會也，……斬捕首虜萬九千級。……驃騎將軍亦將五萬騎，……出代、右北平千餘里，……封狼居胥山，禪於姑衍，登臨瀚海。」〔漢〕司馬遷撰；〔日〕瀧川龜太郎考證：《史記會注考證》（台北：漢京文化事業有限公司，1983年9月），卷111，頁1208～1209。

戲劇的形式，呈現己身徒有凌雲壯志卻不為所用，只能倚劍空對風塵興嘆的無奈形象。〈薊中作〉亦有此數句：

> 策馬自沙漠，長驅登塞垣。邊城何蕭條，白日黃雲昏。一到征戰處，每愁胡虜翻。豈無安邊書？諸將已承恩。惆悵孫吳事，歸來獨閉門。〔註28〕

根據劉開揚之考證，本詩與前文所提及的〈使清夷軍入居庸三首〉為同期作品，乃高適於天寶九載（750）冬季所寫，〔註29〕詩人完成送兵至范陽節度使安祿山下轄的清夷軍之任務，〔註30〕南返途經薊城（北京市西南郊），心生感慨，故有此作。當時東北邊境形勢極為不穩，以安祿山為首的武將集團，為求樹立邊功以加官晉爵，連年尋釁滋事，進而招致契丹、奚二部族的怨恨，雙方屢次爆發激烈衝突，〔註31〕前線駐軍甚至還時有隱匿敗績、虛掛兵籍的劣行，〔註32〕面對邊地將領們的嚴重腐敗，詩人空有安邊良策卻完全無能為力，「諸將已承恩」一句，意在批判身兼平盧、范陽二節度使，又破例晉封東平郡王的安祿山，〔註33〕表達對其恃寵而驕、飛揚跋扈的行徑之憤慨，安祿山與李林甫

〔註28〕〔唐〕高適撰；劉開揚注：《高適詩集編年箋註》，頁221。

〔註29〕見〈高適年譜〉，收入〔唐〕高適撰；劉開揚注：《高適詩集編年箋註》，頁17。

〔註30〕見《舊唐書·地理志》：「范陽節度使，臨制奚、契丹，統經略、威武、清夷、……等九軍。」〔後晉〕劉昫：《舊唐書》，卷38，頁1387。

〔註31〕見《資治通鑑》：「（四載）九月，……安祿山欲以邊功市寵，數侵掠奚、契丹；奚、契丹各殺公主以叛。……（九載）十月，……安祿山屢誘奚、契丹，為設會，飲以莨菪酒，醉而阬之，動數千人，函其酋長之首以獻，前後數四。」〔宋〕司馬光：《資治通鑑》（台北：中華書局，1969年11月），卷215，頁14、卷216，頁9～10。

〔註32〕見《資治通鑑》：「時邊將恥敗，士卒死者皆不申牒，貫籍不除。」〔宋〕司馬光：《資治通鑑》，卷215，頁15。

〔註33〕見《舊唐書·安祿山傳》：「天寶元年，以平盧為節度，以祿山攝中丞為使，入朝奏事，玄宗益寵之。三載，代裴寬為范陽節度，……李林甫為相，朝臣莫敢抗禮，祿山承恩深，入謁不甚磬折。……至玄宗前，作胡旋舞，疾如風焉，為置第宇，窮極壯麗。」〔後晉〕劉昫：《舊唐書》，卷200上，頁5368。《舊唐書·玄宗本紀》：「（九載）夏五月……安祿山進封東平郡王，節度使封王，自此始也。」〔後晉〕劉昫撰；楊

等權臣當道，高適雖誓言效法孫武與吳起那般出將入相、建功立業，〔註34〕但在「布衣不得干明主」〔註35〕的形勢之下，其安邦定國的壯志終將付諸流水，本詩既反映邊塞詩人對於歷代將相的輝煌功業之嚮往，亦清晰體現其報國無門的惆悵與落寞。〈奉寄平原顏太守〉亦有此數句：

> 上將拓邊西，薄才忝從戎。豈論濟代心？願效匹夫雄。驊騮滿長皁，弱翮依彤籠。行軍動若飛，旋斾信嚴終。屢陪投醪醉，竊賀銘山功。雖無汗馬勞，且喜沙塞空。〔註36〕

本詩作於天寶十三載（754）秋季，〔註37〕詩題所指之人，即得罪楊國忠，被外放為平原郡（山東省德州市）太守的書法名家顏真卿，〔註38〕高適以此詩贈勉，詩中提及自身的近況，謙稱自己雖不具經世濟民的才能，卻仍願盡其棉薄之力輔佐主帥哥舒翰建立邊功，其後又盛譽哥舒翰行軍神速、帶兵嚴謹，立下不世之偉業，詩中「銘山功」一詞，乃指東漢和帝永元元年（89）車騎將軍竇憲大破北匈奴後，登燕然山（蒙古國杭愛山）勒石記功並使班固撰刻銘文一事，〔註39〕詩人以此來比

家駱主編：《新校本舊唐書》，卷9，頁224。

〔註34〕見《史記·孫子吳起列傳》：「孫子武者，齊人也，以兵法見於吳王闔廬，……闔廬知孫子能用兵，卒以為將。……吳起者，衛人也，好用兵，……楚悼王素聞起賢，至則相楚。」〔漢〕司馬遷撰；〔日〕瀧川龜太郎考證：《史記會注考證》，卷65，頁864～868。

〔註35〕見〈別韋參軍〉：「白璧皆言賜近臣，布衣不得干明主。」〔唐〕高適撰；劉開揚注：《高適詩集編年箋註》，頁10。

〔註36〕〔唐〕高適撰；劉開揚注：《高適詩集編年箋註》，頁282～283。

〔註37〕見〈高適年譜〉，收入〔唐〕高適撰；劉開揚注：《高適詩集編年箋註》，頁20。

〔註38〕見《舊唐書·顏真卿傳》：「真卿少勤學業，有詞藻，尤工書，開元中，舉進士，登甲科。……楊國忠怒其不附己，出為平原太守。」〔後晉〕劉昫：《舊唐書》，卷128，頁3589。

〔註39〕見《後漢書·竇憲傳》：「會南單于請兵北伐，乃拜憲車騎將軍，……與北單于戰於稽落山，大破之，虜眾崩潰，單于遁走，追擊諸部，……遂登燕然山，去塞三千餘里，刻石勒功，紀漢威德，令班固作銘曰：『惟永元元年秋七月，有漢元舅曰車騎將軍竇憲，……上以擄高、文之宿憤，光祖宗之玄靈；下以安固後嗣，恢拓境宇，振大漢之天

擬哥舒翰屢敗吐蕃、威震河隴的功績，聲稱自己雖尚未立下汗馬勛勞，卻也同感欣喜，足見其對實踐功業之渴望，清晰體現一位胸懷天下、志在沙場的烈士形象。

（二）以今為比：關注當下邊地局勢

憑弔歷代輝煌武功之餘，高適、岑參二人也密切關注自身時代瞬息萬變的邊疆形勢，亦即唐帝國與吐蕃、契丹以及西域諸部之間的戰事，反映他們渴望有所作為，亟欲從中建立功業之共通意識，高適〈宋中送族姪式顏時張大夫貶括州使人召式顏遂有此作〉裡有此數句：

> 大夫東擊胡，胡塵不敢起。胡人山下哭，胡馬海邊死。部曲
> 盡公侯，輿臺亦朱紫。當時有勳業，末路遭讒毀。轉旆燕趙
> 間，剖符括蒼裏。弟兄莫相見，親族遠紛梓。不改青雲心，
> 仍招布衣士。……我攜一尊酒，滿酌聊勸爾。勸爾惟一言，
> 家聲勿淪滓。〔註40〕

本詩當為開元二十七年（739），高適寓居宋州（河南省商丘市）時所作，詩中所提到的張大夫，即為長期戍守東北邊疆，抗擊契丹卓有建樹的名將張守珪，〔註41〕關於其晚節不保，獲罪被貶為括州（浙江省麗水市）刺史一事，《舊唐書》本傳完整記錄了此事的原委，〔註42〕張守

聲。」〔劉宋〕范曄：《後漢書》（北京：中華書局，1987年10月），卷23，頁814～815。
〔註40〕〔唐〕高適撰；劉開揚注：《高適詩集編年箋註》，頁102～103。
〔註41〕見《舊唐書・張守珪傳》：「二十一年，轉幽州長史、兼御史中丞、營州都督、河北節度副大使，俄又加河北采訪處置使。先是，契丹及奚連年為邊患，……及守珪到官，頻出擊之，每戰皆捷。……二十三年春，守珪詣東都獻捷，……上賦詩以褒美之，廷拜守珪為輔國大將軍、右羽林大將軍、兼御史大夫，餘官並如故。」〔後晉〕劉昫：《舊唐書》，卷103，頁3194～3195。
〔註42〕見《舊唐書・張守珪傳》：「二十六年，守珪裨將趙堪、白真陀羅等假以守珪之命，逼平盧軍使烏知義令率騎邀叛奚餘燼於潢水之北，……及逢賊，初勝後敗，守珪隱其敗狀而妄奏克獲之功，事頗泄，上令謁者牛仙童往按之，守珪厚賂仙童，……二十七年，仙童事露伏法，守

珪未能嚴格約束部屬，任其輕啟戰端，事後還隱匿敗績、謊報戰功，甚至行賄奉旨調查此案的宦官牛仙童，最終落得身敗名裂、晚節不保的下場，值得特別注意的是，高適對於此事抱持著與正史截然不同之觀點，他既於詩中謳歌張氏之勳業，藉由「胡人山下哭，胡馬海邊死」這種極盡鋪張渲染的想像筆法，來展演守珪昔日大破契丹、威震東胡的彪炳戰功，其後又為其獲罪謫遷的處境深感不平，直言斷定此乃遭受佞臣詆毀所致，更用代稱功臣的「剖符」〔註43〕一詞來評述之，顯然視張守珪為「堪比曹參的將相之才」，足見其讚譽之情，若就《資治通鑑》的記載而言，眾宦官向唐玄宗揭發牛仙童收賄之事，固然是一種出於私心的政治鬥爭，〔註44〕但張守珪買通皇帝親信，卸責給部屬以求脫罪的劣行，卻也是不爭的事實，故其坐貶為括州刺史，未可全然歸咎於他人的惡意中傷，由高適勸勉族姪高式顏盡心效力張守珪之詞，可清晰看出詩人對於這位邊將的高度肯定，或有較主觀之個人理解，卻也反映出幕府文士渴望建立軍功，俾使「胡塵不敢起」的心理狀態。
〈同李員外賀哥舒大夫破九曲之作〉裡有此數句：

> 遙傳副丞相，昨日破西蕃。作氣群山動，揚軍大旆翻。奇兵邀轉戰，連弩絕歸奔。泉噴諸戎血，風驅死虜魂。頭飛攢萬戟，面縛聚轅門。鬼哭黃埃暮，天愁白日昏。石城與巖險，鐵騎皆雲屯。長策一言決，高蹤百代存。威稜懾沙漠，忠義

　　　珪以舊功減罪，左遷括州刺史，到官無幾，疽發背而卒。」〔後晉〕劉
　　　昫：《舊唐書》，卷103，頁3195。
〔註43〕關於「剖符」一詞，見《史記‧曹相國世家》：「高祖六年賜爵列侯，
　　　與諸侯剖符，世世勿絕。」〔漢〕司馬遷撰；〔劉宋〕裴駰集解；〔唐〕
　　　司馬貞索隱；〔唐〕張守節正義：《史記三家注》，卷54，頁809。《漢
　　　書‧高帝紀》：「剖符封功臣曹參等為通侯。」〔漢〕班固撰；〔唐〕顏
　　　師古注；楊家駱編：《新校本漢書并附編二種》（台北：鼎文書局，1997
　　　年10月），卷1下，頁60。
〔註44〕見《資治通鑑》：「守珪重賂仙童，歸罪於白真陀羅，逼令自縊死，仙童
　　　有寵於上，眾宦官疾之，共發其事，上怒，甲戌，命楊思勗杖殺之，……
　　　守珪坐貶括州刺史。」〔宋〕司馬光：《資治通鑑》，卷214，頁23。

感乾坤。老將黯無色，儒生安敢論？解圍憑廟算，止殺報君

恩。唯有關河眇，蒼茫空樹敦。〔註45〕

本詩乃天寶十二載（753）五月，高適寄身河西節度使哥舒翰幕下所

作，彼時翰甫破吐蕃，收復極為險要的九曲之地（青海省海南藏族自

治州以東），〔註46〕該處位於青海省東北側與甘肅省毗鄰的區域，唯

有控制此地，方可確保中原通往河西四郡之路不受吐蕃侵擾，故此役

的勝利對於大唐帝國而言，具有格外重要的戰略意義，高適遂以此作

慶賀哥舒翰立下這般不世之偉業，全詩前半段旨在描繪唐軍的驍勇

威武，以及吐蕃部眾倉皇敗逃的狼狽景況，「泉噴諸戎血，風驅死虜

魂」數句，極力渲染敵軍傷亡之慘重，展演一幕黯淡昏黃、慘絕人寰

的煉獄形象，再度印證前文多次提及的「伐罪」思想。後半段則著重

於頌揚哥舒翰的英雄形象與卓著功勳，稱其武德足以撼動天地，使老

將們相形失色，並讓未諳兵事、只知伏首苦讀的書生閉口不敢言，清

晰反映詩人對「自我實現」的理解之轉變，從過往的「應詔制舉」，

以至於年過半百後的「投筆從戎」，其內心關於「平定天下」的詮釋，

亦與傳統儒家有所不同，就其視角而言，唯有訴諸武力、征服異族，

方可貫徹他的崇高理想，而哥舒翰掃除胡虜，佔據敵軍要塞樹敦城之

舉，完全合乎詩人對於實踐功業的期待與想像，是以高適遂於詩中給

予他極為正面之評價，「解圍憑廟算，止殺報君恩」二句尤其值得注

意，「解圍」一詞，當指西漢名相陳平，〔註47〕「止殺」一詞，則出

〔註45〕 〔唐〕高適撰；劉開揚注：《高適詩集編年箋註》，頁265～266。

〔註46〕 見《資治通鑑》：「五月，……隴右節度使哥舒翰擊吐蕃，拔洪濟、大
漠門等城，悉收九曲部落，……楊國忠欲厚結翰共排安祿山，奏以翰
兼河西節度使。」〔宋〕司馬光：《資治通鑑》，卷216，頁22。

〔註47〕 見《史記·陳丞相世家》：「至平城，為匈奴所圍，七日不得食，高帝
用陳平奇計，使單于閼氏，圍以得開。」〔漢〕司馬遷撰；〔劉宋〕裴
駰集解；〔唐〕司馬貞索隱；〔唐〕張守節正義：《史記三家注》，卷56，
頁822。《漢書·陳平傳》：「至平城，為匈奴圍，七日不得食，高帝用
平奇計，使單于閼氏解，圍以得開。」〔漢〕班固撰；〔唐〕顏師古注；
楊家駱主編：《新校本漢書并附編二種》，卷40，頁2045。

自《商君書》，〔註48〕詩人連用兩個典故，盛譽主帥哥舒翰智勇雙全，既用謀略化解吐蕃重兵壓境之圍，亦能決戰於沙場，以軍事力量將其徹底摧毀，藉此換取邊疆地區的長治久安，全詩洋溢著慷慨激昂的壯烈情懷，同時也寄託詩人對建立功業、平定天下的殷切期許。〈同呂判官從哥舒大夫破洪濟城迴登積石軍多福七級浮圖〉裡有此數句：

> 塞口連濁河，轅門對山寺。寧知鞍馬上，獨有登臨事？七級凌太清，千巖列蒼翠。飄颻方寓目，想像見深意。高興殊未平，涼風颯然至。拔城陣雲合，轉旆胡星墜。大將何英靈？官軍動天地。君懷生羽翼，本欲厚驥驤。款段苦不前，青冥信難致。一歌陽春後，三嘆終自愧。〔註49〕

本詩與前文提及的〈同李員外賀哥舒大夫破九曲之作〉同指一事，據《資治通鑑》所述，哥舒翰於天寶十二載（753）五月攻陷吐蕃洪濟城（青海省海南藏族自治州貴德縣郊），故其創作時間當繫於此，劉開揚根據詩中「涼風」一詞稱其當作於秋口，似乎有誤，詩題所指的「呂判官」，即為哥舒翰之僚屬呂諲，〔註50〕洪濟城破以後，他曾隨從主帥登臨積石軍駐地廓州（青海省海東市化隆回族自治縣）西郊的一座佛塔，〔註51〕並寫下一詩敘述當日情景，此乃高適唱和之作，全詩緣景寫情，既描繪浮圖的高聳巍峨，亦刻劃呂諲立於塔頂、極目遠眺時的激昂情懷，同時也投射高適自身當下之心理狀態，其後筆鋒一轉，再度運用反覆見於其詩中的「胡星墜」一詞，展演唐軍攻城掠

〔註48〕見《商君書・畫策》：「以戰去戰，雖戰可也；以殺去殺，雖殺可也。」朱師轍：《商君書解詁定本》（台北：華正書局，1975年3月），卷4，頁64。

〔註49〕〔唐〕高適撰；劉開揚注：《高適詩集編年箋註》，頁267。

〔註50〕見《舊唐書・呂諲傳》：「天寶初，進士及第，……隴右、河西節度使哥舒翰奏充度支判官，累兼衛佐、太子通事舍人。」〔後晉〕劉昫：《舊唐書》，卷185下，頁4823。

〔註51〕見《舊唐書・地理志》：「隴右節度使，以備羌戎，統臨洮、……積石、鎮西等十軍，……積石軍，在廓州西百八十里，管兵七千人，馬三百匹。」〔後晉〕劉昫：《舊唐書》，卷38，頁1388。

地的磅礴氣勢以及陣中戎帥的非凡威儀，詩末六句感謝呂諲對己身的厚待，又自稱能力拙劣，以致於遲遲未獲晉升機會，高適雖未明言，但他顯然意有所指，欲以此詩寄託「請求友人為其引薦」的弦外之音，就其視角而言，朝廷連年對吐蕃用兵，可謂千載難逢之良機，自己不遠萬里而來，投身於邊疆幕府，為的就是一個得以建立功業、實踐抱負的機遇，哥舒翰是一位戰功彪炳、勳業卓著之武將，若能獲其賞識拔擢，必能順利貫徹己身的崇高理想，是以他冀望頗受哥舒翰器重的呂諲代為美言，助其脫離「青冥難致」之生命困境。〈九曲詞三首〉又云：

> 許國從來徹廟堂，連年不為在壇場。將軍天上封侯印，御史
> 臺中異姓王。
> 萬騎爭歌楊柳春，千場對舞繡騏驎。到處盡逢歡洽事，相看
> 總是太平人。
> 鐵騎橫行鐵嶺頭，西看邏迤取封侯。青海只今將飲馬，黃河
> 不用更防秋。〔註52〕

此組詩篇同為慶賀哥舒翰收復河西九曲之作，但其創作時間卻略晚於前文所引的二詩，詩中提及哥舒翰封王一事，綜觀《舊唐書》以及《資治通鑑》的記載，高適應於天寶十二載（753）九月左右寫成。〔註53〕第一首詩裡的「壇場」一詞，化用西漢名將韓信的典故，〔註54〕盛譽哥舒翰「矢志以身許國，不為登壇拜將」，言下之意似乎是說，哥舒翰忠君愛國之高尚情操，遠非驕矜自負，趁勢索求官爵的韓信所能比

〔註52〕〔唐〕高適撰；劉開揚注：《高適詩集編年箋註》，頁271。

〔註53〕見《舊唐書·玄宗本紀》：「九月己亥朔，隴右節度使、涼國公哥舒翰進封西平郡王，食實封五百戶。」〔後晉〕劉昫撰；楊家駱主編：《新校本舊唐書》，卷9，頁227。《資治通鑑》：「八月戊戌，賜翰爵西平郡王。」〔宋〕司馬光：《資治通鑑》，卷216，頁22。

〔註54〕見《史記·淮陰侯列傳》：「王欲召信拜之，何曰：『……王必欲拜之，擇良日，齋戒，設壇場，具禮，乃可。』」〔漢〕司馬遷撰；〔劉宋〕裴駰集解；〔唐〕司馬貞索隱；〔唐〕張守節正義：《史記三家注》，卷92，頁1058～1059。

擬，〔註55〕故其歷史評價將遠勝韓信，但末尾「封侯印」、「異姓王」之語，卻又陳述哥舒翰官拜御史大夫，進封涼國公、西平郡王，由一介武夫而位極人臣，享盡榮華富貴，足見詩人胸中的欣羨之情，此般看似充滿矛盾的論述，卻清晰反映邊塞詩人對於「自我實現」的理解與詮釋，若就其視角而言，唯有「平定天下，建立不朽功業」，方可「列土封侯，坐擁高位厚祿」，兩者之間並非互相牴觸，卻有先後次序上的差別。第二、三首詩則是針對唐軍大破吐蕃一事進行闡發，詩中「橫行」一詞，化用西漢名將樊噲的典故，〔註56〕展演王師縱橫馳騁、所向披靡的威武形象，頌揚其奪回帝國對青海湖東境的黃河上游流域之控制權，令河、隴地區的百姓免於遭受吐蕃入寇侵擾之苦，〔註57〕值得注意的是，此役的勝利並未讓詩人安於現狀，他以充滿想像力之筆法，誓言踏平吐蕃都城邏逤（西藏自治區拉薩市），俾使「萬騎爭歌，千場對舞」的太平景況得以長久延續，此二詩既反映高適對於「平定天下，立功封侯」的積極意識，也再度印證洋溢於其邊塞詩篇裡的「以戰止戰」思想。

　　岑參邊塞詩中亦時有對於「實踐功業」之完整闡述，例如〈輪臺歌奉送封大夫出師西征〉裡有此數句：

　　　　虜塞兵氣連雲屯，戰場白骨纏草根。劍河風急雪片闊，沙口
　　　　石凍馬蹄脫。亞相勤王甘苦辛，誓將報主靜邊塵。古來青史

〔註55〕見《史記・淮陰侯列傳》：「使人言漢王曰：『齊偽詐多變，反覆之國也，南邊楚，不為假王以鎮之，其勢不定，願為假王便。』當是時，楚方急圍漢王於滎陽，韓信使者至，發書，漢王大怒，罵曰：『吾困於此，旦暮望若來佐我，乃欲自立為王！』……太史公曰：『……假令韓信學道謙讓，不伐己功，不矜其能，則庶幾哉，……天下已集，乃謀畔逆，夷滅宗族，不亦宜乎！』」〔漢〕司馬遷撰；〔劉宋〕裴駰集解；〔唐〕司馬貞索隱；〔唐〕張守節正義：《史記三家注》，卷92，頁1062、1066。

〔註56〕見《史記・季布列傳》：「上將軍樊噲曰：『臣願得十萬眾，橫行匈奴中。』」〔漢〕司馬遷撰；〔劉宋〕裴駰集解；〔唐〕司馬貞索隱；〔唐〕張守節正義：《史記三家注》，卷100，頁1111。

〔註57〕詩中「防秋」一詞，見《舊唐書・陸贄傳》：「河隴陷蕃以來，西北邊常以重兵守備，謂之防秋。」〔後晉〕劉昫：《舊唐書》，卷139，頁3804。

誰不見？今見功名勝古人。〔註58〕

關於本詩的創作背景，已見前文，詩人極力渲染前線的詭譎氛圍、凶險形勢，以及北疆一帶暮秋之際的嚴寒景象，藉此襯托御史大夫封常清「勤於王事，為國靖邊」的勞苦功高，關於封常清西征一事之細節，《舊唐書》與《資治通鑑》等史料皆未明載，但若對照岑參〈北庭西郊候封大夫受降回軍獻上〉一詩可得知，唐軍在此次軍事行動中取得極豐碩之成果，有效威懾西域諸部，俾使輪臺周邊形勢趨於平穩，詩人雖未隨軍出征，卻無礙於其詩中所流露的壯烈情懷，從他給予己方將帥的高度評價之中，亦可想見其內心對於「建立功業、名垂青史」的強烈嚮往，〈獻封大夫破播仙凱歌六首其三〉亦云：

鳴笳疊鼓擁回軍，破國平蕃昔未聞。丈夫鵲印搖邊月，大將龍旗掣海雲。〔註59〕

〈獻封大夫破播仙凱歌六首其六〉又云：

暮雨旌旗濕未乾，胡煙白草日光寒。昨夜將軍連曉戰，蕃軍祇見馬空鞍。〔註60〕

關於本組詩篇的創作背景，已見前文，第三首著重於描繪封常清領兵凱旋歸來時的颯爽英姿，詩人稱其在部屬簇擁下返回軍營，四周簫鼓齊鳴，場面極為熱鬧歡騰，眾將士齊心慶賀主帥破國平蕃，立下了前所未聞的不朽功業，末尾二句「鵲印」、「龍旗」之語，〔註61〕既極言邊將的富貴榮寵，亦反映出幕府文士對「安邦定國、拜將封侯」的積極意識。第六首則運用充滿想像力的鋪張筆法，展演蕃軍傷亡之慘重，藉

〔註58〕〔唐〕岑參撰；陳鐵民、侯忠義注：《岑參集校注》，頁176。
〔註59〕〔唐〕岑參撰；陳鐵民、侯忠義注：《岑參集校注》，頁183～184。
〔註60〕〔唐〕岑參撰；陳鐵民、侯忠義注：《岑參集校注》，頁184。
〔註61〕關於「鵲印」一詞，見《搜神記》：「常山張顥為梁州牧，天新雨後，有鳥如山鵲，飛翔入市，忽然墜地，人爭取之，化為圓石，顥椎破之，得一金印，文曰：『忠孝侯印。』顥以上聞，藏之秘府，後議郎汝南樊衡夷上言：『堯舜時蕃有此官，今天降印，宜可復置。』顥後官至太尉。」〔晉〕干寶撰；汪紹楹校注：《搜神記》（台北：里仁書局，1982年9月），卷9，頁116。

此襯托封常清領兵趁夜突襲，與播仙部族激戰至天明的驍勇形象，詩中雖無明確褒揚之詞，卻不難想見詩人當下的欽佩、仰慕之情。〈送郭僕射節制劍南〉又云：

> 鐵馬擐紅纓，幡旗出禁城。明主親授鉞，丞相欲專征。玉饌天廚送，金杯御酒傾。劍門乘嶮過，閣道踏空行。山鳥驚吹笛，江猿看洗兵。曉雲隨去陣，夜月逐行營。南仲今時往，西戎計日平。將心感知己，萬里寄懸旌。〔註62〕

根據陳鐵民之考證，本詩乃唐代宗永泰元年（765）五月，岑參於長安所作，彼時安史之亂早已平定，而吐蕃依舊為禍西南邊境，適逢原劍南節度使嚴武逝世，朝廷遂命尚書右僕射郭英乂代之，〔註63〕值得注意的是，據《舊唐書》本傳所述，英乂本為仗恃父祖庇蔭的紈褲子弟，驕奢淫逸、素行不良，甚至縱容部屬在東都洛陽大肆擄掠，但因其善於攀附朝中權貴，故能久居高位、坐享厚祿，由此觀之，他實非一位足以安邦定國的良將，然而岑參卻於詩中極盡謳歌頌讚之能事，稱其才德堪比西周宣王太師南仲，最終必「威震西戎」〔註64〕，徹底掃平吐蕃，此言雖有較多個人的主觀理解，卻真實呈現失意文人亟欲為國靖邊、建立功業的心理狀態。

二、文人思緒：退而排遣情志

除了歌詠古往今來的輝煌功業之外，高適、岑參亦嘗偏離帝國／

〔註62〕〔唐〕岑參撰；陳鐵民、侯忠義注：《岑參集校注》，頁340。

〔註63〕見《舊唐書・郭英乂傳》：「至德初，肅宗興師朔野，英乂以將門子特見任用，遷隴右節度使、兼御史中丞，……既至東都，不能禁暴，縱麾下兵與朔方、回紇之眾大掠都城，延及鄭、汝等州，比屋蕩盡。廣德元年，策勳加實封二百戶，徵拜尚書右僕射，封定襄郡王，恃富而驕，於京城創起甲第，窮極奢靡，與宰臣元載交結，以久其權，會劍南節度使嚴武卒，載以英乂代之，兼成都尹，充劍南節度使，既至成都，肆行不軌，無所忌憚。」〔後晉〕劉昫：《舊唐書》，卷117，頁3396～3397。

〔註64〕見《詩經・出車》：「赫赫南仲，薄伐西戎。」〔周〕佚名撰；高亨注：《詩經今注》（上海：上海古籍出版社，2009年5月），頁231。

軍隊的立場，重新回歸自我／文人的身分與視角，或於其邊塞詩篇裡陳述對於己身之高度期待，寄託請求提攜之意，以獲得建立功業的契機；或藉個人內心獨白的舞臺展演形式，抒發韶光飛逝而己志未伸、功名難就的無限感慨，充分表現其個人內在情志，共同反映他們對於入世、淑世的熱切態度。

（一）自我引薦／憑藉贈答以抒解情懷

如前文所述，高適、岑參皆面臨人生理想未得實現之困境，因而選擇遠赴萬里之外的邊疆，寄身節度使麾下擔任幕僚，綜觀二人邊塞詩篇，不論是即事感懷抑或酬贈應答之作，時有推薦自我，並冀求他人代為援引之語，足見其強烈入世情懷，其中亦不乏諸多勸勉友人立功揚名的詞句，實乃此般心理狀態之投射，例如高適〈酬李少府〉裡有此數句：

> 出塞魂猶驚，懷質意難說。誰知吾道閒，乃在客中別。日夕捧瓊瑤，相思無休歇。伊人雖薄宦，舉代推高節。述作凌江山，聲華滿冰雪。一登薊丘上，四顧何慘烈。來雁無盡時，邊風正騷屑。將從巖谷遁，且與沉浮絕。君若登青雲，吾當投魏闕。〔註65〕

本詩乃開元十九年（731）冬季，高適於薊門關所作，〔註66〕詩人以瓊瑤美玉比喻李少府之贈詩，極力頌揚其節操與才名，其後又自稱將遁跡山林，與世俗隔絕，但高適並非一心歸隱，而是靜候時機、待價而沽，詩末二句點明全詩的主旨，他請託友人來日若身居高位，勿忘在朝廷中為己引薦，使其亦能同登於青雲之上，他對功名仕宦的積極態度，於詩中盡顯無遺。〈信安王幕府詩〉裡有此數句：

> 直道常兼濟，微才獨棄捐。曳裾誠已矣，投筆尚悽然。作賦

〔註65〕〔唐〕高適撰；劉開揚注：《高適詩集編年箋註》，頁27。
〔註66〕見〈高適年譜〉，收入〔唐〕高適撰；劉開揚注：《高適詩集編年箋註》，頁5。

同元叔，能詩匪仲宣。雲霄不可望，空欲仰神仙。〔註67〕

關於本詩的創作背景，已見前文，高適自歎棄捐於世，聲稱自己雖然具有足以媲美漢代名士趙壹、王粲之才華，〔註68〕亦胸懷投筆從戎的萬丈豪情，〔註69〕但誠心前來信安王李禕幕下卻未能獲用，胸中無限悽涼。詩人的困厄處境，正如趙壹〈窮鳥賦〉所謂「思飛不得，欲鳴不可」〔註70〕，故其懇求幕府諸公代為引薦，以遂平生兼濟之志。

高適一生跌宕起伏，年輕時曾一度「客於梁、宋，以求丐取給」〔註71〕，到了晚年，身分地位日益顯赫，成為「詩人之達者」〔註72〕，其中最關鍵的轉捩點，即為他在友人的推薦下客遊河西、隴右，進而獲得節度使哥舒翰拔擢一事，長久以來在仕途上所累積的落寞、失意，終於有了一個得以宣洩的出口，其內心之激動可想而知，茲以下列詩篇為例，〈登壟〉有云：

> 壟頭遠行客，壟上分流水。流水無盡期，行人未云已。淺才
> 登一命，孤劍通萬里。豈不思故鄉？從來感知己。〔註73〕

〈自武威赴臨洮謁大夫不及因書即事寄河西隴右幕下諸公〉裡亦有此數句：

〔註67〕〔唐〕高適撰；劉開揚注：《高適詩集編年箋註》，頁40。

〔註68〕見《後漢書・趙壹傳》：「趙壹字元叔，漢陽西縣人也，體貌魁梧，身長九尺，美鬚豪眉，望之甚偉，而恃才倨傲，為鄉黨所擯。」〔劉宋〕范曄：《後漢書》，卷80下，頁2628。《三國志・王粲傳》：「王粲字仲宣，山陽高平人也，……左中郎將蔡邕見而奇之，時邕才學顯著，貴重朝廷，常車騎填巷，賓客盈坐，聞粲在門，倒屣迎之。」〔晉〕陳壽撰；〔劉宋〕裴松之注；盧弼集解：《三國志集解》（台北：漢京文化事業有限公司，1981年4月），卷21，頁531。

〔註69〕見《後漢書・班超傳》：「嘗輟業投筆歎曰：『大丈夫無它志略，猶當效傅介子、張騫立功異域，以取封侯，安能久事筆研間乎？』左右皆笑之，超曰：『小子安知壯士志哉？』」〔劉宋〕范曄：《後漢書》，卷47，頁1571。

〔註70〕〔劉宋〕范曄：《後漢書》，卷80下，頁2629。

〔註71〕〔後晉〕劉昫：《舊唐書》，卷111，頁3328。

〔註72〕見《舊唐書・高適傳》：「有唐以來，詩人之達者，唯適而已。」〔後晉〕劉昫：《舊唐書》，卷111，頁3331。

〔註73〕〔唐〕高適撰；劉開揚注：《高適詩集編年箋註》，頁248。

我本江海遊，逝將心利逃。一朝感推薦，萬里從英髦。飛鳴
蓋殊倫，俯仰忝諸曹。燕頷知有待，龍泉惟所操。相士慚入
幕，懷賢願同袍。清論揮麈尾，乘酣持蟹螯。此行豈易酬？
深意方鬱陶。微效儻不遂，終然辭佩刀。〔註74〕

根據劉開揚之考證，上述二詩皆為天寶十一載（752）暮秋所作，〔註75〕
當時高適已由長安出發，前往河西節度使治所涼州，詩中「從來感知
己」、「一朝感推薦」之語，即指自己經由哥舒翰部屬田梁丘汲引而獲得
入幕的機遇，〔註76〕高適以詩明志，自誓當有所作為，倘若未能如願，
便將辭刀隱退，絕無任何戀棧之意，足見其積極入世，但求為世所用的
激昂情懷。〈塞下曲〉裡亦有此數句：

萬里不惜死，一朝得成功。畫圖麒麟閣，入朝明光宮。大笑
向文士，一經何足窮？古人昧此道，往往成老翁。〔註77〕

關於本詩的創作背景，已見前文，詩中「畫圖麒麟閣，入朝明光宮」
二句，當指其跟隨哥舒翰入宮觀見玄宗一事，〔註78〕高適性格灑脫
不羈，素來有別於溫文儒雅的書生，《舊唐書》本傳稱其「喜言王霸
大略，務功名，尚節義」，〔註79〕自視為英雄豪傑的他，亦「恥預常

〔註74〕〔唐〕高適撰；劉開揚注：《高適詩集編年箋註》，頁253～254。
〔註75〕見〈高適年譜〉，收入〔唐〕高適撰；劉開揚注：《高適詩集編年箋註》，
　　　　頁18～19。
〔註76〕見《舊唐書‧哥舒翰傳》：「及安祿山反，上以封常清、高仙芝喪敗，
　　　　召翰入，拜為皇太子先鋒兵馬元帥，以田梁丘為御史中丞，充行軍
　　　　司馬。」〔後晉〕劉昫：《舊唐書》，卷104，頁3213。杜甫〈贈田九
　　　　判官梁丘〉：「陳留阮瑀誰爭長？京兆田郎早見招。」注曰：「美田九
　　　　薦賢之功，……阮瑀，指高適，適本封丘尉，與陳留相近，他章云
　　　　『好在阮元瑜』可證，高之入幕，必由田君所薦。」〔唐〕杜甫撰；
　　　　〔清〕仇兆鰲注：《杜詩詳注》（台北：里仁書局，1980年7月），
　　　　卷3，頁187。
〔註77〕〔唐〕高適撰；劉開揚注：《高適詩集編年箋註》，頁269。
〔註78〕見《舊唐書‧高適傳》：「客遊河右，河西節度哥舒翰見而異之，表為
　　　　左驍衛兵曹，充翰府掌書記，從翰入朝，盛稱之於上前。」〔後晉〕劉
　　　　昫：《舊唐書》，卷111，頁3328。
〔註79〕〔後晉〕劉昫：《舊唐書》，卷111，頁3331。

科」〔註80〕，不屑於依循常規途徑入仕，天寶八載（749）應制有道
科及第，〔註81〕獲得汴州封丘尉一職，後又因不甘於屈居卑職而拂
袖離去，〔註82〕長期抑鬱不得志的他，如今卻能以策士之姿陪同位
高權重的邊將朝拜天子，其內心之得意顯而易見，是以他在詩末揶揄
淺陋儒生，笑其皓首窮經，卻不如自己出塞入幕而能獲致功名，此般
意識亦時見於其送別詩中，例如〈送董判官〉裡有此數句：

　　逢君說行邁，倚劍別交親。幕府為才子，將軍作主人。近關
　　多雨雪，出塞有風塵。長策須當用，男兒莫顧身。〔註83〕
〈送李侍御赴安西〉裡亦有此數句：

　　行子對飛蓬，金鞭指鐵驄。功名萬里外，心事一杯中。虜障
　　燕支北，秦城太白東。離魂莫惆悵，看取寶刀雄。〔註84〕
關於上述二詩的創作背景，今無可考，但兩者卻共同體現高適對於入
幕一事所抱持之正面觀感，詩中既言邊塞的偏遠及其環境之惡劣，亦
勸勉友人勿因離別而喪志，更毋須以己身安危為念，應當竭誠以赴、獻
策立功，方能揚名於萬里之外，詩人雖未同行，卻無掩於其詩中所流露
的積極入世之豪壯情懷。

　　出身名門望族，渴望重拾「疇日之光榮」〔註85〕的岑參，同樣面
臨仕途坎坷之困境，故其亦於天寶八載（749）冬季啟程奔赴安西節度

〔註80〕　見《河岳英靈集・卷上》：「適性拓落，不拘小節，恥預常科，隱跡博
　　　　徒，才名自遠。」〔唐〕殷璠編：《河岳英靈集》，收入傅璇琮、陳尚君、
　　　　徐俊編：《唐人選唐詩新編》（北京：中華書局，2014 年 11 月），頁
　　　　209。
〔註81〕　見《登科記考補正》：「八載己丑……有道科：高適。」〔清〕徐松撰；
　　　　孟二冬補正：《登科記考補正》，卷 9，頁 365。
〔註82〕　見《舊唐書・高適傳》：「解褐汴州封丘尉，非其好也，乃去位。」〔後
　　　　晉〕劉昫：《舊唐書》，卷 111，頁 3328。
〔註83〕　〔唐〕高適撰；劉開揚注：《高適詩集編年箋註》，頁 339。
〔註84〕　〔唐〕高適撰；劉開揚注：《高適詩集編年箋註》，頁 341。
〔註85〕　見〈感舊賦並序〉：「世路崎嶇，孰為後圖？豈無疇日之光榮，何今人
　　　　之棄余？」收入〔清〕董誥主編：《全唐文》（北京：中華書局，1983
　　　　年 11 月），卷 358，頁 3635。

使高仙芝幕中任職，〔註86〕並寫下〈初過隴山途中呈宇文判官〉一詩，
其云：

> 西來誰家子，自道新封侯。前月發安西，路上無停留。都護
> 猶未到，來時在西州。十日過沙磧，終朝風不休。馬走碎石
> 中，四蹄皆血流。萬里奉王事，一身無所求。也知塞垣苦，
> 豈為妻子謀？……別家賴歸夢，山塞多離憂，與子且攜手，
> 不愁前路修。〔註87〕

據《舊唐書》所述，當時高仙芝奉詔入朝覲見天子，〔註88〕而宇文判
官為之先行，岑參以此詩相贈，頌揚宇文氏戮力王事，稱其之所以不辭
勞苦遠赴萬里外的邊疆，並非為了替妻小謀求私產，而是深諳於前線
士卒長年戍邊之苦，欲獻策立功，藉以為國靖邊，詩中既流露岑參對於
宇文判官的讚譽之情，亦隱然含有求其代為引薦的弦外之音，〈武威送
劉單判官赴安西行營便呈高開府〉裡亦有此數句：

> 置酒高館夕，邊城月蒼蒼。軍中宰肥牛，堂上羅羽觴。紅淚
> 金燭盤，嬌歌豔新妝。望君仰青冥，短翮難可翔。蒼然西郊
> 道，握手何慨慷。〔註89〕

關於本詩的創作背景，已見於前文，此處所引之詩句，乃餞別筵席上的
情景，佳餚美酒當前，復有麗人歌舞助興，值此之際，詩人卻因為「短
翮難翔」而滿懷愁緒，激動地執手相求，殷切請託頗受高仙芝信任的劉
單為其引薦，〔註90〕使他亦能同登青冥之上。〈北庭西郊候封大夫受降
回軍獻上〉裡亦有此數句：

〔註86〕 見〈岑參年譜〉，收入〔唐〕岑參撰；陳鐵民、侯忠義注：《岑參集校
注》，頁555。

〔註87〕 〔唐〕岑參撰；陳鐵民、侯忠義注：《岑參集校注》，頁99。

〔註88〕 見《舊唐書·高仙芝傳》：「八載，入朝，加特進，兼左金吾衛大將軍
同正員，仍與一子五品官。」〔後晉〕劉昫：《舊唐書》，卷104，頁3206。

〔註89〕 〔唐〕岑參撰；陳鐵民、侯忠義注：《岑參集校注》，頁119。

〔註90〕 見《舊唐書·高仙芝傳》：「天寶六載八月，仙芝虜勃律王及公主趣赤
佛堂路班師，……令劉單草告捷書。」〔後晉〕劉昫：《舊唐書》，卷104，
頁3205。

西郊候中軍，平沙懸落暉。驛馬從西來，雙節夾路馳。喜鵲捧金印，蛟龍盤畫旗。如公未四十，富貴能及時。直上排青雲，傍看疾若飛。前年斬樓蘭，去歲平月支。天子日殊寵，朝廷方見推。何幸一書生，忽蒙國士知。側身佐戎幕，斂衽事邊陲。自逐定遠侯，亦著短後衣。近來能走馬，不弱并州兒。〔註91〕

關於本詩創作背景，已見前文，詩中「雙節」、「鵲印」、「龍旗」之語，〔註92〕盡皆呈現邊將的富貴榮寵，足見詩人的欣羨、仰慕之情，他自稱承蒙封常清這位堪比韓信的國士之厚待，〔註93〕必將竭盡心力，報答知遇之恩，詩末岑參又以定遠侯班超自勉，〔註94〕誇口自身騎術已獲得長足進步，最終必能跟隨主帥屢立「斬樓蘭、平月支」的偉大戰功，詩人對於己身之高度期待，在此詩裡一覽無遺，而那股積極尋求為世所用的奮發進取精神，亦時見於其贈別詩中，例如〈送李副使赴磧西官軍〉有云：

火山六月應更熱，赤亭道口行人絕。知君慣度祁連城，豈能愁見輪臺月？脫鞍暫入酒家壚，送君萬里西擊胡。功名祇向馬上取，真是英雄一丈夫。〔註95〕

〔註91〕〔唐〕岑參撰；陳鐵民、侯忠義注：《岑參集校注》，頁180。

〔註92〕「雙節」一詞，指「節度使」，見《通典・州郡上》：「其邊方有寇戎之地，則加以旌節，謂之節度使，……得以軍事專殺，行則建節，府樹六纛，外任之重莫比焉。」〔唐〕杜佑：《通典》，卷32，頁310。《舊唐書・職官志三》：「天寶中，緣邊禦戎之地，置八節度使，受命之日，賜之旌節，謂之節度使，得以專制軍事。」〔後晉〕劉昫：《舊唐書》，卷44，頁1922。「鵲印」一詞，見前文註解。

〔註93〕「國士」一詞，見《史記・淮陰侯列傳》：「諸將易得耳，至如信者，國士無雙。」〔漢〕司馬遷撰；〔日〕瀧川龜太郎考證：《史記會注考證》，卷92，頁1065。

〔註94〕見《後漢書・班超傳》：「超遂踰蔥領，迄縣度，出入二十二年，莫不賓從。……其封超為定遠侯，邑千戶。」〔劉宋〕范曄：《後漢書》，卷47，頁1582。

〔註95〕〔唐〕岑參撰；陳鐵民、侯忠義注：《岑參集校注》，頁122。

本詩乃天寶十載（751）夏季，岑參於武威所作，〔註96〕李副使所指何人已不得而知，但他必為時任安西節度使的高仙芝之僚屬，〔註97〕當時李副使即將奔赴前線駐地，岑參遂以此詩贈別，詩中既言安西一帶的險惡環境，亦勸勉友人力圖振作，他宣稱唯有掃滅胡塵，方能立功揚名，盡顯英雄本色，詩人雖未同行，卻無掩於其誓言為國靖邊之豪情，「功名祇向馬上取」一句，更清晰映現其內心對於自我實現的理解與詮釋，〈送人赴安西〉亦云：

> 上馬帶吳鉤，翩翩度隴頭。小來思報國，不是愛封侯。萬里
> 鄉為夢，三邊月作愁。早須清點虜，無事莫經秋。〔註98〕

本詩當為天寶十三載（754），岑參奔赴北庭前夕，在長安所作，〔註99〕詩中並未明言贈別之人的身分，但應為某位即將入幕任事的文士，與岑參有其相似之處，就此而言，岑參在對方身上看見了自我的縮影，故其勸勉之語，實為他自身心理狀態的投射，詩中既流露「從軍報國，視功名如浮雲」之恢弘胸襟，亦由凡人的視角進行闡發，指出邊地不可久留，須盡速掃除胡虜，方能早日返鄉與親友相聚，本詩雖不過寥寥數十字，卻完整體現文人士大夫對於出塞入幕一事的各種理解與詮釋，不論是誓言捨身為國的入世精神，抑或珍惜天倫之樂的個人情感，盡皆於此詩之中一覽無遺。〈送張都尉東歸〉又云：

> 白羽綠弓弦，年年祇在邊。還家劍鋒盡，出塞馬蹄穿。逐虜
> 西踰海，平胡北到天。封侯應不遠，燕頷豈徒然？〔註100〕

〔註96〕〔唐〕岑參撰；陳鐵民、侯忠義注：《岑參集校注》，頁123。
〔註97〕詩題中的「磧西」，即指「安西」，見《唐會要・卷七十八》：「安西四鎮節度使，開元六年三月，……始有節度之號，十二年以後，或稱磧西節度，或稱四鎮節度。」〔宋〕王溥撰：《唐會要》，收入《叢書集成初編》（北京：中華書局，1985年），頁1429。見《通典・州郡上》：「大唐本制，大總管乃前代專制之任，其僚佐亦多同之，自後改為節度大使，置副使、判官以為僚佐。」〔唐〕杜佑：《通典》，卷32，頁311。
〔註98〕〔唐〕岑參撰；陳鐵民、侯忠義注：《岑參集校注》，頁166～167。
〔註99〕〔唐〕岑參撰；陳鐵民、侯忠義注：《岑參集校注》，頁167。
〔註100〕〔唐〕岑參撰；陳鐵民、侯忠義注：《岑參集校注》，頁207。

詩題注曰：「時封大夫初得罪。」即指天寶十四載（755）年底，高仙芝、封常清兵敗遭處斬一事，〔註101〕由此可推知，本詩當作於天寶十五載（756）春季，〔註102〕詩中極言張都尉長年戍守邊疆的勞苦功高，詩末二句化用東漢名將班超的典故，〔註103〕聲稱張氏有功於邊，最終必能裂土封侯。綜觀當時的局勢，便不難察覺此詩的弦外之音，高仙芝、封常清都是詩人曾效力過的幕府戎帥，經略西域有功，安史之亂爆發後奉詔回朝，二人為了避免直攖叛軍的鋒芒，選擇退守潼關，等待各路援軍相助，最終卻受宦官邊令誠誣陷而死，〔註104〕功臣未能封侯，反倒含恨於九泉下，此般結果必定讓岑參難以接受，主帥獲罪伏法的劇變，也令他感到無所適從，故其嘗云「將軍初得罪，門客復何依」〔註105〕，就此言之，本詩顯然有為高、封二人打抱不平之意，亦表明自身對於「從軍報國、立功封侯」的期待與想像。

（二）壯志未伸／老大無成的無盡愁思

　　空有滿腔豪情卻難以伸其壯志，身陷於此般極為窘迫的困境時，則更需以詩歌抒發內心感懷，就高適、岑參而言亦然，兩者大量運用個人獨白的舞臺戲劇形式，表述其未完之職志，體現他們對於「立功封

〔註101〕　見《舊唐書・玄宗本紀》：「（十四載）十二月……封常清與賊戰于成皋罌子谷，官軍敗績，常清奔於陝郡，……時高仙芝鎮陝郡，棄城西保潼關，……丙午，斬封常清、高仙芝于潼關。」〔後晉〕劉昫撰；楊家駱主編：《新校本舊唐書》，卷9，頁230。

〔註102〕　〔唐〕岑參撰；陳鐵民、侯忠義注：《岑參集校注》，頁208。

〔註103〕　關於「燕頷」一詞，見《後漢書・班超傳》：「行詣相者，曰：『祭酒，布衣諸生耳，而當封侯萬里之外。』超問其狀，相者指曰：『生燕頷虎頸，飛而食肉，此萬里侯相也。』」〔劉宋〕范曄：《後漢書》，卷47，頁1571。

〔註104〕　見《舊唐書・封常清傳》：「西奔至陝郡，遇高仙芝，具以賊勢告之，恐賊難與爭鋒，仙芝遂退守潼關。……監軍邊令誠每事干之，仙芝多不從，令誠入奏事，具言仙芝、常清逗撓奔敗之狀，玄宗怒，遣令誠齎敕至軍並誅之。」〔後晉〕劉昫：《舊唐書》，卷104，頁3209。

〔註105〕　見〈送四鎮薛侍御東歸〉：「相送淚沾衣，天涯獨未歸。將軍初得罪，門客復何依？」〔唐〕岑參撰；陳鐵民、侯忠義注：《岑參集校注》，頁208。

侯」的宿願，即便年華老去亦不曾或忘，例如高適〈薊門不遇王之渙郭密之因以留贈〉有云：

> 適遠登薊丘，茲晨獨搔屑。賢交不可見，吾願終難說。迢遞
> 千里遊，羈離十年別。才華仰清興，功業嗟芳節。曠蕩阻雲
> 海，蕭條帶風雪。逢時事多謬，失路心彌折。行矣勿重陳，
> 懷君但愁絕。〔註106〕

本詩乃開元十九年（731），高適北遊薊門時所作，〔註107〕詩中既表達對於王之渙的才情之景仰，亦抒發未得於此地與故人重逢之遺憾，〔註108〕北地入冬以後的蕭條風雪，愈發加深詩人胸中的抑鬱及落寞，「逢時事多謬，失路心彌折」二句所指為何，已無從得知，但應是反映自身當時干謁未成的境況，昔日把酒言歡、酬觴賦詩的美好光景，對照如今時運不濟、窮途潦倒的慘澹際遇，其內心之無盡愁緒由此便可略見一斑，〈贈別王十七管記〉裡亦有此數句：

> 相逢季冬月，悵望窮海裔。折劍留贈人，嚴裝遂云邁。我行
> 即悠緬，及此還羈滯。……逢時媿名節，遇坎悲淪替。適趙
> 非解紛，遊燕獨無說。浩歌方振蕩，逸翮思凌勵。倏若異鵬
> 摶，吾當學蟬蛻。〔註109〕

關於本詩的創作背景，已見前文，詩題所指的王十七，即為幽州長史張守珪之管記王悔，〔註110〕當時高適即將啟程南返中原，遂以此詩

〔註106〕〔唐〕高適撰；劉開揚注：《高適詩集編年箋註》，頁 25～26。

〔註107〕見〈高適年譜〉，收入〔唐〕高適撰；劉開揚注：《高適詩集編年箋註》，頁 5。

〔註108〕關於高適、王之渙的交游概況，見《唐才子傳》：「之渙，薊門人，少有俠氣，所從遊皆五陵少年，擊劍悲歌，從禽縱酒。……與王昌齡、高適、暢當忘形爾汝，嘗共詣旗亭，……三子從之酣醉終日。」〔元〕辛文房：《唐才子傳》（北京：中華書局，1991 年 5 月），卷 3，頁 29～30。

〔註109〕〔唐〕高適撰；劉開揚注：《高適詩集編年箋註》，頁 36。

〔註110〕見《舊唐書·契丹傳》：「守珪遣管記王悔等就部落招諭之，時契丹衙官李過折與可突于分掌兵馬，……悔潛誘之，過折夜勒兵斬可突于及其支黨數十人。」〔後晉〕劉昫：《舊唐書》，卷 199 下，頁 5353。

相贈，詩中既言離別之際的感傷，亦提及自身懷才不遇的落寞，「適趙非解紛，遊燕獨無說」二句反用典故，〔註111〕指出自己此次北游幽薊一無所獲，本欲立功揚名，最終卻未有任何建樹，以失敗收尾，面對此般不得振翅高飛之境況，詩人再度化用典故，聲稱將效法屈原，潔身自好，不為俗塵所污染，〔註112〕此言顯然並非他的本意，卻清晰映現其壯志未伸之不盡愁思。〈使青夷軍入居庸三首其三〉又云：

> 登頓驅征騎，棲遲愧寶刀。遠行今若此，微祿果徒勞。絕阪水連下，群峰雲共高。自堪成白首，何事一青袍？〔註113〕

關於本詩的創作背景，已見前文，當時高適已經四十七歲，〔註114〕僅能屈居汴州封丘尉之職，年近半百卻依然位卑祿薄，讓一心務求功名的詩人感到無地自容，邊地寂寥冷清之冬景則更加深此負面感受，素以英雄豪傑自詡的他，也不禁有「愧對寶刀」之歎，詩末「自堪成白首，何事一青袍」二句，亦清晰反映其內心對於「韶光飛逝、老大無成」的強烈感傷。〔註115〕

　　相較於晚年漸趨顯達，歷任劍南節度使、刑部侍郎、散騎常侍等職，

〔註111〕 見《史記・魯仲連列傳》：「魯仲連適游趙，會秦圍趙，聞魏將欲令趙尊秦為帝，乃見平原君……平原君欲封魯連，魯連辭讓使者三，終不肯受。……笑曰：『所貴於天下之士者，為人排患釋難解紛亂而無取也。』」《史記・蘇秦列傳》：「去游燕，歲餘而後得見，說燕文侯……文侯曰：『……子必欲合從以安燕，寡人請以國從。』」〔漢〕司馬遷撰；〔日〕瀧川龜太郎考證：《史記會注考證》，卷83，頁1000～1002、卷69，頁898～899。

〔註112〕 見《史記・屈原列傳》：「蟬蛻於濁穢，以浮游塵埃之外，不獲世之滋垢，……推此志也，雖與日月爭光可也。」〔漢〕司馬遷撰；〔日〕瀧川龜太郎考證：《史記會注考證》，卷84，頁1010。

〔註113〕 〔唐〕高適撰；劉開揚注：《高適詩集編年箋註》，頁220。

〔註114〕 見〈高適年譜〉，收入〔唐〕高適撰；劉開揚注：《高適詩集編年箋註》，頁17。

〔註115〕 「青袍」一詞，意指「卑微官職」，見《通典》：「貞觀四年制，三品以上服紫，四品、五品以上服緋，六品、七品以上綠，八品、九品以上青。」〔唐〕杜佑：《通典》，卷61，頁570。

最終獲封渤海縣侯的高適，〔註116〕岑參的仕宦之路則更加崎嶇難行，諸如大理評事、監察御史、右補闕、太子中允等職位，皆為五品以下之官職，〔註117〕四十九歲時出為嘉州刺史，又受蜀地動亂波及而遲未能赴任，〔註118〕在官場中載浮載沉，難以登於青冥之上的感慨，也時見於他的詩歌創作之中，就其邊塞詩篇而言亦然，例如〈銀山磧西館〉有云：

> 銀山峽口風似箭，鐵門關西月如練。雙雙愁淚沾馬毛，颯颯
>
> 胡沙迸人面。丈夫三十未富貴，安能終日守筆硯？〔註119〕

此乃天寶八載（749）冬季，岑參於奔赴安西途中所作，〔註120〕詩中極力渲染胡地的漫天黃沙與刺骨寒風，藉以展示己身前途未卜，有家歸不得的困頓形象，詩末二句引用漢代班超投筆從戎的典故，陳述自己萬里從軍之初衷，自春秋起，「三十而立」〔註121〕的思維便深植士大夫階層，當此期待與客觀現實相牴觸時，文人內心的惶惑不安，盡皆化於本詩之中，〈北庭作〉亦云：

> 雁塞通鹽澤，龍堆接醋溝。孤城天北畔，絕域海西頭。秋雪

〔註116〕見《舊唐書‧高適傳》：「適代光遠為成都尹、劍南西川節度使，……用為刑部侍郎，轉散騎常侍，加銀青光祿大夫，進封渤海縣侯，食邑七百戶，永泰元年正月卒，贈禮部尚書，諡曰忠。」〔後晉〕劉昫：《舊唐書》，卷111，頁3331。

〔註117〕見杜確〈岑嘉州集序〉：「邊大理評事，兼監察御史，充安西節度判官，入為右補闕，頻上封章，指述權佞，改為起居郎，尋出虢州長史，又改太子中允兼殿中侍御史，充關西節度判官。」收入〔清〕董誥編：《全唐文》，卷459，頁4692。《舊唐書‧職官志一》：「正第五品上階：……太子中允。……從第七品上階：……左右補闕。……正第八品上階：監察御史。……從第八品下階：大理評事。」〔後晉〕劉昫：《舊唐書》，卷42，頁1794～1801。

〔註118〕見〈岑參年譜〉，收入〔唐〕岑參撰；陳鐵民、侯忠義注：《岑參集校注》，頁569～572。

〔註119〕〔唐〕岑參撰；陳鐵民、侯忠義注：《岑參集校注》，頁107。

〔註120〕見〈岑參年譜〉，收入〔唐〕岑參撰；陳鐵民、侯忠義注：《岑參集校注》，頁555～556。

〔註121〕見《論語‧為政》：「子曰：『吾十有五而志于學，三十而立，四十而不惑。』」〔宋〕朱熹：《四書章句集注》，收入〔宋〕朱熹撰；朱傑人、嚴佐之、劉永翔主編：《朱子全書》，第6冊，頁75。

春仍下，朝風夜不休。可知年四十，猶自未封侯。〔註122〕
此乃天寶十四載（755）春季，岑參於北庭所作，〔註123〕當時詩人已年
近四十，邊地早春的蕭瑟風雪，愈發觸動他胸中的感慨，二度出塞，猶
未能立功封侯，其內心之寂寥、惆悵，相較於前文提及的〈銀山磧西
館〉而言，可謂有增無減，詩人對功名的熱切期盼，自始至終未曾稍
減，在他步入中晚年後亦然，〈虢中酬陝西甄判官見贈〉云：

微才棄散地，拙宦慚清時。白髮徒自負，青雲難可期。胡塵
暗東洛，亞相方出師。分陝振鼓鼙，二崤滿旌旗。夫子廊廟
器，迴然青冥姿。閫外佐戎律，幕中吐兵奇。……詔書自徵
用，令譽天下知。別來春草長，東望轉相思。寂寞山城暮，
空聞畫角悲。〔註124〕

上元元年（760），岑參任職於虢州（河南省靈寶市），〔註125〕當時安史
之亂尚未完全平息，史思明、史朝義父子佔據東都洛陽與唐軍周旋，詩
人既作詩表達他對時任御史大夫的名將來瑱及其僚屬甄濟之仰慕，〔註
126〕亦抒發自己屈居長史一職，不能在平亂過程中有所作為的悲憤，
「白髮徒自負，青雲難可期」二句，即清晰體現岑參對於「老大無成、
功業未就」的深切焦慮。〈行軍二首其二〉亦云：

早知逢世亂，少小謾讀書。悔不學彎弓，向東射狂胡。偶
從諫官列，謬向丹墀趨。未能匡吾君，虛作一丈夫。撫劍
傷世路，哀歌泣良圖。功業今已遲，覽鏡悲白鬚。平生抱
忠義，不敢私微軀。〔註127〕

〔註122〕〔唐〕岑參撰；陳鐵民、侯忠義注：《岑參集校注》，頁186～187。
〔註123〕〔唐〕岑參撰；陳鐵民、侯忠義注：《岑參集校注》，頁187。
〔註124〕〔唐〕岑參撰；陳鐵民、侯忠義注：《岑參集校注》，頁260～261。
〔註125〕見〈岑參年譜〉，收入〔唐〕岑參撰；陳鐵民、侯忠義注：《岑參集校
注》，頁565。
〔註126〕見《舊唐書·來瑱傳》：「瑱少尚名節，慷慨有大志，頗涉書傳，天寶
初，四鎮從職，……乾元三年四月十三日，……以瑱為襄州刺史、兼
御史大夫。」〔後晉〕劉昫：《舊唐書》，卷114，頁3365～3366。
〔註127〕〔唐〕岑參撰；陳鐵民、侯忠義注：《岑參集校注》，頁223。

本詩的創作背景，已見前文，與〈虢中酬陝西甄判官見贈〉同，詩中亦表述在風雨飄搖的動盪歲月中，文人不知該如何自處的悽涼心境，當時岑參剛從北庭返抵肅宗之行在所鳳翔（陝西省寶雞市北），經杜甫等人的推薦擔任右補闕一職，〔註128〕身為諫官卻未能輔佐其君匡扶社稷，已令他感到無比懊惱，而叛軍節節進逼，所到之處生靈塗炭，則更加觸動其內心的憂國愁思，值此劇變之際，詩人慨嘆自己只是一介文弱書生，無法「向東射狂胡」，只能任憑敵軍鐵騎踐踏祖國壯麗河山，「撫劍傷世路，哀歌泣良圖」數句，則再度運用個人獨白的舞臺戲劇形式，展演「功業已遲，悲對白鬚」的淒涼形象，反映自身至為沉痛的身世家國之感，極具藝術渲染效果。

第二節　淑世之規箴

　　除了表述自身對於建立不朽功業的期許，以及抒發個人理想難以實現之感慨以外，高、岑的詩作裡亦多有關涉對於君主之諫言，或談論平日治理政務的原則，勸國君須以天下蒼生之福祉為己任，並廣開賢才的仕進之路，進而得以成就治世；或暢言戰時制敵的方針，呼籲上位者當審酌國力，切勿耗費資源於徒勞無功的綏撫政策，並疾言批判驕奢逸樂的邊地將領，完整體現儒家關注現世的精神特徵。

一、勸諫國君心繫蒼生／廣納賢才

　　出身名門望族，但卻同樣遭逢家道中落的高適、岑參，都在清寒貧困的環境裡成長，故其對於底層人民之苦難深有體會，遂以詩歌表達自身的悲憫情懷，並勸諫君王施政應以百姓為念，拯救蒼生於水火，體現他們內心對於治世的期待與想像，例如高適〈淇上酬薛三據兼寄郭少府微〉裡有此數句：

　　　　拂衣去燕趙，驅馬悵不樂。天長滄洲路，日暮邯鄲郭。酒肆

〔註128〕見〈岑參年譜〉，收入〔唐〕岑參撰；陳鐵民、侯忠義注：《岑參集校注》，頁563～564。

或淹留，漁潭屢棲泊。獨行備艱險，所見窮善惡。永願拯芻
蕘，孰云干鼎鑊？皇情念淳古，時俗何浮薄？理道資任賢，
安人在求瘼。〔註129〕

本詩的創作背景，已見前文，詩人提及作別故交薛據以後，北游幽薊之
失意落寞，亦抒發自己立志解民倒懸，無懼獲罪受刑的崇高抱負，「皇
情念淳古，時俗何浮薄」二句則是指出當時世風日下，人心漸趨澆薄之
社會現況，與誓言「再使風俗淳」〔註130〕的杜甫相同，高適亦主張積
極改革，以期撥亂反正，重現上古太平盛世，故其勸諫君王必須謹記
「任賢」、「求瘼」的治國原則，就其視角而言，唯有廣納賢才、苦民所
苦，方能「救蒼生之疲弊」〔註131〕，使全天下的百姓皆能安居樂業。
〈燕歌行〉亦云：

校尉羽書飛瀚海，單于獵火照狼山。山川蕭條極邊土，胡騎
憑陵雜風雨。戰士軍前半死生，美人帳下猶歌舞。大漠窮秋
塞草腓，孤城落日鬥兵稀。身當恩遇常輕敵，力盡關山未解
圍。鐵衣遠戍辛勤久，玉箸應啼別離後。少婦城南欲斷腸，
征人薊北空回首。邊庭飄颻那可度？絕域蒼茫無所有。殺氣
三時作陣雲，寒聲一夜傳刁斗。相看白刃血紛紛，死節從來
豈顧勳？君不見沙場征戰苦，至今猶憶李將軍。〔註132〕

由詩序可知，本詩作於開元二十六年（738），〔註133〕詩中所指的戰事，

〔註129〕　〔唐〕高適撰；劉開揚注：《高適詩集編年箋註》，頁53。
〔註130〕　見〈奉贈韋左丞丈二十二韻〉：「自謂頗挺出，立登要路津，致君堯舜
　　　　　上，再使風俗淳。」〔唐〕杜甫撰；〔清〕仇兆鰲注：《杜詩詳注》，卷
　　　　　1，頁74。
〔註131〕　見〈謝上劍南節度使表〉：「謹當宣揚皇化，鎮撫蕃蠻，訓率吏兵，翦
　　　　　除夷獠，……救蒼生之疲弊，寬陛下之憂勤。」〔唐〕高適撰；劉開
　　　　　揚注：《高適詩集編年箋註》，頁400。
〔註132〕　〔唐〕高適撰；劉開揚注：《高適詩集編年箋註》，頁97。
〔註133〕　該詩序曰：「開元二十六年，客有從元戎出塞而還者，作〈燕歌行〉
　　　　　以示適，感征戍之事，因而和焉。」〔唐〕高適撰；劉開揚注：《高適
　　　　　詩集編年箋註》，頁97。

即為開元十八年（730）以後，唐軍與契丹、奚二部族之間的多次軍事
衝突（事見前文註解），高適極言當時戰況之危急與敵軍鐵騎的凌厲攻
勢，以襯托己方部隊傷亡之慘重，「戰士軍前半死生，美人帳下猶歌舞」
二句，既表達他對基層士卒視死如歸、捨身報國的高尚情操之感佩，也
清晰反映「軍隊高層腐化，將領安於逸樂」的嚴峻現況，具體展現儒家
思想中所固有的批判精神，由此亦可得知，詩人關懷、同情的對象，並
不局限於普通平民百姓，也包含那些被徵調至前線戍邊，不知何時才
能返鄉的廣大兵士，關於「征人思婦之苦」的描繪，向來是邊塞詩的一
個典型題材，本詩亦多有著墨，「鐵衣遠戍辛勤久、玉箸應啼別離後」
四句，即運用類似於田曉菲所談及的「性別操演」理論，藉由獨守空
閨，日夜企盼夫君返家的少婦形象，襯托遠在前線戍防，遲遲無法還鄉
的唐軍將士，凸顯其未盡的家庭責任，進而強化一種青年男女在戰亂
之中被迫與摯愛分離的慘烈意象，使人讀之如臨其境，深刻體會少婦、
征人內心裡那種幾欲斷腸的黯然愁思。值得特別注意的是，除了抒發
自身悲憫情懷之外，高適亦明確指出化解此般困境的具體方法，詩末
所提及之李將軍，或為戰國時期的趙國名將李牧，抑或西漢飛將軍李
廣，〔註134〕無論詩人所指為何，皆清晰反映他對於戰爭的態度，就其
視角而言，唯有憑藉軍事力量徹底擊潰反覆寇邊的契丹部族，方能解
除東北邊地長久以來的潛在禍患，救助天下蒼生免於征戰之苦，俾使
少婦有夫、幼子有父，得享人倫之樂，他對前朝名將輝煌武功的謳歌絕
非盲目好戰之言，而是再度印證前文多次提及的「弔民伐罪」、「以戰止
戰」思想。〈答侯少府〉裡有此數句：

〔註134〕見《史記·李牧列傳》：「李牧者，趙之北邊良將也，常居代雁門備匈
奴。……大破殺匈奴十餘萬騎，滅襜襤，破東胡，降林胡，單于奔走，
其後十餘歲，匈奴不敢近趙邊城。」《史記·李將軍列傳》：「李將軍
廣者，……孝文帝十四年，匈奴大入蕭關，而廣以良家子從軍擊胡，
用善騎射，殺首虜多，……廣居右北平，匈奴聞之，號曰『漢之飛將
軍』，避之數歲，不敢入右北平。」〔漢〕司馬遷撰；〔日〕瀧川龜太
郎考證：《史記會注考證》，卷81，頁995；卷109，頁1178、1180。

常日好讀書，晚年學垂綸。漆園多喬木，睢水清粼粼。詔書
下柴關，天命敢逡巡。赫赫三伏時，十日到咸秦。褐衣不得
見，黃綬翻在身。吏道頓羈束，生涯難重陳。北使經大寒，
關山饒苦辛。邊兵若芻狗，戰骨成埃塵。行矣勿復言，歸歟
傷我神。〔註135〕

此乃天寶十載（751）春季，高適北使清夷軍歸來，途經幽薊時所作，
〔註136〕詩中提及自己長年耕讀於宋州（河南省商丘市），其後在天寶
八載（749）赴京應制有道科及第，解褐汴州封丘尉（詳見前文註解），
「褐衣不得見，黃綬翻在身」二句指出自己僅為一介布衣，未得入宮謁
見天子、暢言平生之志，最終只能獲得品階甚低的卑微職位，〔註137〕
此言顯然有怨懟之意，詩人既談己身的困頓，亦以此勸諫上位者當禮
賢下士，廣開寒門仕進之路。而「北使經大寒」數句，則是陳述自己於
天寶九載（750）送兵至薊北（詳見前文註解）的見聞與感受，邊地入
冬之後苦寒難耐的險惡環境，遭受苛刻待遇、命如螻蟻的底層戍卒，以
及屍橫遍野、白骨累累的戰場，共同營構出一幅慘絕人寰的煉獄景象，
深刻觸動詩人胸中的悲憫之情，此詩巧妙結合自身與他人的不幸，頗
能體現《詩經》諷諭怨刺之書寫傳統，更富有儒家勇於揭露黑暗現實的
淑世精神。

　　素以儒生自居的岑參，亦多於其詩中闡述有關治國之願景及諫言，
例如他曾經贈詩予出任平原郡太守的顏真卿，勉其「力行仁政、易俗化
民」〔註138〕，至德二載（757）入朝擔任右補闕，曾「頻上封章，指述

〔註135〕〔唐〕高適撰；劉開揚注：《高適詩集編年箋註》，頁223。
〔註136〕見〈高適年譜〉，收入〔唐〕高適撰；劉開揚注：《高適詩集編年箋註》，
　　　　頁17。
〔註137〕「黃綬」一詞，意指「低階官僚」，見《通典》：「諸侯印綬，二品以
　　　　上，並金章紫綬；三品銀章青綬；……七品、八品、九品得印者，銅
　　　　印黃綬。」〔唐〕杜佑：《通典》，卷63，頁584。
〔註138〕見〈送顏平原〉：「郊原北連燕，剽劫風未休。……為郡豈淹旬？政成
　　　　應未秋。易俗去猛虎，化人似馴鷗。蒼生已望君，黃霸寧久留。」〔唐〕
　　　　岑參撰；陳鐵民、侯忠義注：《岑參集校注》，頁137。

權佞」（見前文註解），嘗言「天子憐諫官，論事不可休」〔註139〕，乾元二年（759）轉任起居舍人以後，亦自誓「史筆眾推直，諫書人莫窺」〔註140〕，足見其輔弼君王、匡扶社稷的積極意識，當此般崇高理想未得實現時，他又故作反語，悲歎「聖朝無闕事，自覺諫書稀」〔註141〕，表達自身治國規箴不為朝廷採納的憤慨，至於其邊塞詩篇，雖多直抒亟欲求取功名的個人情志，但亦涉筆提及其內心對於成就治世之期待與想像，例如〈贈酒泉韓太守〉有云：

> 太守有能政，遙聞如古人。俸錢盡供客，家計亦清貧。酒泉
> 西望玉關道，千山萬磧皆白草。辭君走馬歸長安，思君倏忽
> 令人老。〔註142〕

此乃天寶十載（751）岑參自安西返回中原，途經酒泉（甘肅省酒泉市）所作，〔註143〕詩題的韓太守所指為何，今已無可考，但由詩句內容可知，此人必為一位治理邊疆有方的循吏，岑參稱其施政得宜、一介不取，頗具上古聖賢的風範，「俸錢盡供客，家計亦清貧」二句，指出太守將其俸祿悉數用來周濟鄉里間的貧士，即便自身家徒四壁亦在所不惜，這種己飢己溺的高尚情操，完全切合儒家思想中所強調的仁愛精神，亦頗能呼應岑參內心有關「盡力為政」〔註144〕的期待與想像，詩人藉由此詩表達他對於愛民如子的清官之欽慕，也寄望上位者當以百

〔註139〕見〈送許拾遺恩歸江寧拜親〉：「天子憐諫官，論事不可休。早來丹墀下，高駕無淹留。」〔唐〕岑參撰；陳鐵民、侯忠義注：《岑參集校注》，頁237。

〔註140〕見〈佐郡思舊遊〉：「幸得趨紫殿，卻憶侍丹墀。史筆眾推直，諫書人莫窺。」〔唐〕岑參撰；陳鐵民、侯忠義注：《岑參集校注》，頁248。

〔註141〕見〈寄左省杜拾遺〉：「白髮悲花落，青雲羨鳥飛。聖朝無闕事，自覺諫書稀。」〔唐〕岑參撰；陳鐵民、侯忠義注：《岑參集校注》，頁233。

〔註142〕〔唐〕岑參撰；陳鐵民、侯忠義注：《岑參集校注》，頁114。

〔註143〕〔唐〕岑參撰；陳鐵民、侯忠義注：《岑參集校注》，頁114。

〔註144〕見〈冬宵家會餞李郎司兵赴同州〉：「州縣信徒勞，雲霄亦可期。應須力為政，聊慰此相思。」〔唐〕岑參撰；陳鐵民、侯忠義注：《岑參集校注》，頁314。

姓為念，方能不負「蒼生厚望」〔註145〕。

如同前文所述，唐代科舉制度未臻完備，時有政治力介入評選，干預最終錄取結果的狀況發生，例如天寶六載，玄宗欲求賢才而加辦一場特考，李林甫為了剷除異己，遂以巧詐手段令應試者悉數落榜，楊國忠亦嘗以自身權勢脅迫有司，使其子楊暄得以順利及第，〔註146〕由此可見當時人才選拔的標準未盡公允，干謁風氣的盛行，亦衍生出「通榜」〔註147〕現象，令缺乏門第庇蔭的寒族士人難以與世家子弟競爭，對於權貴把持仕進之路的強烈不滿，遂成為其詩歌創作的一個重要題材，就高適、岑參而言亦然，出身自沒落世族的二人，皆能深刻體會布衣求仕之不易，故其多於詩中進行批判，例如高適嘗有「何用年年空讀書」、「洛陽少年莫論事」的感觸，〔註148〕岑參亦發出「獻賦頭欲白」、

〔註145〕 見〈西河太守杜公輓歌四首其一〉：「黃霸官猶屈，蒼生望已怨。唯餘卿月在，留向杜陵懸。」〈送嚴黃門拜御史大夫再鎮蜀川兼觀省〉：「許國分憂日，榮親色養時。蒼生望已久，來去不應遲。」〔唐〕岑參撰；陳鐵民、侯忠義注：《岑參集校注》，頁78、316。

〔註146〕 見《資治通鑑》：「（天寶六年）上欲廣求天下之士，命通一藝以上者皆詣京師，李林甫恐草野之士對策斥言其姦惡，……乃令郡縣長官精加試練，……至者皆試以詩、賦、論，遂無一人及第者，林甫乃上表賀野無遺賢。……（天寶十二年）國忠子暄舉明經，學業荒陋，不及格，禮部侍郎達奚珣畏國忠權勢，遣其子昭應尉撫先白之，……國忠怒曰：『我子何患不富貴？乃令鼠輩相賣。』策馬不顧而去，撫惶遽，書白其父曰：『彼恃挾貴勢，令人慘嗟，安可復與論曲直？』遂置暄上第。」〔宋〕司馬光：《資治通鑑》，卷215，頁20；卷216，頁23。

〔註147〕 見《容齋四筆・卷五》：「唐世科舉之柄，顓付之主司，仍不糊名，又有交朋之厚者為之助，謂之通榜，故其取人也畏於譏議，多公而審，亦有脅於權勢，或撓於親故，或累於子弟，皆常情所不能免者。」收入〔宋〕洪邁：《容齋隨筆》（上海：上海古籍出版社，1978年7月），頁669～670。

〔註148〕 見〈行路難二首其一〉：「君不見富家翁，舊時貧賤誰比數？一朝金多結豪貴，百事勝人健如虎。……東鄰少年安所如？席門窮巷出無車。有才不肯學干謁，何用年年空讀書？」〈古歌行〉：「君不見漢家三葉從代至，高皇舊臣多富貴。天子垂衣方宴如，廟堂拱手無餘議。……田舍老翁不出門，洛陽少年莫論事。」〔唐〕高適撰；劉開揚注：《高適詩集編年箋註》，頁1、3。

「最難在長安」之悲歎，〔註149〕足見其對此不公義的現象之強烈憤慨，當他們投身邊塞時，也格外留意「人才是否獲得善用」一事，藉此勸諫君王與朝廷須重視戰功、廣納賢良，如此方能成就治世。高適〈薊門五首其一〉有云：

> 薊門逢古老，獨立思氛氳。一身既零丁，頭鬢白紛紛。勳庸
> 今已矣，不識霍將軍。〔註150〕

本詩的創作背景，已見前文，全詩旨在描繪邊地老卒不為主帥所用，兩鬢雖已斑白而功名終不可得之悲慘遭遇，此位兵士長年戍邊卻遲未能拜將封侯的處境，與詩人有其相似之處，使他進而聯想起自身仕途的坎坷失意，詩中內容不過寥寥三十字，既抒發對於該名老兵的深刻同情，亦映現己身抑鬱落寞的複雜心理狀態，詩人雖未明言，但其怨刺之意卻早已不言而喻。〈東平留贈狄司馬〉裡有此數句：

> 馬蹄經月窟，劍術指樓蘭。地出北庭盡，城臨西海寒。……
> 練兵日精銳，殺敵無遺殘。獻捷見天子，論功俘可汗。激昂
> 丹墀下，顧盼青雲端。誰謂縱橫策，翻為權勢干？將軍既坎
> 壈，使者亦辛酸。耿介抱三事，羈離從一官。知君不得意，
> 他日會鵬摶。〔註151〕

此乃天寶四載（745），高適於東平郡（山東省鄆城縣）所作，〔註152〕關於詩題中的狄司馬，劉開揚稱其當為狄仁傑之子狄光遠，〔註153〕詩人既言狄氏萬里從戎、殺敵獻俘的功勳，亦稱此人與其主帥皆未獲應

〔註149〕 見〈送孟孺卿落第歸濟陽〉：「獻賦頭欲白，還家心已穿。……聖朝徒側席，濟上獨遺賢。」〈送張祕書充劉相公通汴河判官便赴江外觀省〉：「因送故人行，試歌行路難。何處路最難？最難在長安。長安多權貴，珂珮聲珊珊。儒生直如弦，權貴不須干。」〔唐〕岑參撰；陳鐵民、侯忠義注：《岑參集校注》，頁 452、322。

〔註150〕 〔唐〕高適撰；劉開揚注：《高適詩集編年箋註》，頁 33。

〔註151〕 〔唐〕高適撰；劉開揚注：《高適詩集編年箋註》，頁 149。

〔註152〕 見〈高適年譜〉，收入〔唐〕高適撰；劉開揚注：《高適詩集編年箋註》，頁 13。

〔註153〕 〔唐〕高適撰；劉開揚注：《高適詩集編年箋註》，頁 151。

有之封賞，「誰謂縱橫策，翻為權勢干」二句所指為何，今已無可考，但卻如實反映當時官場裡的各種不公現象，朝中顯貴舞弄權勢，安插自身親信位居要津，勞苦功高的邊軍將士卻晉升無門，此事自然使崇尚節義的高適感到「氣憤填膺」〔註154〕，故其遂以此詩寬慰狄司馬，勉勵對方勿因一時失意而喪志，須韜光養晦，以待來日振翅高飛於九霄之上，〔註155〕詩人雖未明言，但其勸諫國君廣納賢良之意不言可喻。岑參亦對此多有闡發，如其〈送祁樂歸河東〉裡有此數句：

> 祁樂後來秀，挺身出河東。往年詣驪山，獻賦溫泉宮。天子
> 不召見，揮鞭遂從戎。前月還長安，囊中金已空。〔註156〕

本詩當作於天寶十一載（752）左右，〔註157〕祁樂獻賦未成，不得不赴邊從戎的落魄境遇，即為當時「朝綱紊亂，有志之士難以伸展抱負」的一個縮影，岑參既指出文人出塞入幕的主要原因，亦冀望皇帝能有所警醒，由「天子不召見」一句可得知，他對於玄宗疏於政事，任憑楊國忠、安祿山等人把持軍政大權一事深感不滿，就此言之，本詩當含有勸諫君王善用賢才、重振朝綱之寓意，足見詩人心繫家國的入世情懷。〈北庭貽宗學士道別〉裡亦有此數句：

> 萬事不可料，嘆君在軍中。讀書破萬卷，何事來從戎？曾逐
> 李輕車，西征出太蒙。荷戈月窟外，擐甲崑崙東。兩度皆破
> 胡，朝廷輕戰功。十年祇一命，萬里如飄蓬。容鬢老胡塵，
> 衣裝脆邊風。……四月猶自寒，天山雪濛濛。君有賢主將，
> 何謂泣途窮？時來整六翮，一舉凌蒼穹。〔註158〕

〔註154〕 見〈餞宋八充彭中丞判官之嶺南〉：「睹君濟時略，使我氣填膺。長策竟不用，高才徒見稱。」〔唐〕高適撰；劉開揚注：《高適詩集編年箋註》，頁137。

〔註155〕 關於詩中「鵬摶」一詞，見《莊子·逍遙遊》：「鵬之徙於南溟也，……摶扶搖而上者九萬里。」〔周〕莊周撰；〔清〕王夫之注：《莊子解》（香港：中華書局，1976年3月），卷1，頁1。

〔註156〕 〔唐〕岑參撰；陳鐵民、侯忠義注：《岑參集校注》，頁141。

〔註157〕 〔唐〕岑參撰；陳鐵民、侯忠義注：《岑參集校注》，頁141。

〔註158〕 〔唐〕岑參撰；陳鐵民、侯忠義注：《岑參集校注》，頁188。

本詩乃天寶十四載（755）夏季，岑參於北庭所作，〔註159〕宗學士所指何人，今已失考，但由詩中內容可知，此人亦為一位仕途困頓的潦倒儒生，其處境使同在宦海中浮沉的岑參深感戚戚焉，故有「讀書破萬卷，何事來從戎」之悲歎，當學而優則仕的期望幻滅時，出塞入幕遂成失意文人步向青雲的最後機遇，而朝廷輕視戰功，導致萬里從戎之士子依舊飄泊如飛蓬的狀況，則讓岑參更難以忍受，他勸勉宗學士莫作窮途之泣，若能盡心效力於賢能的主帥封常清麾下，則揚眉吐氣之日必不遠矣，此詩既表達邊塞詩人對於立功揚名的積極意識，亦反映天寶年間人才晉身無門，文臣武將皆難伸己志之實況，頗有針砭時弊，以期匡扶社稷的深意。

　　由上述詩篇可得知，高、岑二人內心渴望平定天下的抱負，多化於治國願景的描繪與其對帝王的諫言之中，他們高聲疾呼，規勸國君以天下蒼生的福祉為己任，亦須選賢與能，勿讓豪門貴冑阻斷寒族的仕進之路，唯有廣納人才，使文臣、武將皆能適得其所，方可帶領國家走向強盛，並盡早結束曠日持久的邊境戰爭，讓前線戍卒得以返鄉與妻兒團聚，同享和諧美滿的生活。

二、暢言用兵計策／盱衡邊境形勢

　　除了要求君王對內施政必須矜憫為懷，以百姓為念，在對外關係的方面，二人亦主張以更積極強硬的態度來抵禦以契丹與吐蕃為首的異族之侵侮，或言須斟酌損益，勿浪費資源於徒勞無功的和親、羈縻政策；或言應畢其功於一役，徹底殲滅敵寇的武裝力量；或批判己方將帥之驕縱逸樂，體現他們對邊境形勢的深刻觀察。

　　中原王朝應對外族威脅的策略，大抵可分為兩種：一、以軍事行動制裁暴力，阻絕其侵略己方之企圖。二、以柔性手段籠絡，並締結友好關係，藉以維繫和平。自西漢以降，考量到發起戰爭在人、物力等各項資源所造成的急遽損耗，透過聯姻方式以遂靖邊目的之和親政策，

〔註159〕〔唐〕岑參撰；陳鐵民、侯忠義注：《岑參集校注》，頁188。

遂廣為歷代統治者所重視，當代民族學家崔明德亦就其功能與性質分
為安定邊患、結交同盟、分化異族、酬謝報恩、建立關係等多種類型，
〔註160〕迄乎唐代，隨著帝國版圖的空前遼闊，與周邊民族的關係也變
得更複雜，和親之舉不時走上政治的舞臺，關於玄宗開元、天寶年間的
對外關係，英國漢學家杜希德（Denis Twitchett）嘗云：

> 714 年吐蕃被擊敗後，天下承平了一段時日，……當時，唐
> 朝忙於應付兩大長年外患——契丹和吐蕃，同時，在東北、
> 雲南分別出現了新興的強敵——渤海國及南詔，而北方的傳
> 統大敵突厥沒落後，回紇起而代之並日漸坐大，成為大漠之
> 主，但始終臣服於唐。〔註161〕

引文概括指出，自武后以迄於玄宗在位期間，隨著突厥勢力的分崩離
析，眾多外患之中為禍尤烈者，非契丹、吐蕃二者莫屬，為了安撫這
兩支實力雄厚、充滿野心的部族，唐室先遣金城公主入蕃聯姻，〔註
162〕後又將多位宗室之女嫁予契丹首領為妻，〔註163〕卻仍然無法阻
止其伺機入寇，〔註164〕在邊境政策的抉擇上，主和、主戰二派意見

〔註160〕 崔明德：《中國古代和親史》（北京：人民出版社，2005 年 7 月），頁
8～16。

〔註161〕 〔英〕Denis Twitchett 主編；張榮芳譯；高明士校訂：《劍橋中國史》
（台北：南天書局，1987 年 9 月），第 3 冊，頁 466。

〔註162〕 見《舊唐書‧吐蕃傳》：「中宗神龍元年，吐蕃使來告喪，中宗為之舉
哀，廢朝一日，俄而贊普之祖母遣其大臣悉薰熱來獻方物，為其孫請
婚，中宗以所養雍王守禮女為金城公主許嫁之，自是頻歲貢獻。」〔後
晉〕劉昫：《舊唐書》，卷 196 上，頁 5226。

〔註163〕 見《舊唐書‧契丹傳》：「開元三年，其首領李失活以默啜政衰，率種
落內附，……入朝，封宗室外甥女楊氏為永樂公主以妻之。……十年，
鬱于入朝請婚，上又封從妹夫率更令慕容嘉賓女為燕郡公主以妻
之。……可突于立李盡忠弟邵固為主，……又封皇從外甥女陳氏為東
華公主以妻之。」〔後晉〕劉昫：《舊唐書》，卷 199 下，頁 5351～5352。

〔註164〕 見《劍橋中國史‧隋唐篇》：「東北的和平維持了相當長的時間，這個
關係因唐公主陸續下嫁兩國國王而得以維繫。……這個地區表面上的
均勢，實際上是由詭譎多變的政治情勢造成的假象，……契丹國內的
政治操縱在大臣可突于手中，……730 年，他殺了契丹國王，迫使和
親的唐公主逃回唐的邊鎮——營州。……745 年，又以唐公主下嫁契

分歧，丞相張說基於民生、經濟層面的考量，建議朝廷偃旗息鼓，以優厚的待遇籠絡吐蕃及契丹部眾，[註165] 與太子李亨交好的皇甫惟明亦抱持相似觀點，他更把「議和」稱作「永代安人之道」，[註166] 而王君㚟、蕭嵩、張守珪、張忠亮、李禕等將領則主張力抗外侮。[註167] 就高、岑而言，其詩作皆明顯偏向主戰派立場，高適〈塞上〉裡有此數句：

> 轉鬥豈長策？和親非遠圖。惟昔李將軍，按節臨此都。總戎掃大漠，一戰擒單于。常懷感激心，願效縱橫謨。倚劍欲誰語？關河空鬱紆。[註168]

本詩乃開元十九年（731）冬，高適出盧龍塞時所作，[註169] 綜觀開元十八年（730）唐、蕃連年交戰後議和，以及契丹權臣可突于叛降於突

丹、奚國王，745 年末，兩個國王謀害了唐公主，再度叛唐。……直到玄宗末年，奚跟契丹的問題都無法徹底解決，……他們仍是強悍的邊患，迫使唐朝不得不在東北維持大量軍力。」〔英〕Denis Twitchett 主編；張榮芳譯；高明士校訂：《劍橋中國史》，第 3 冊，頁 474、476。

〔註165〕見《舊唐書・吐蕃傳》：「中書令張說奏言：『吐蕃醜逆，誠負萬誅，然又事征討，實為勞弊，且十數年甘、涼、河、鄯徵發不息，縱令屢勝，亦不能補，聞其悔過請和，惟陛下遣使，許其稽顙內屬，以息邊境，則蒼生幸甚。』《舊唐書・契丹傳》：「邵固還蕃，又遣可突于入朝，貢方物，中書侍郎李元紘不禮焉，可突于怏怏而去，左丞相張說謂人曰：『兩蕃必叛，可突于人面獸心，唯利是視，執其國政，人心附之，若不優禮縻之，必不來矣。』」〔後晉〕劉昫：《舊唐書》，卷 196 上，頁 5229；卷 199 下，頁 5352。

〔註166〕見《舊唐書・吐蕃傳》：「（十七年）吐蕃頻遣使請和，忠王友皇甫惟明因奏事面陳通和之便，上曰：『吐蕃贊普往年嘗與朕書，悖慢無禮，朕意欲討之，何得和也？』惟明曰：『……必是在邊軍將務邀一時之功，偽作此書，激怒陛下，兩國既鬥，興師動眾，……所損鉅萬，何益國家？今河西、隴右，百姓疲竭，事皆由此，若陛下遣使往視金城公主，因與贊普面約通和，令其稽顙稱臣，永息邊境，此永代安人之道也。』」〔後晉〕劉昫：《舊唐書》，卷 196 上，頁 5230。

〔註167〕〔後晉〕劉昫：《舊唐書》，卷 196 上，頁 5229～5230。

〔註168〕〔唐〕高適撰；劉開揚注：《高適詩集編年箋註》，頁 29。

〔註169〕見〈高適年譜〉，收入〔唐〕高適撰；劉開揚注：《高適詩集編年箋註》，頁 5～6。

厥，東華公主投奔平盧軍之事，〔註170〕可以合理推論詩人必對此有所感觸，「轉鬥豈長策，和親非遠圖」二句，即是針對邊疆動盪形勢所提出的殷切諫言，由契丹、吐蕃之叛服無常可得證，和親聯姻終究無法換取長遠的和平，曠日持久的纏鬥也絕非良策，徒然勞民傷財而已，詩人緬懷西漢名將李廣，稱許他誓言與敵軍主力決戰，欲一舉生擒單于的豪情壯志，〔註171〕就其視角而言，唯有速戰速決，傾盡全力殲滅敵寇，方可獲取邊境的長治久安，令天下蒼生得以免受連年征戰之苦，清晰體現高適邊塞詩篇裡一貫的「以戰止戰」思想，惟遣兵之權繫於帝王手中，故此詩實乃對君主的諫言，〈睢陽酬別暢大判官〉亦云：

> 降胡滿薊門，一一能射鵰。軍中多燕樂，馬上何輕趫。戎狄
> 本無厭，羈縻非一朝。餼附誠足用，飽飛安可招？李牧制儋
> 藍，遺風豈寂寥？君還謝幕府，慎勿輕蔑蔑。〔註172〕

本詩創作背景，已見前文，詩中提及開元二十二年（734）幽州長史張守珪洞悉契丹內部的權力矛盾，成功誘使衙官李過折夜襲權臣可突于，盡誅其黨羽（見前文註解），玄宗為表彰李過折的率部投誠之功，遂於隔年冊封其為北平郡王兼松漠州都督，〔註173〕對於朝廷厚待、招撫異族，藉此來換取邊境和平的舉措，高適顯然完全無法苟同，他認為契丹

〔註170〕見《舊唐書‧吐蕃傳》：「十八年十月，名悉獵等至京師，……上引入內宴，與語，甚禮之，賜紫袍金帶及魚袋，……於赤嶺各豎分界之碑，約以更不相侵。」〔後晉〕劉昫：《舊唐書》，卷196上，頁5231。關於契丹權臣可突于殺主叛變一事，見前文註解。

〔註171〕見《史記‧李將軍列傳》：「廣既從大將軍青擊匈奴，既出塞，青捕虜知單于所居，乃自以精兵走之，而令廣并於右將軍，……廣自請曰：『……臣結髮而與匈奴戰，今乃一得當單于，臣願居前，先死單于。」〔漢〕司馬遷撰；〔日〕瀧川龜太郎考證：《史記會注考證》，卷109，頁1181。

〔註172〕〔唐〕高適撰；劉開揚注：《高適詩集編年箋註》，頁93～94。

〔註173〕見《資治通鑑》：「（開元二十二年）……過折夜勒兵斬屈烈及可突于，盡誅其黨，帥餘眾來降，守珪出師紫蒙州，大閱以鎮撫之，梟屈烈、可突于首於天津之南。……（開元二十三年）春，正月，契丹知兵馬中郎李過折來獻捷，制以過折為北平王，檢校松漠州都督。」〔宋〕司馬光：《資治通鑑》，卷214，頁3～4。

部眾生性貪得無厭、唯利是圖，在走投無路的情況之下歸順聖朝，待其休養生息、羽翼豐滿以後，必會再度叛離唐室，以張說為首的主和派所提倡之羈縻政策，終將徒勞無功，故其高聲疾呼，勸諫當局應效法大破匈奴、攻滅襜襤的趙國名將李牧，傾盡全力掃除胡塵，以期一勞永逸，不再為敵虜所侵擾，充分體現高適對邊境政策的深刻觀察與清晰立場，絕不姑息養奸，即是詩人給皇帝的殷切忠告。〈薊門五首其二〉又云：

漢家能用武，開拓窮異域。戍卒厭糟糠，降胡飽衣食。關亭
試一望，吾欲涕沾臆。〔註174〕

本詩創作背景，已見前文，詩中以古喻今，描述唐玄宗積極對外用兵、開疆闢土，接著筆鋒一轉，疾言批判朝廷邊政處置之失當，「戍卒厭糟糠，降胡飽衣食」二句指出當局過於厚待降虜，卻未能改善己方士卒之伙食，對此厚彼薄己、本末倒置的不合理現象，詩人雖滿懷憤慨卻又無能為力，底層征夫的悲慘際遇以及邊境政策的荒謬，皆使他備感擔憂，以詩怨刺之意不言可喻。〈贈別王十七管記〉裡有此數句：

歸旌告東捷，鬥騎傳西敗。遙飛絕漢書，已築長安第。畫龍
俱在葉，寵鶴先歸衛。勿辭部曲勳，不藉將軍勢。〔註175〕

本詩的創作背景，已見前文，詩中反映當時唐軍征討契丹、奚二部失利的狀況，也針對軍隊高層之驕奢腐敗進行描繪，詩人既刻劃前線駐軍隱匿敗績的劣行，亦批判高階將領只知添置房產，絲毫不以國事為重，「畫龍俱在葉，寵鶴先歸衛」二句，則化用典故以指責當局浮誇務虛，未能拔擢真才實學之士，〔註176〕他更高聲疾呼，強調為將帥者應以公

〔註174〕〔唐〕高適撰；劉開揚注：《高適詩集編年箋註》，頁33。
〔註175〕〔唐〕高適撰；劉開揚注：《高適詩集編年箋註》，頁35。
〔註176〕「畫龍」之語，見《新序‧雜事五》：「子張見魯哀公，七日而哀公不禮，托僕夫而去曰：『……君之好士也，有似葉公子高之好龍也，葉公子高好龍，鉤以寫龍，鑿以寫龍，屋室雕文以寫龍，於是天龍聞而下之，窺頭於牖，拖尾於堂，葉公見之，棄而還走，失其魂魄，五色無主，是葉公非好龍也，好夫似龍而非龍者也。』〔漢〕劉向撰；石光瑛校釋：《新序校釋》（北京：中華書局，2001年1月），卷5，頁764～767。「寵鶴」之語，見《左傳‧閔公二年》：「狄人伐衛，衛懿

正的方式敘功議賞，而非憑藉自身權勢爭功諉過，使基層部屬感到心寒。有別於一般邊塞詩的敘寫脈絡，本詩並無任何頌揚王師威儀的溢美之詞，而是以更宏觀的角度來檢視己方軍隊之不足，並勸諫帝王在調兵遣將之際，除了將領本身的軍事才能以外，也須通盤考量其品格與操守，極具思想上的價值及深度，亦頗能體現詩人作詩諷諭其君，以期安邦定國的入世情懷。

　　相較高適之積極主張用兵於邊地，岑參亦有其細緻精微的邊境戰略論述，例如〈送狄員外巡按西山軍〉有云：

> 兵馬守西山，中國非得計。不知何代策？空使蜀人弊。八州崖谷深，千里雲雪閉。泉澆閣道滑，水凍繩橋脆。戰士常苦飢，糗糧不相繼。胡兵猶不歸，空山積年歲。儒生識損益，言事皆審諦。狄子幕府郎，有謀必康濟。胸中懸明鏡，照耀無巨細。莫辭冒險艱，可以裨節制。相思江樓夕，愁見月澄霽。〔註177〕

本詩乃大曆元年（766）冬季，岑參於成都所作，〔註178〕當時詩人已年逾五十，兩度出塞的從軍經歷，讓他對於邊地征戍生活之艱辛有了更深刻的體會，並能以通盤角度審視唐、蕃之間的長期軍事對峙，詩中提及西山（四川省中部岷江西境）一帶的險惡地理條件，並指出朝廷連年派兵駐守於此地的弊端。就自然因素而言，該處山勢險峻，交通往來不便，入秋以後，厚重積雪覆蓋於本就崎嶇難行的狹窄棧道，使物資補給變得更加困難、危險。就經濟層面而言，適應高原氣候環境的吐蕃部眾居高臨下，伺機發起劫掠，達成目的之後便即迅速撤退，習於平地農耕生活的漢族卻難以深入山區進行有效反擊，長此以往，遂處於一種極

公好鶴，鶴有乘軒者，將戰，國人受甲者皆曰：『使鶴，鶴實有祿位，余焉能戰？』」〔周〕左丘明傳；〔晉〕杜預注；〔唐〕孔穎達疏：《春秋左傳正義》，收入李學勤主編：《十三經注疏》（北京：北京大學出版社，2001年9月），卷11，頁310。
〔註177〕〔唐〕岑參撰；陳鐵民、侯忠義注：《岑參集校注》，頁384。
〔註178〕〔唐〕岑參撰；陳鐵民、侯忠義注：《岑參集校注》，頁384。

被動的守勢之中，徒然耗費人、物力資源而無任何實質的成效。綜上所述，唐室駐兵於此實非明智之舉，故詩人遂發出「中國非得計」、「空使蜀人弊」的慨嘆，他強調士大夫須以謹慎周延的態度言事、論政，唯有斟酌損益，謀定而後動，方能救濟蒼生於水火，而他以此詩贈勉，期許狄員外能善加輔佐主帥統御部隊，並力圖扭轉唐軍在此地所面臨的困境，值得注意的是，嘗任蜀州、彭州刺史以及劍南西川節度使的高適，亦對四川一帶的邊境形勢抱持相似觀點，〔註179〕由高、岑二人的眾多詩作可知，以軍事行動制裁敵寇向來是他們在邊境政策上的一貫立場，引文與註解中的內容絕非畏戰求和之語，而是兩位洞悉時局變化、深諳敵我形勢的詩人，對君王在用兵決策方面所進獻之殷切諫言，他們並不反對抗擊異族侵侮的戰爭，而是聚焦於如何避免不必要之資源耗損，以謹慎的態度進行部署，有效取得最終勝利。〈潼關鎮國軍句覆使院早春寄王同州〉又云：

> 胡寇尚未盡，大軍鎮關門。旗旌遍草木，兵馬如雲屯。聖朝
> 正用武，諸將皆承恩。不見征戰功，但聞歌吹喧。儒生有長
> 策，閉口不敢言。昨從關東來，思與故人論。何為廊廟器，
> 至今居外藩？黃霸寧淹留，蒼生望騰騫。〔註180〕

本詩作於寶應元年（762）春，當時安史之亂尚未平息，唐室擬集結各地軍鎮的兵力討伐叛黨餘孽史朝義，〔註181〕「諸將皆承恩」數句，清

〔註179〕 高適曾上表〈西山三城置戍論〉，勸諫肅宗精簡兵力配置，以緩解蜀地人民的負擔，見《舊唐書‧高適傳》：「蜀中亂，出為蜀州刺史，遷彭州，劍南自玄宗還京後，於梓、益二州各置一節度，百姓勞敝，適因出〈西山三城置戍〉，論之曰：『……邈在窮山之巔，垂於險絕之末，運糧於束馬之路，坐甲於無人之鄉。以戎狄言之，不足以利戎狄；以國家言之，不足以廣土宇。奈何以險阻彈丸之地，而困於全蜀太平之人哉？恐非今日之急務也。……臣愚望罷東川節度，以一劍南，西山不急之城，稍以減削，則事無窮頓，庶免倒懸。」〔後晉〕劉昫：《舊唐書》，卷111，頁3329～3331。

〔註180〕 〔唐〕岑參撰；陳鐵民、侯忠義注：《岑參集校注》，頁294～295。

〔註181〕 見〈岑參年譜〉，收入〔唐〕岑參撰；陳鐵民、侯忠義注：《岑參集校注》，頁565～566。

晰指出國難當前，素來蒙受朝廷恩典的眾節度使卻耽於逸樂，不思勤王戡亂，讓胸懷定見，欲有所作為而遲未見用的岑參悲不自勝，遂以此詩贈予故交同州刺史王政，抒發己身憤慨之情，「何為廊廟器，至今居外藩」二句，則是詩人對王氏外放為官一事所發出的不平之鳴，他以西漢循吏黃霸為喻，〔註182〕頌揚王政實乃堪以經世濟民的廟堂之才，稱其必受召還朝，翱翔於青冥之上，詩中既對驕縱豪奢、尸位素餐的高階將領多有批判，亦反映當時賢良報國無門、難以晉升的困頓處境，以詩諷諭君王之意不言而喻。

第三節　小結

修齊治平之道，即為一種由個人、群體以至於世界的自我實踐進程，絕大多數接受儒學教育的唐代士子，莫不將其奉為圭臬，就高適、岑參而言亦然，出身名門卻面臨家道中落的他們，在仕途困厄的情況之下，毅然選擇奔赴邊塞，將入幕獻策視為一種有別於科舉的淑世途徑，並以詩歌表述自身的遠大抱負與激昂理想，兩者或以古為喻，憑弔衛青、霍去病等歷代名將的輝煌武功，或以今為比，謳歌張守珪、哥舒翰、封常清等人所取得之豐碩戰果，充分體現其亟欲平定天下之壯志。

再者，面對強敵環伺、危機四伏的邊境形勢，高、岑二人都曾就安邊策略提出各自的論述與主張，皆在其邊塞詩中有所呈現。高適呼籲君王勿再執迷不悟於和親以及羈縻政策，就其視角而言，以柔性手段籠絡安撫輕信寡義、叛服無常的夷狄，可謂事倍功半之舉，唯有傾盡全力殲滅敵寇，方能一勞永逸，換取更為長遠的和平，此觀點絕非窮兵黷武者的盲目好戰之言，實有其精闢入微的細膩考量，當己方軍隊深

〔註182〕見《漢書・黃霸傳》：「霸以外寬內明得吏民心，戶口歲增，治為天下第一，……然自漢興，言治民吏，以霸為首。」〔漢〕班固撰；〔唐〕顏師古注；楊家駱編：《新校本漢書并附編二種》，卷89，頁3631、3634。

陷於敵優我劣的困境時，他與岑參皆嘗作詩文勸諫當局，提醒主政者
權衡形勢，適時調整邊境戰略部署與相關人、物力資源配置，以期取得
最終的勝利。除了暢言用兵計策之外，二人也以較客觀的視角揭露己
方軍隊之黑暗面，勇於批判高階將領的驕奢逸樂以及其隱匿敗績、爭
功諉過等諸多劣行，頗有以詩諷諭君王，藉此匡扶社稷之意，亦清晰體
現儒家矢志安邦定國的入世精神。

第四章　域外想像：異國風物之敘寫

　　在「詩言志」的傳統裡，「詩歌」被視為一種最能清晰體現創作者內心情志的文體，不論是「借景抒情」抑或「詠物言志」，皆為詩歌藝術裡相當常見的技巧，就邊塞詩而言亦然，塞外疆域別具特色的山川地貌與人文資源，自然成為眾多詩家格外留意的觀察對象，深入爬梳其敘寫脈絡與策略，可清晰鑒觀文人內心的情懷及想像，亦能明確瞭解他們審視異域、異族時的共通意識。

　　相較於絕大多數終身未曾踏上北方疆域的南朝邊塞詩人，以高適、岑參為首的盛唐邊塞詩人，因為躬逢開元、天寶年間的極盛之世，得以藉由入幕、游邊的方式一覽大漠風光，對於艱苦卓絕的征戍生活與雄渾壯麗的塞外奇景，有了更加廣泛而深刻的體驗，然而，其邊塞詩篇在描摹自身見聞之餘，亦不乏想像臆測的虛構成份，這種揉合「真實經驗的呈現」以及「虛擬幻想的展演」之虛實交錯敘寫模式，早自南朝便已然成形，並在盛唐邊塞詩中得到充份詮釋與發揮。〔註 1〕大體而言，高適頗好勾勒蒼茫遠景，藉此反襯天地廣闊遼夐，但卻無處容身

〔註 1〕見《南朝山水與長城想像》：「以漢代長安、洛陽為中心的南朝邊塞詩，事實上是南朝人士對漢代雄威的心理投射，……藉由文學表現虛實手法交錯複雜，可從中證明南朝人士是如何開始了中華民族這種時空錯置的時空思維方式，此手法往後將強烈地影響唐代邊塞詩的書寫模式。」王文進：《南朝山水與長城想像》（台北：里仁書局，2008 年 6 月），頁 181。

的淒涼心境，並將底層戍卒長年羈留在外，遲遲未能啟程返鄉的悲苦寂寥，清晰再現於讀者眼前。至於岑參，則慣於使用誇張鋪陳的筆法，加以渲染安西、北庭一帶酷熱嚴寒的荒漠景觀，進而凸顯驍勇善戰的唐軍將士以及氣勢磅礡的帝國聲威，富有更濃厚的浪漫想像色彩與強烈的舞臺展演性質。二人敘寫手法迥異，各自引領風騷，並稱「岑超高實」〔註2〕，至於兩者詩裡反覆出現的漢代人名、地名、典故，則共同反映唐代文人對於「重振漢家雄風」的期待與想像，亦即沿襲自南朝邊塞詩中的「大漢圖騰」。〔註3〕

此外，值得特別注意的是，就客觀層面而言，北疆的自然景觀本無哀樂之分，但在以鮑照為首的南朝文人之刻意塑造下，逐漸被賦予「質樸、粗野、嚴峻、艱苦」的鮮明意象，進而凸顯出漢族的文化優越性與正統地位，此套敘寫策略於唐代逐漸定型，〔註4〕也廣為士大夫階

〔註2〕見《藝概・詩概》：「高常侍、岑嘉州兩家詩，皆可亞匹杜陵，至岑超高實，則趣尚各有近焉。」〔清〕劉熙載：《藝概》（台北：金楓出版社，1986年12月），頁91。

〔註3〕見《南朝山水與長城想像》：「以高、岑二人為例，雖然兩人出塞時間與地點皆不同，卻同樣在詩中再三引用漢代的地名或人名，明顯地沿襲著南朝邊塞詩的傳統……自南朝邊塞詩所建立的格式後，即使唐代詩人有更多實地實寫的機會，依然無法避免借用『大漢圖騰』來建構詩歌虛實交錯的真幻時空。」王文進：《南朝山水與長城想像》，頁210、216。

〔註4〕見《烽火與流星》：「在中國文化想像中，『南方』與『北方』的形象已經相當固定了：北方通常被視為粗獷、豪放、嚴峻，南方則溫柔、旖旎、充滿感性。……這些形象並非『客觀現實的反映』，而是在南北朝時期開始形成的文化建構，這一建構過程到西元六世紀已基本成熟，在南北統一的隋唐時代最後定型。……邊塞詩可以追溯到鮑照，但是到了梁朝才開始真正興盛，在鮑照之前，雖然有一部份關於征戰的詩篇，邊塞詩的傳統並未建立，『邊塞』也還沒有等同於一個特別的地理區域，相比之下，鮑照的邊塞詩主要描寫極北邊塞氣候的嚴寒和戰爭的艱苦，……對於南朝詩人來說，寫作邊塞詩的樂趣在於對北地苦寒富有想像力的鋪張描寫，……這是典型的對『文化他者』的建構，這種對於文化他者的建構反過來是加強自我文化身份的手段。」田曉菲：《烽火與流星》（新竹：國立清華大學出版社，2009年8月），頁245、252。

層接受與沿襲，就高適、岑參而言亦然，兩者出塞的時間與活動區域雖然大不相同，但卻盡皆將邊疆視作蕭瑟、寂寥的淒苦之地，以此襯托中原王朝的繁榮富庶與凜然威儀，若深入探究其詩中關於異域景觀、風物之描繪，可清晰察覺蘊含其間的歷史記憶與文化內涵，亦能完整建構唐人對於域外的共同視野與想像世界，故本章將分為「地境描繪」與「風物描摹」二節以資討論。

第一節　域外地境之描繪

在詩歌創作之中，古典文論以為個人內心情志與周遭外在景物具有關聯性，《文心雕龍·明詩》已有詳盡闡述，文中嘗云「人秉七情，應物斯感，感物吟志，莫非自然」〔註5〕，強調人的喜、怒、哀、樂等各種情感，必會受到外界事物的觸發，文人心有所感，遂吟詠詩歌，藉以抒發自身當下的情緒。〈物色〉則探討季節遞嬗等環境變化與詩人心理狀態之關聯，其云：

> 春秋代序，陰陽慘舒，物色之動，心亦搖焉。蓋陽氣萌而玄駒步，陰律凝而丹鳥羞，微蟲猶或入感，四時之動物深矣。若夫珪璋挺其惠心，英華秀其清氣，物色相召，人誰獲安？是以獻歲發春，悅豫之情暢；滔滔孟夏，鬱陶之心凝；天高氣清，陰沉之志遠；霰雪無垠，矜肅之慮深。歲有其物，物有其容；情以物遷，辭以情發。〔註6〕

文中明確指出，天地四時的推移必定會造成世人的情緒產生跌宕起伏，大體而言，萬物復甦的暖春，使人心曠神怡；艷陽高照的盛夏，使人略覺煩躁；蕭瑟曠遠的清秋，使人漸生愁思；霜雪紛飛的隆冬，使人備感莊嚴。此乃自然之理，無人能免於其外，這種創作觀點以及書寫傳統，亦廣為南朝文人接受與沿襲，例如鍾嶸《詩品》便多有闡

〔註5〕〔梁〕劉勰著；王更生注：《文心雕龍讀本》，頁83。
〔註6〕〔梁〕劉勰著；王更生注：《文心雕龍讀本》，頁301～302。

發，〔註7〕迄乎盛唐，邊塞詩人也常就邊地獨特風物進行敘寫，藉此來呈現其身處異域之際的情志，故本節擬深入探討高適與岑參邊塞詩中的情、景對照，詳細分析二人慣於使用哪些詞彙，藉由何種意象來反映自身當下的心理狀態，並將就「時序流轉」以及「景域空間」這兩個面向進行闡述。

一、由時間面向書寫當下心境感受

高岑邊塞詩中多幽薊、河隴、西北等邊陲地區之敘寫，這些迥異於中原的季節環境，自化為二人抒寫情感的基礎，例如高適〈同呂員外酬田著作幕門軍西宿盤山秋夜作〉裡有此數句：

> 磧路天早秋，邊城夜應永。遙傳戎旅作，已報關山冷。上將頓盤阪，諸軍遍泉井。綢繆閫外書，慷慨幕中請。能使勳業高，動令氛霧屏。……人生感然諾，何嘗若形影？白髮知苦心，陽春見佳境。星河連塞絡，刁斗兼山靜。憶君霜露時，使我空引領。〔註8〕

本詩乃天寶十三載（754），高適為酬謝友人田梁丘贈詩而作，詩中言及盤山（甘肅省臨洮縣近郊）周遭的秋季景觀，「天早秋」、「夜應永」之語，是指當地緯度較高，故其季節更迭日期、晝夜長度變化皆與中原地區有所不同，也映現詩人身處他鄉之際的複雜情緒，詩末又以「星河」、「山靜」、「霜露」這些詞彙，形塑一幅寂靜蕭瑟的清秋夜景，寄寓其自身胸中感懷，高適與田梁丘皆為河西、隴右節度使哥舒翰麾下幕僚，共同追隨主帥駐防邊陲之地，異域的時序流轉觸發詩人內心功業未就之慨，此詩既表達對故交的頌揚及思念之情，似亦暗示自己當有所積極

〔註7〕見《詩品・序》：「氣之動物，物之感人，故搖蕩性情，形諸舞詠，……動天地，感鬼神，莫近於詩。……若乃春風春鳥，秋月秋蟬，夏雲暑雨，冬月祁寒，斯四候之感諸詩者也。……凡斯種種，感蕩心靈，非陳詩何以展其義？非長歌何以騁其情？」〔梁〕鍾嶸撰；徐達譯注：《詩品》（台北：地球出版社，1994 年 5 月），頁 1、13、14。

〔註8〕〔唐〕高適撰；劉開揚注：《高適詩集編年箋註》（北京：中華書局，2000 年 1 月），頁 273。

作為，以期建立「屏除氛霧」〔註9〕之崇高勳業。〈陪竇侍御泛靈雲池〉
亦云：

> 白露時先降，清川思不窮。江湖仍塞上，舟楫在軍中。舞換
> 臨津樹，歌饒向晚風。夕陽連積水，邊色滿秋空。乘興宜投
> 轄，邀歡莫避驄。誰憐持弱羽，猶欲伴鵷鴻。〔註10〕

本詩乃天寶十三載（754）秋季，高適於武威時所作，詩中描繪作者陪
同竇侍御等人宴遊泛舟之事，並細膩描繪靈雲池（甘肅省武威市近郊）
周遭的風光，「白露先降」一句指出此地早寒，有別於中土，水天一色
的美景當前，眾人把酒言歡、觥籌交錯，氣氛極為熱絡，然而，詩末筆
鋒急轉直下，道出全詩真正意旨，詩人聲稱自己雖然僅為燕雀，卻猶有
鴻鵠之志，願隨鸞鳳入青雲，翱翔於九天之上，由此可知，高適並不滿
於自身當前境遇，渴望改變現況，獲取更多施展長才的機會，白露與清
川等詞彙，亦清晰映現詩人心中連綿不盡之愁思。〈薊門五首其五〉又
云：

> 邊城十一月，雨雪亂霏霏。元戎號令嚴，人馬亦輕肥。羌胡
> 無盡日，征戰幾時歸？〔註11〕

本詩乃開元十九年（731）冬季，高適首度奔赴邊塞，途經薊州（天津
市北部）時所作，詩中巧妙化用《詩經》典故，〔註12〕極言邊地隆冬
之苦寒，以及士卒為國戍邊的艱辛，面對軍容嚴整、節節進逼的契丹部
族，眾將士不知何年何月方可還鄉。而「寒冬」、「風雨」、「霜雪」這類
詞彙，在古典文化裡向來被賦予「險惡環境」、「嚴苛試煉」等涵義，例

〔註9〕　詩中「氛霧」一詞，應指「戰亂」之義，見江淹〈劉太尉琨傷亂〉：「皇
　　　　晉遘陽九，天下橫氛霧。秦趙值薄蝕，幽并逢虎據。」收入於〔梁〕
　　　　蕭統編；〔唐〕李善注：《昭明文選》（鄭州：中州古籍出版社，1990 年
　　　　10 月），頁 444。

〔註10〕　〔唐〕高適撰；劉開揚注：《高適詩集編年箋註》，頁 279。

〔註11〕　〔唐〕高適撰；劉開揚注：《高適詩集編年箋註》，頁 34。

〔註12〕　見《詩經‧采薇》：「昔我往矣，楊柳依依。今我來思，雨雪霏霏。行
　　　　道遲遲，載渴載飢。我心傷悲，莫知我哀。」〔周〕佚名撰；高亨注：
　　　　《詩經今注》（上海：上海古籍出版社，2009 年 5 月），頁 229。

如《論語・子罕》嘗云「歲寒，然後知松柏之後凋也」〔註13〕，而此般書寫傳統也反覆出現於高適的邊塞詩中，東北邊地的漫天冰雪，既呈現敵寇之強盛以及征戍生活之困苦，亦映現詩人心中孤獨、徬徨、迷惑等諸多負面的情緒，茲以下列組詩為例，〈使青夷軍入居庸三首其一〉有云：

匹馬行將久，征途去轉難。不知邊地別，只訝客衣單。溪冷泉聲苦，山空木葉乾。莫言關塞極，雲雪尚漫漫。〔註14〕

〈使青夷軍入居庸三首其二〉又云：

古鎮青山口，寒風落日時。巖巒鳥不過，冰雪馬堪遲。出塞應無策，還家賴有期。東山足松桂，歸去結茅茨。〔註15〕

上述二詩乃天寶九載（750）冬季，高適送兵至范陽節度使安祿山轄下清夷軍，回程返抵居庸關時所作，兩者皆提及關外入冬以後的嚴寒景況，令中原遊子備感不適，無邊無際的霜雪亦使這趟漫長征途變得更加艱困，當時詩人已年近半百，在官場的發展極不順遂，空有崇高抱負卻僅獲封丘尉這個卑微職位，〔註16〕面對理想與現實間的巨大落差，其內心的沮喪、落寞可想而知，〔註17〕就此言之，便不難察覺原詩裡的弦外之音，「征途去轉難」、「冰雪馬堪遲」等句，乃暗示其仕途之坎坷，而諸如泉聲苦、木葉乾、雲雪漫漫、寒風落日這些詞彙，則共同呈

〔註13〕〔宋〕朱熹：《四書章句集注》，收入〔宋〕朱熹撰；朱傑人、嚴佐之、劉永翔主編：《朱子全書》，（上海：上海古籍出版社，2002年12月），頁147。

〔註14〕〔唐〕高適撰；劉開揚注：《高適詩集編年箋註》，頁219。

〔註15〕〔唐〕高適撰；劉開揚注：《高適詩集編年箋註》，頁219。

〔註16〕見《舊唐書・高適傳》：「時右相李林甫擅權，薄於文雅，唯以舉子待之，解褐汴州封丘尉，非其好也，乃去位，客遊河右。」〔後晉〕劉昫：《舊唐書》（北京：中華書局，1975年5月），頁3328。

〔註17〕見高適〈初至封丘作〉：「可憐薄暮宦遊子，獨臥虛齋思無已。去家百里不得歸，到官數日秋風起。」〈封丘作〉：「州縣才難適，雲山道欲窮。揣摩慚點吏，棲隱謝愚公。」〈封丘縣〉：「我本漁樵孟諸野，一生自是悠悠者。乍可狂歌草澤中，寧堪作吏風塵下？」〔唐〕高適撰；劉開揚注：《高適詩集編年箋註》，頁208、229、230。

現詩人當下苦澀淒涼、茫然若失的複雜心緒，他在詩末誓言效法謝安
高臥東山，看似潛心歸隱，實則表達自身待價而沽、靜候為世所用的仕
宦態度。

　　描繪四季時序流轉，藉以抒發自身情志，亦為岑參邊塞詩中的一
大藝術特色，例如〈早發焉耆懷終南別業〉有云：

　　　曉笛引鄉淚，秋冰鳴馬蹄。一身虜雲外，萬里胡天西。終日
　　　見征戰，連年聞鼓鼙。故山在何處，昨日夢清溪。〔註18〕

此乃天寶九載（750）秋，岑參於焉耆（新疆維吾爾自治區焉耆回族自
治縣）所作，秋季在中國古典文學裡一向被賦予去國懷鄉的意涵，歷來
相關詩文不勝枚舉，西晉文人張翰亦嘗留下「蓴羹鱸膾」的著名典故，
〔註19〕而此書寫傳統也具體展現於本詩之中，由於焉耆的緯度遠高於
中原，故當地入秋後河面便會開始結冰，馬蹄踩踏於其上的聲響，伴隨
早晨的悠揚笛音傳入詩人耳裡，這些聽覺上的感受結合其視野所及，
使他深刻意識到自己正身處於極西隅的陌生異域，邊地的濃厚戰爭氛
圍也愈發觸動其思歸愁緒，全詩由景生情，透過對周遭季節環境之描
繪來反映詩人的內心世界，〈河西春暮憶秦中〉亦云：

　　　渭北春已老，河西人未歸。邊城細草出，客館梨花飛。別後
　　　鄉夢數，昨來家信稀。涼州三月半，猶未脫寒衣。〔註20〕

此詩乃天寶十載（751）暮春，岑參在武威時所作，全詩於開頭之處即
點明主旨，隨著時序流轉，絢麗爛漫的春季也即將走入尾聲，客居異鄉
的遊子礙於功名未就，遲遲沒能啟程返家，面對四周繁花細草的美景，
詩人卻因為滿懷惆悵而無暇欣賞，詩末二句尤其耐人尋味，既描寫當

〔註18〕〔唐〕岑參撰；陳鐵民、侯忠義注：《岑參集校注》（上海：上海古籍
　　　　出版社，2004年9月），頁112。
〔註19〕見《晉書‧文苑傳》：「翰因見秋風起，乃思吳中菰菜、蓴羹、鱸魚膾，
　　　　曰：『人生貴得適志，何能羈宦數千里以要名爵乎？』遂命駕而歸。」
　　　　〔唐〕房玄齡撰；楊家駱編：《新校本晉書并附編六種》（台北：鼎文
　　　　書局，1976年10月），頁2384。
〔註20〕〔唐〕岑參撰；陳鐵民、侯忠義注：《岑參集校注》，頁117。

地春寒料峭的氣候特徵，亦清晰反映自身飄泊無依、前途渺茫的淒涼與悲哀。〈武威送劉單判官赴安西行營便呈高開府〉裡有此數句：

> 熱海亘鐵門，火山赫金方。白草磨天涯，胡沙莽茫茫。夫子佐戎幕，其鋒利如霜。中歲學兵符，不能守文章。功業須及時，立身有行藏。男兒感忠義，萬里忘越鄉。孟夏邊候遲，胡國草木長。馬疾過飛鳥，天窮超夕陽。〔註21〕

關於本詩的創作背景，已見前文，此處所引的詩句乃原詩裡有關該地場域之描繪，岑參藉由火山、白草、胡沙這些詞彙，把西域雄奇壯麗之景觀濃縮陳列於詩裡，而中間數句則是詩人對另一幕府文士劉單的頌揚之詞，雖不過寥寥數語，卻充分流露他對立功留名之嚮往，頗富儒家用世精神，「孟夏邊候遲，胡國草木長」二句明確指出西域節候與中土間的差異，天地萬物遲至農曆四月方始復甦，在此生意盎然的季節裡，詩人想像劉單騎著疾如飛鳥的駿馬，一路奔馳至遠在夕陽外的安西行營，全詩情景交融，胡地草木昌盛繁茂之景，恰可呼應岑參胸中慷慨激昂的豪情壯志。

　　岑參兩度出塞時所奔赴的安西、北庭都護府，其下轄範圍略等於今日的新疆與中亞一帶，屬於溫帶乾燥氣候類型，夏季酷熱、冬季嚴寒，〔註22〕故其邊塞詩中亦不乏諸多描繪雪景之名篇，例如〈白雪歌送武判官歸京〉有云：

> 北風捲地白草折，胡天八月即飛雪。忽如一夜春風來，千樹萬樹梨花開。散入珠簾溼羅幕，狐裘不暖錦衾薄。將軍角弓不得控，都護鐵衣冷難著。瀚海闌干百丈冰，愁雲慘淡萬里凝。中軍置酒飲歸客，胡琴琵琶與羌笛。紛紛暮雪下轅門，

〔註21〕〔唐〕岑參撰；陳鐵民、侯忠義注：《岑參集校注》，頁118。
〔註22〕見《新疆研究》：「新疆界於蒙古西藏之間，位吾國極西北，為全國之西陲，……又其位置適當中亞大陸中部，地多沙漠，遠距海洋，無海洋風以調劑之，故氣候純屬大陸性，夏季炎熱如焚，入冬寒威逼人，空氣乾燥。」李寰：《新疆研究》（台北：四川文獻研究社，1977年2月），頁173。

風掣紅旗凍不翻。輪臺東門送君去，去時雪滿天山路。山迴
路轉不見君，雪上空留馬行處。〔註23〕

本詩乃天寶十四載（755）八月，岑參客居庭州（新疆維吾爾自治區昌
吉回族自治州）時所作，詩中開頭首先指出此地相對於中原而言極其
特殊之節候變化，尚未入冬便已開始飄雪，詩人以潔白梨花為喻，生動
傳神地呈現漫天飛雪的奇麗景象，其後筆鋒一轉，陳述唐軍將士長年
駐守於此嚴寒之地的艱辛，詩末以送別場景作結，詩人佇立於積雪之
中目送朋友策馬遠去，直至其身影逐漸隱沒於山間小徑，雪地裡的點
點蹄印，亦滿載著離別之際的無限惆悵。〈天山雪歌送蕭沼歸京〉又云：

天山有雪常不開，千峰萬嶺雪崔嵬。北風夜捲赤亭口，一夜
天山雪更厚。能兼漢月照銀山，復逐胡風過鐵關。交河城邊
飛鳥絕，輪臺路上馬蹄滑。晻靄寒氛萬里凝，闌干陰崖千丈
冰。將軍狐裘臥不暖，都護寶刀凍欲斷。正是天山雪下時，
送君走馬歸京師。雪中何以贈君別，惟有青青松樹枝。〔註24〕

本詩乃岑參任職於庭州期間所作，開頭數句描繪天山峰頂終年不化的
厚重積雪，復言該地入冬以後萬里冰封之景況，以及戍邊部隊在此惡
劣環境下生活的勞苦，值此天寒地凍之際，詩人與即將啟程歸京的朋
友道別，其內心之抑鬱、落寞可想而知，搖曳於一片茫茫白雪之中的青
松枝條，顯得格外醒目，似亦象徵兩人彼此間的深厚情誼，此詩對於
情、景的表現技巧，與前文所提及的〈白雪歌〉有諸多相似之處，兩者
盡皆反映詩人面對邊地奇特季節環境時的心理狀態。

　　綜觀上述列舉的詩篇可知，高適與岑參的邊塞詩皆嘗提及邊疆的
特殊節候與時序流轉之景況，藉由關於四時更迭的描繪以呈現其個人
情志，較值得注意的是，他們都相當側重於秋、冬二季的敘寫，並延續
中原地區一貫的季節書寫傳統，演繹文人士子對於這兩個季節所共有
的想像與詮釋，秋季的蕭瑟悲涼以及冬季的寂寥艱苦，皆於二人詩裡

〔註23〕〔唐〕岑參撰；陳鐵民、侯忠義注：《岑參集校注》，頁195。
〔註24〕〔唐〕岑參撰；陳鐵民、侯忠義注：《岑參集校注》，頁201。

展露無遺，完全合乎古典文化意蘊，而邊陲之地迥異於中土的獨特景域空間，則更加觸發詩人的內心情思，本文將就此進行深入闡述。

二、由空間面向寄寓懷鄉憂國情思

除了季節遞嬗所映現的個人情志，幽薊、河隴、安西、北庭等疆域之特殊地貌與空間結構，亦深刻觸動高適與岑參心裡的懷鄉憂國情思，盡皆體現於二人的邊塞詩篇之中。例如高適〈贈別王十七管記〉裡有此數句：

> 雲沙自迴合，天海空迢遞。星高漢將驕，月盛胡兵銳。沙深
>
> 冷陘斷，雪暗遼陽閉。亦謂掃攙槍，旋驚陷蜂蠆。〔註25〕

本詩作於開元二十一年（733）冬季，幽薊一帶飛沙走石、天穹曠遠的蒼茫景觀勾起詩人內心深處的無盡愁思，使他想起同年春季王師在都山一役的慘敗，〔註26〕「星高」、「月盛」皆為兵象的表徵，〔註27〕以此指涉唐軍與契丹之間的激烈交戰，「漢將驕」與「胡兵銳」之語，意指幽州長史薛楚玉麾下眾將輕率追擊，以致於遭到像蜂蠆那般兇殘的敵軍擊潰，幽深荒磧、晦暗雪空等北方邊地特有的自然風貌，在詩中則象徵己方軍隊幾近覆滅之慘況，詩人對國事的擔憂關切，可見一斑，〈自薊北歸〉又云：

〔註25〕〔唐〕高適撰；劉開揚注：《高適詩集編年箋註》，頁35。

〔註26〕見《舊唐書·北狄傳》：「二十年，詔禮部尚書信安王禕為行軍副大總管，領眾與幽州長史趙含章出塞擊破之，俘獲甚眾，可突于率其麾下遠遁，奚眾盡降，禕乃班師。明年，可突于又來抄掠，幽州長史薛楚玉遣副將郭英傑、吳克勤、鄔知義、羅守忠率精騎萬人，並領降奚之眾追擊之，軍至渝關都山之下，可突于領突厥兵以拒官軍，……官軍大敗，知義、守忠率麾下遁歸，英傑、克勤歿於陣，其下六千餘人，盡為賊所殺。」〔後晉〕劉昫：《舊唐書》，頁5353。

〔註27〕關於「將星」之說法，詳見前文註解，此不贅述，「月盛」一詞，出自《左傳·成公十六年》疏：「日為陽精，月為陰精，兵尚殺害，陰之道，行兵貴月盛之時。」〔周〕左丘明傳；〔晉〕杜預注；〔唐〕孔穎達疏：《春秋左傳正義》，收入李學勤主編：《十三經注疏》（北京：北京大學出版社，2001年9月），頁778。

驅馬薊門北，北風邊馬哀。蒼茫遠山口，豁達胡天開。五將
已深入，前軍止半迴。誰憐不得意，長劍獨歸來。〔註28〕

本詩亦於開元二十一年（733）冬季所作，詩中「五將已深入，前軍止半迴」二句，雖未明言所指之事為何，但應該就是前文提及的都山之役，而從高適當時所寫的眾多詩篇之中可得知，詩人此次北行的仕宦企圖並未順利實現，本欲奔赴邊塞尋求建功封侯之契機，最終卻仍一無所獲，以失敗收場，面對朝廷軍隊的潰敗，以及自己空有安邊良策，卻始終不為所用的落魄處境，詩人內心之抑鬱、憤慨、悲涼也就不難理解了，凜冽北風、哀鳴邊馬、蒼茫遠山以及遼闊胡天，這些詞彙所描繪的景況亦與高適胸中的複雜情緒緊密交融，呈現一個立志揚名塞外，最終卻擊劍悲歌、黯然南返的末路英雄形象。〈金城北樓〉又云：

北樓西望滿晴空，積水連山勝畫中。湍上急流聲若箭，城頭
殘月勢如弓。垂竿已羨磻溪老，體道猶思塞上翁。為問邊庭
更何事？至今羌笛怨無窮。〔註29〕

本詩乃天寶十一載（752）秋，高適奔赴河西，途經金城（甘肅省蘭州市）時所作，拂曉時分，詩人佇立城樓之上，極目遠眺此行欲前往的西陲之地，清朗晴空、連綿山巒、湍急流水以及樓頭殘月，共同組構成一幅雄渾壯麗的邊疆奇景，進而使他興起洶湧澎湃的激昂情懷，腹聯緣景抒懷，連續化用兩個典故，自稱已勘透人間禍福榮辱的變化規律，但亦表達對於備受賢君禮遇的姜太公之欣羨仰慕，〔註30〕詩人在仕隱之間的抉擇，已不言而喻，詩末以問答形式作結，指出此處地理位置之重要，河西、隴右位於中原通往西域的要道上，自古以來即為兵家必爭之地，漢人與周邊民族嘗於此區域爆發無數次軍事衝突，迄盛唐開天時

〔註28〕〔唐〕高適撰；劉開揚注：《高適詩集編年箋註》，頁46。

〔註29〕〔唐〕高適撰；劉開揚注：《高適詩集編年箋註》，頁249。

〔註30〕「磻溪老」一詞，指齊太公姜尚，見《水經注·卷十七》：「渭水之右，磻溪水注之，水出南山茲谷，乘高激流，注于溪中，溪中有泉，謂之茲泉……即《呂氏春秋》所謂太公釣茲泉也。」〔北魏〕酈道元撰；陳橋驛點校：《水經注》（上海：上海古籍出版社，1990年9月），頁353。

期更是如此，為了確保經貿往來的順暢，並維護帝國對於西域、中亞一帶的控制能力，朝廷在河西、隴右二節度使轄下軍鎮配置近十五萬人左右的兵力員額，〔註31〕唐與吐蕃之間的頻繁征戰，導致大量戍卒被迫長年羈留於此，遲遲未能返鄉，故時人便嘗於此地留下「羌笛何須怨楊柳，春光不度玉門關」〔註32〕的千古絕句，就高適視角而言，城樓西側那片一望無際的遼闊胡天，既是充滿未知凶險的陌生異域，也是他得以實踐平生抱負的政治舞台，此次西行的主要目的，除了謀求更佳的仕宦發展機遇之外，也期望能為國靖邊，徹底掃除胡虜，進而結束「羌笛怨無窮」的動盪局面，全詩由景入情，透過對周遭場域空間之描繪來抒發個人的內心情志，〈登百丈峯二首其一〉亦云：

> 朝登百丈峰，遙望燕支道。漢壘青冥間，胡天白如掃。憶昔霍將軍，連年此征討。匈奴終不滅，寒山徒草草。唯見鴻雁飛，令人傷懷抱。〔註33〕

本詩乃天寶十一載（752）秋，高適於武威（甘肅省武威市）所寫，與前文提及的〈金城北樓〉皆為同一時期的創作，詩人登上百丈峰頂，眺望蒼茫曠遠的異域天空，以及屹立於遠方山巔的漢代故壘，放眼面前這一個極為特殊的空間場景，詩人胸中弔古傷今之情油然而生，他追憶西漢驃騎將軍霍去病嘗於此地大破匈奴的輝煌往事，〔註34〕並惋惜

〔註31〕 本文所使用的數據，出自岑仲勉修訂之〈天寶元年各鎮軍馬數目校正表〉，見岑仲勉：《隋唐史》（石家莊：河北教育出版社，2000年12月），頁221～224。

〔註32〕 見王之渙〈涼州詞二首其一〉：「黃河遠上白雲間，一片孤城萬仞山。羌笛何須怨楊柳，春光不度玉門關。」〔清〕彭定求主編：《御定全唐詩》（台北：明倫出版社，1971年5月），頁2849。

〔註33〕 〔唐〕高適撰；劉開揚注：《高適詩集編年箋註》，頁250。

〔註34〕 見《史記‧衛將軍驃騎列傳》：「元狩二年春，以冠軍侯去病為驃騎將軍，將萬騎出隴西，……轉戰六日，過焉支山千有餘里，……執渾邪王子及相國、都尉，首虜八千餘級，……驃騎將軍踰居延，遂過小月氏，攻祁連山，……斬首虜三萬二百級。」〔漢〕司馬遷撰；〔劉宋〕裴駰集解；〔唐〕司馬貞索隱；〔唐〕張守節正義：《史記三家注》（台北：漢京文化事業有限公司，1981年4月），頁1197。

霍氏尚未徹底攻滅敵國便英年早逝，徒留後人唏噓，河隴一帶至今仍然面臨強敵環伺的動盪局勢，今昔對比，顯得格外諷刺，數百年過去，胡虜依舊猖狂，而當初那位縱橫沙場、威震異域的常勝名將卻早已長眠於地底，自己此次出塞從軍，到頭來或許也是徒勞無功，詩人內心的落寞、感傷，由此便可想而知，振翅南飛的鴻雁，亦與其憂國愁思交融為一。〈李雲南征蠻詩〉裡亦有此數句：

> 鼓行天海外，轉戰蠻夷中。梯巇近高鳥，穿林經毒蟲。鬼門無歸客，北戶多南風。蜂蠆隔萬里，雲雷隨九攻。長驅大浪破，急擊群山空。餉道忽已遠，懸軍垂欲窮。精誠動白日，憤薄連蒼穹。野食掘田鼠，晡餐兼焚僮。〔註35〕

關於本詩創作背景，前文已有詳細說明，故不贅述，此處所引的詩句乃原詩裡有關該地場域空間之描繪，詩中極力陳述雲南一帶的險峻地勢與瘴癘叢生的惡劣環境，藉以襯托官軍屢次強攻未果，最終糧盡援絕、被迫攫食田鼠與幼童的悲慘景況，若就正史所記載的內容而言，詩人對此戰役顯有較多個人的主觀理解，但仍無掩於其傷時憂國之高尚情操，以及對於前線士卒的那股發自肺腑之悲憫精神，皆於此詩裡展露無遺，清晰映現其內心當下的心理狀態。綜觀上述詩篇可得知，高適頗好大筆勾勒遠景，藉由蒼茫天際、巍峨山巒等意象直抒自身雄渾悲壯之感懷，故殷璠嘗云「適詩多胸臆語，兼有氣骨」〔註36〕，當世文史家亦稱其詩極具漢魏建安風骨色彩。〔註37〕

〔註35〕　〔唐〕高適撰；劉開揚注：《高適詩集編年箋註》，頁261～262。

〔註36〕　《河岳英靈集·卷上》：「適性拓落，不拘小節，恥預常科，隱跡博徒，才名自遠，適詩多胸臆語，兼有氣骨，故朝野通賞其文。」收入傅璇琮、陳尚君、徐俊主編：《唐人選唐詩新編》（北京：中華書局，2014年11月），頁209。

〔註37〕　《唐代文學史》：「唐代前期，詩人大力提倡建安風骨以改革齊梁以來的綺靡詩風……高適的創作，既對這一改革任務的完成作出了自己的貢獻，又受到當時詩壇追慕建安風骨的風尚的較大影響。」喬象鍾、陳鐵民主編：《唐代文學史》（北京：人民文學出版社，1995年12月），頁396。

岑參的邊塞詩中，亦多有描繪邊地景域空間，藉以抒發其懷鄉憂國情思之作，例如〈過酒泉憶杜陵別業〉有云：

> 昨夜宿祁連，今朝過酒泉。黃沙西際海，白草北連天。愁裏
> 難消日，歸期尚隔年。陽關萬里夢，知處杜陵田。〔註38〕

本詩乃天寶八載（749），岑參初次出塞從軍，途經酒泉（甘肅省酒泉市）時所作，他由首都長安出發，沿著祁連山麓一路西行，河西四郡周遭漫無邊際的沙漠與一望無垠的白草，愈發觸動詩人內心的思歸愁緒，時值壯年的岑參，不甘於屈居下僚，為了實踐個人政治抱負，重振家族聲譽，便毅然離開家鄉，奔赴安西四鎮節度使高仙芝幕下，擔任右威衛錄事參軍一職，〔註39〕而在長途跋涉的過程之中，河隴一帶極為特殊的空間場景，更加深化了異鄉遊子內心的那份疏離感，面對迥異於中土風貌的陌生場域，以及自身充滿未知性的渺茫前途，詩人內心的徬徨、孤獨不言而喻，因此，「懷鄉書寫」遂成為岑參早期邊塞詩的一條重要敘寫主線，也具備固定表述技巧，茲以下列數首詩為例，〈過燕支寄杜位〉有云：

> 燕支山西酒泉道，北風吹沙卷白草。長安遙在日光邊，憶君
> 不見令人老。〔註40〕

〈歲暮磧外寄元撝〉又云：

> 西風傳戍鼓，南望見前軍。沙磧人愁月，山城犬吠雲。別家
> 逢逼歲，出塞獨離群。髮到陽關白，書今遠報君。〔註41〕

〈宿鐵關西館〉亦云：

> 馬汗踏成泥，朝馳幾萬蹄。雪中行地角，火處宿天倪。塞迥

〔註38〕〔唐〕岑參撰；陳鐵民、侯忠義注：《岑參集校注》，頁103。

〔註39〕見杜確〈岑嘉州集序〉：「南陽岑公，聲稱老著，公諱參，代為本州冠族。曾太公文本，大父長倩，伯父義，皆以學術德望，官至台輔。早歲孤貧，能自砥礪，遍覽史籍，尤工綴文，……天寶三載，進士高第，解褐右內率府兵曹參軍，轉右威衛錄事參軍。」〔清〕董誥編：《全唐文》（北京：中華書局，1983年11月），頁4692。

〔註40〕〔唐〕岑參撰；陳鐵民、侯忠義注：《岑參集校注》，頁102。

〔註41〕〔唐〕岑參撰；陳鐵民、侯忠義注：《岑參集校注》，頁105～106。

心常怯，鄉遙夢亦迷。那知故園月，也到鐵關西。〔註42〕

上述詩篇皆為岑參首度奔赴安西所寫，三首詩的敘寫脈絡大致相似，皆緣景入情，以燕支、酒泉、陽關、鐵關這些地名入詩，昭示自己正身處於極西之隅的偏遠地域，復以沙塵、白草、荒磧、地角、天倪、塞迴、鄉遙等詞彙，呈現該場域空間的地理相對位置以及特殊自然風貌，藉此凸顯自己置身其中的孤獨與陌生感，〈過燕支寄杜位〉末尾更巧妙化用《世說新語》的典故，〔註43〕藉由晉元帝之故國哀思來抒發自己羈留在外，因故未能返回中原的濃厚感傷。抵達安西都護府治所龜茲（新疆維吾爾自治區庫車縣）以後，他又寫下〈安西館中思長安〉，其云：

> 家在日出處，朝來起東風。風從帝鄉來，不異家信通。絕域地欲盡，孤城天遂窮。彌年但走馬，終日隨飄蓬。寂寞不得意，辛勤方在公。胡塵淨古塞，兵氣屯邊空。鄉路眇天外，歸期如夢中。遙憑長房術，為縮天山東。〔註44〕

本詩亦於開頭數句點出此處的相對位置及其距離中原之遙遠，其後復言來到這座絕域孤城的動機，詩人聲稱自己戮力於王事，因而奔赴萬里之外的關塞，以期為國安邊、掃除胡塵，詩末筆鋒一轉，化用東漢方士費長房的典故，〔註45〕期盼自己能使用縮地仙術，瞬間返回天山以

〔註42〕〔唐〕岑參撰；陳鐵民、侯忠義注：《岑參集校注》，頁109。

〔註43〕詩中「長安遙在日光邊」一句，見《世說新語·夙惠》：「晉明帝數歲，坐元帝膝上，有人從長安來，元帝問洛下消息，潸然流涕，明帝問何以致泣？具以東渡意告之，因問明帝：『汝意謂長安何如日遠？』答曰：『日遠，不聞人從日邊來，居然可知。』元帝異之。明日集群臣宴會，告以此意，更重問之，乃答曰：『日近。』元帝失色，曰：『爾何故異昨日之言？』答曰：『舉目見日，不見長安。』」〔劉宋〕劉義慶編；〔梁〕劉孝標注；龔斌校釋：《世說新語校釋》（上海：上海古籍出版社，2011年12月），頁1157。

〔註44〕〔唐〕岑參撰；陳鐵民、侯忠義注：《岑參集校注》，頁111。

〔註45〕關於費長房仙術之記載，見《後漢書·方術列傳》：「長房曾與人共行，……或一日之間，人見其在千里之外者數處焉。」〔劉宋〕范曄：《後漢書》（北京：中華書局，1987年10月），頁2744～2745。《神仙

東的家鄉，報效國家的萬丈豪情與對故土的深刻依戀，兩相對照之下，更加凸顯出詩人當時的無限矛盾與掙扎，其內心的複雜情緒狀態，皆清晰映現於此詩之中。

除了抒發個人懷鄉愁緒以外，岑參也多在描繪景色的詩句之中，寄託他對本國與周邊民族的戰事之高度關切，例如〈走馬川行奉送出師西征〉裡有此數句：

> 君不見走馬川行雪海邊，平沙莽莽黃入天。輪臺九月風夜吼，
> 一川碎石大如斗，隨風滿地石亂走。……將軍金甲夜不脫，
> 半夜軍行戈相撥，風頭如刀面如割。馬毛帶雪汗氣蒸，五花
> 連錢旋作冰，幕中草檄硯水凝。〔註46〕

本詩的創作背景，已見前文，此處所引的詩句乃原詩裡有關該地場域空間之描繪，詩中極言輪臺（新疆維吾爾自治區昌吉回族自治州吉木薩爾縣郊）周遭入秋以後的險惡景象，黃沙、狂風、碎石、冰雪共同構成一個雄渾磅礡，令人無比敬畏的奇幻世界，在這種自然條件極為嚴苛的環境之中，唐軍將士不畏艱阻，全副武裝在夜裡行進，惡劣天候也更能襯托全體官兵百折不撓的戰鬥意志，詩人佇立於營門邊恭送這支威武之師出征，如刺刀般的狂風呼嘯而過，亦與他內心的壯烈情懷緊密交融，〈使交河郡郡在火山腳其地苦熱無雨雪獻封大夫〉又云：

> 奉使按胡俗，平明發輪臺。暮投交河城，火山赤崔嵬。九月
> 尚流汗，炎風吹沙埃。何事陰陽工，不遺雨雪來？吾君方憂
> 邊，分閫資大才。昨者新破胡，安西兵馬回。鐵關控天涯，
> 萬里何遼哉。煙塵不敢飛，白草空齷齪。軍中日無事，醉舞
> 傾金罍。漢代李將軍，微功今可哈。〔註47〕

傳·壺公》：「房有神術，能縮地脈，千里存在，目前宛然，放之復舒如舊。」收入〔宋〕李昉編：《太平廣記》（北京：中華書局，1961年9月），頁82。

〔註46〕〔唐〕岑參撰；陳鐵民、侯忠義注：《岑參集校注》，頁178。

〔註47〕〔唐〕岑參撰；陳鐵民、侯忠義注：《岑參集校注》，頁182。

本詩作於天寶十三載（754）秋季，岑參奉上級指令，由北庭都護府治所庭州下轄的輪臺出發，前往交河城（新疆維吾爾自治區吐魯番市近郊）考察當地風俗，詩中詳細描繪火焰山一帶的地形景觀及其特殊氣候條件，又陳述主帥封常清在此區域採取的一系列軍事行動，並極力謳歌其所締造之輝煌戰果，詩人宣稱封氏的彪炳功勳，即便是西漢名將李廣也望塵莫及，就其視角而言，驍勇善戰的北庭守軍，毫不畏懼吐魯番窪地全無雨雪的酷熱環境，仍以高昂鬥志與敵軍纏鬥，最終成功掃除胡塵，威震西域諸部，全詩情景交融，巍峨的赤紅火山與捲起漫天塵沙之炎風，共同映現詩人內心波瀾壯闊的想像世界。〈熱海行送崔侍御還京〉亦云：

> 側聞陰山胡兒語，西頭熱海水如煮。海上眾鳥不敢飛，中有鯉魚長且肥。岸旁青草常不歇，空中白雪遙旋滅。蒸沙爍石燃虜雲，沸浪炎波煎漢月。陰火潛燒天地爐，何事偏烘西一隅？勢吞月窟侵太白，氣連赤阪通單于。送君一醉天山郭，正見夕陽海邊落。柏臺霜威寒逼人，熱海炎氣為之薄。〔註48〕

本詩亦為岑參任職於北庭都護府期間所作，描繪詩人從異族口中聽到有關於熱海（吉爾吉斯伊塞克湖）一帶的景況，詩中反覆運用誇飾筆法，陳述該地周遭酷熱氣候及其炎氣擴散範圍之廣，充分體現岑參詩歌「奇壯」〔註49〕的藝術風格，詩人雖未身臨其境，卻仍以豐富想像力進行敍寫，詩末二句尤其耐人玩味，他極力頌揚時任御史大夫的封

〔註48〕　〔唐〕岑參撰；陳鐵民、侯忠義注：《岑參集校注》，頁203。

〔註49〕　關於岑參奇壯詩風之評述，歷代文論多有闡釋，例如《河岳英靈集・卷上》：「參詩語奇體峻，意亦奇造。」收入傅璇琮、陳尚君、徐俊編：《唐人選唐詩新編》，頁215。《後村詩話・後集卷二》：「郊、島輩句鍛月煉者，參談笑得之。詞語壯浪，意象開闊。」〔宋〕劉克莊：《後村詩話》（北京：中華書局，1983年12月），頁62～63。《唐才子傳・卷三》：「參累佐戎幕，往來鞍馬烽塵間十餘載，……常懷逸念，奇造幽致，所得往往超拔孤秀，度越常情，與高適風骨頗同，讀之令人慷慨懷感。」〔元〕辛文房：《唐才子傳》（北京：中華書局，1991年5月），頁29。

常清，〔註50〕宣稱其凜然威勢必能大幅削弱熱海的蒸騰炎氣，此言語帶雙關，指封氏治軍嚴明，震懾西域諸胡，進而使其猖狂氣焰漸趨衰弱，詩人對於邊疆形勢的殷切關注，於此一覽無遺，本詩立意新穎，構思極為巧妙，透過對於異地場域之描繪，寄託詩人自身的想像與期待，亦反映其心繫時局之情思。由上述列舉的詩篇可知，岑參慣於運用情景交融之筆法，藉以寄寓個人感懷，不論是抑鬱消沉的故土之思，或者是奮發進取的昂揚氣象，盡皆完整體現於其寫景詩句中，並逐步發展出雄奇壯麗的邊塞詩風。

　　高適與岑參在邊疆景域空間的描繪有其相似之處，二人皆以中原地區固有的書寫傳統進行陳述，將幽薊、河隴、安西、北庭這些異域視為飽含苦楚的征戰之地，並藉由風雪、冰霜、塵沙、荒磧等詞彙來凸顯此意象，須特別注意的是，他們對於空間敘寫雖有共同營構，但在詮釋上卻有其各自聚焦之側面。大體而言，高適多於其寫景詩中反映前線士卒征戍之苦，以及邊疆地區從古至今未曾改變的動盪形勢，既表達自身對時局的深切憂慮，亦抒發他空有滿腔豪情，卻始終報國無門之悲愴。至於岑參面對異地場域空間的觀感，則有其自身之蛻變歷程，首度奔赴塞外時，他慣於藉由對邊疆景觀描繪的詩句，來烘托自己置身於其間的強烈疏離感，進而表達個人懷鄉愁緒，二度出塞客居北庭期間，其詩歌逐步跳脫小我框架，呈現愈發昂揚之精神面貌，他以更恢宏的視野陳述唐帝國在此片遼闊荒域所展現的強勢震懾力，就其內心想像世界而言，不論是漫無邊際的狂風暴雪，還是酷熱難耐的巍峨火山，抑或足以蒸沙爍石的滾燙湖水，這些自然條件極嚴苛的惡劣環境，皆無法阻止唐軍將士前進的步伐，王師終必克服萬難，掃除所有負隅頑抗，未歸順天朝的異域胡虜。總而言之，高適、岑參在景域描繪的敘寫脈絡上，實乃同中

〔註50〕　詩中「柏臺」一詞，泛指御史臺，出自《漢書・薛宣朱博傳》：「御史府吏舍百餘區井水皆竭，又其府中列柏樹，常有野烏數千棲宿其上。」〔漢〕班固撰；〔唐〕顏師古注；楊家駱編：《新校本漢書并附編二種》（台北：鼎文書局，1997年10月），頁3405。

存異，兩者對邊疆空間結構的觀察與理解大致相似，皆聚焦於此地之苦態，但其表現手法卻是各異其趣，體現詩歌藝術風格的多元面貌。

第二節　異國風物之描摹

除了描述邊疆獨樹一格的自然氣候環境，以及中原政權在當地所採取之軍事措施以外，屬於文化面向的飲食、服裝、建築、坐騎、音樂、歌舞抑或民情風俗，亦時見於高岑邊塞詩中，成了標識此場域氛圍的主要方式，本節欲探討之內容，並非就此區隔前文所提及的時序與空間書寫，而是側重於詩人對特定物項的審察及詮釋，藉以考述其身處異域時的觀感、情思，並掘發此一層面的敘寫下之意涵。

一、環扣歷史之文化遺跡

唐玄宗在位時，將天下分為十五道，又於邊境設置十節度使，〔註51〕而范陽、平盧二節度使下轄的幽州、薊州、營州等地，〔註52〕約略等同於河北省北部與遼寧省西境，此區域的地理位置扼要，自古以來征戰極頻繁，中原政權為抵禦北方胡人之南侵，遂於當地不斷修築大型邊防工事，〔註53〕是以諸如長城、關塞、壁壘等詞彙，便在漫長的

〔註51〕見《舊唐書‧地理志》：「開元二十一年，分天下為十五道，每道置採訪使，檢察非法，⋯⋯又於邊境置節度、經略使，式遏四夷，凡節度使十，經略守捉使三，大凡鎮兵四十九萬人，戎馬八萬餘疋。」〔後晉〕劉昫：《舊唐書》，頁1385。

〔註52〕見《舊唐書‧地理志》：「范陽節度使，臨制奚、契丹，統經略、威武、清夷、靜塞、恆陽、北平、高陽、唐興、橫海等九軍。范陽節度使，理幽州，管兵九萬一千四百人，⋯⋯靜塞軍，在薊州城內，管兵萬六千人。⋯⋯平盧軍節度使，鎮撫室韋、靺鞨，統平盧、盧龍二軍，⋯⋯平盧軍節度使治，在營州，管兵三萬七千五百人。」〔後晉〕劉昫：《舊唐書》，頁1387。

〔註53〕見《史記‧匈奴列傳》：「燕有賢將秦開，質於胡，胡甚信之。歸而襲破走東胡，東胡卻千餘里。⋯⋯燕亦築長城，自造陽至襄平。置上谷、漁陽、右北平、遼西、遼東郡以拒胡。」《史記‧蒙恬列傳》：「秦已并天下，乃使蒙恬將三十萬眾北逐戎狄，收河南，築長城，因地形，用險制塞，起臨洮，至遼東，延袤萬餘里。」〔漢〕司馬遷撰；〔劉宋〕

時代推演過程裡，逐漸成為一個華夏民族所共有的歷史記憶與文化符號，並時見於盛唐邊塞詩中，高適首度奔赴東北邊地時，亦多有陳述，〈塞上〉裡有此數句：

> 東出盧龍塞，浩然客思孤。亭堠列萬里，漢兵猶備胡。邊塵滿北溟，虜騎正南驅。〔註54〕

本詩乃開元十九年（731），高適初抵盧龍塞（今河北省遷安市郊）時所作，此關塞位於燕山東側的喜峰口，地勢極其險要，向來為兵家必爭之地，〔註55〕詩人身處於此，縱觀雄奇陡峭的巍峨峰巒，以及蘊含於其間的滄桑歷史，內心弔古傷今之情油然而生，遠方連綿萬里的亭候，〔註56〕亦昭示著胡塵未滅、虜騎南驅之嚴峻形勢，是時契丹與奚二部叛降於突厥並反覆寇邊，東北邊地籠罩在一片詭譎莫測的戰爭氛圍下，詩人對時局的深切憂慮不言可喻，詩中盧龍塞、亭堠之語，也清晰反映出千百年以來中原民族對北方胡虜的警戒防範心態，進而化為一種區分內外、辨別華夷之文化符號，〈薊門五首其四〉亦云：

裴駰集解；〔唐〕司馬貞索隱；〔唐〕張守節正義：《史記三家注》，頁1179、1039。

〔註54〕〔唐〕高適撰；劉開揚注：《高適詩集編年箋註》，頁29。

〔註55〕見《三國志・魏書・武帝紀》：「三郡烏丸承天下亂，破幽州，略有漢民合十餘萬戶，……將北征三郡烏丸，……引軍出盧龍塞。」〔晉〕陳壽撰；〔劉宋〕裴松之注；盧弼集解：《三國志集解》（台北：漢京文化，1981年4月），頁51～52。《晉書・慕容俊載記》：「俊率三軍南伐，出自盧龍，次于無終，石季龍幽州刺史王午棄城走。」〔唐〕房玄齡撰；楊家駱編：《新校本晉書并附編六種》，頁2832。《水經注・卷十四》：「濡水又東南逕盧龍塞，塞道自無終縣東出渡濡水，向林蘭陘，東至青陘，盧龍之險，峻阪縈折，故有九嶵之名矣。」〔北魏〕酈道元撰；陳橋驛點校：《水經注》，頁1249。《隋書・陰壽列傳》：「高寶寧者，齊氏之疏屬，為人桀黠，……連結契丹、靺鞨舉兵反，高祖以中原多故，未遑進討，……開皇初，又引突厥攻圍北平，至是，令壽率步騎數萬，出盧龍塞以討之。」〔唐〕魏徵：《新校本隋書》（台北：鼎文書局，1975年3月），頁1148。

〔註56〕見《後漢書・光武帝紀》：「築亭候，修烽燧。」注曰：「亭候，伺候望敵之所。」〔劉宋〕范曄撰；〔唐〕李賢注；〔清〕王先謙集解：《後漢書集解》（北京：中華書局，1984年2月），頁54～55。

黯黯長城外，日沒更煙塵。胡騎雖憑陵，漢兵不顧身。古樹
滿空塞，黃雲愁殺人。〔註57〕

本詩乃同年冬季，高適途經薊門關（天津市薊州區）所作，日落時分，
詩人極目遠望，長城籠罩在一片黯淡昏黃的蒼茫暮色中，這個極具滄桑
感的文化遺跡喚醒其內心深處之歷史記憶，使他遙想起漢人曾於此地與
異族爆發無數次激烈戰役，詩中極言胡騎之凌厲攻勢，以此襯托漢軍士
卒奮不顧身、視死如歸的無畏精神，空無一人的寂寥關塞、環繞在側的
參天古樹、掩映於沙塵中的悠悠浮雲，也共同見證著此地千餘年來的盛
衰興替，以及不同民族之間的恩怨情仇，交織成一幅蒼涼悲壯的畫面，
映現詩人內心當下之不盡愁思，縱觀本詩創作背景，即可明瞭詩中所言，
實乃影射唐帝國與契丹的軍事衝突，關於「長城」之意象運用，亦清晰
演繹邊塞詩裡極豐富的歷史文化意蘊。〈獨孤判官部送兵〉又云：

餞君嗟遠別，為客念周旋。征路今如此，前軍猶眇然。出關
逢漢壁，登隴望胡天。亦是封侯地，期君早著鞭。〔註58〕

本詩當作於天寶初年，詩題中所指稱的獨孤氏，應為安西四鎮節度使
夫蒙靈詧麾下判官獨孤峻，〔註59〕詩中既表達對於友人即將遠行之不
捨，亦指出關外形勢之凶險，〔註60〕以及己方部隊傷亡之慘重，「漢壁」、
「胡天」二句，則是描述中原軍隊在此片遼闊無垠的荒域所建構的邊
防工事，既反映漢人對於北方夷狄的警戒之心，亦符合高適邊塞詩中

〔註57〕〔唐〕高適撰；劉開揚注：《高適詩集編年箋註》，頁33。

〔註58〕〔唐〕高適撰；劉開揚注：《高適詩集編年箋註》，頁193。

〔註59〕見《舊唐書・封常清傳》：「開元末，會達奚部落叛，……玄宗敕靈詧
邀擊之，靈詧使仙芝以二千騎自副城向北至綾嶺下，遇賊擊之。……
常清於幕中潛作捷書，……仙芝軍迴，靈詧賞勞，……判官劉眈、獨
孤峻等逆問之。」〔後晉〕劉昫：《舊唐書》，頁3207。

〔註60〕詩中「周旋」一詞，意指「追逐、交戰」，見《左傳・僖公二十三年》：
「及楚，楚子饗之，曰：『公子若返晉國，則何以報不穀？』對曰：『……
晉楚治兵，遇于中原，其辟君三舍，若不獲命，其左執鞭弭，右屬櫜
鞬，以與君周旋。』」注曰：「周旋，相追逐也。」〔周〕左丘明傳；〔晉〕
杜預注；〔唐〕孔穎達疏：《春秋左傳正義》，收入李學勤主編：《十三
經注疏》，頁412。

一貫的書寫傳統，詩末筆鋒一轉，勉勵友人應當立功疆場，以求早日封侯著鞭，〔註61〕在積極奮發的昂揚情調中，清晰展示詩人對於出塞一事的期待與想像。

如前文所述，反覆出現於邊塞詩中的城牆、壁壘、關塞等詞彙，既標識此地極其濃厚之戰爭氛圍，亦映現華夷有別的悠久文化意蘊，置身其間的文人士子，自然也以一種獨特的視角來觀察這片陌生異域，並格外留意當地尚武好勇、粗獷豪邁，迥異於中土之風俗民情，就此進行相關敘寫，例如高適〈營州歌〉有云：

> 營州少年厭原野，皮裘蒙茸獵城下。虜酒千鍾不醉人，胡兒
> 十歲能騎馬。〔註62〕

本詩亦為高適首度出塞時所寫，與前文提及的〈塞上〉、〈薊門五首〉屬同期之作，營州（遼寧省朝陽市），是唐玄宗年間的東北邊防重鎮，亦為平盧軍節度使治所所在，此處位於東北疆通往中原的必經之路上，地理位置極扼要，契丹、奚、室韋、靺鞨等眾多部族往來於其間，這些部族的族人受當地氣候條件之限制，多以游牧及漁獵維生，故營州一帶便呈現與中原截然不同的生活風貌，高適也清楚意識到這片場域之獨特氛圍，遂以此詩表達自身觀感，詩中首句的「厭」字，通「饜」或「猒」，即為「滿足」之義，意指此地青年頗好馳騁原野、披裘射獵於城郊，自幼弓馬嫻熟，復能豪飲千鍾而不醉，晚明學者唐汝詢稱此詩當寓有批判之意，〔註63〕唐氏之言顯然受到明末清初仇視夷狄的時代思潮所影響，未必合於高適寫作本詩之原意，卻也提供另外一種別有創見的詮釋觀點，掘發此異域風俗敘寫下之深層意涵，全詩雖僅短短二十八字，看似

〔註61〕詩中「著鞭」一詞，指「立下顯赫戰功」，見《晉書‧劉琨傳》：「吾枕戈待旦，志梟逆虜，常恐祖生先吾著鞭。」〔唐〕房玄齡撰；楊家駱主編：《新校本晉書并附編六種》，頁1690。

〔註62〕〔唐〕高適撰；劉開揚注：《高適詩集編年箋註》，頁32。

〔註63〕見《唐詩解‧卷二十七》：「此排斥少年之詞，獵必於野，今彼厭原野而獵城下者，何乘醉以誇善騎，……深賤之。」〔明〕唐汝詢編；王振漢點校：《唐詩解》（保定：河北大學出版社，2001年9月），頁684。

單純描寫異族少年驍勇、剛毅的性格形象，但若就當時東北邊疆的危急局勢而言，亦未嘗不可稱其詩句含有弦外之音，某種程度上也反映中原士大夫對於能征善戰的胡人之警覺、戒備心態。〈薊門五首其三〉亦云：

幽州多騎射，結髮重橫行。一朝事將軍，出入有聲名。紛紛獵秋草，相向角弓鳴。〔註64〕

本詩創作背景，已見前文，較值得注意的是，此詩亦就幽州、薊州一帶好於騎射之尚武風俗進行陳述，而其敘寫對象卻與前文提及的〈營州歌〉有所不同，詩人聚焦於生活在此地的漢族青年粗獷豪邁之性格特徵，稱其甫屆結髮之年便立志橫行，從軍斬殺胡虜，〔註65〕詩末復敘寫其秋獵之情景，藉以寄寓詩人自身的報國豪情，與王維〈觀獵〉頗有異曲同工之妙。〔註66〕燕、趙之地位處胡漢交界，深受異族游牧文化影響，自古以來民風極為勇武剽悍，〔註67〕司馬遷嘗云此地人民「好氣任俠」、「雕捍少慮」，〔註68〕唐代文人亦多有相關評述，〔註69〕本詩

〔註64〕 〔唐〕高適撰；劉開揚注：《高適詩集編年箋註》，頁33。

〔註65〕 詩中「橫行」一詞，意指「縱橫馳騁於沙場」，見《史記・季布列傳》：「上將軍樊噲曰：『臣願得十萬眾，橫行匈奴中。』」〔漢〕司馬遷撰；〔劉宋〕裴駰集解；〔唐〕司馬貞索隱；〔唐〕張守節正義：《史記三家注》，頁1111。

〔註66〕 見王維〈觀獵〉：「風勁角弓鳴，將軍獵渭城。草枯鷹眼疾，雪盡馬蹄輕。忽過新豐市，還歸細柳營。迴看射鵰處，千里暮雲平。」〔清〕彭定求主編：《御定全唐詩》，頁1278。

〔註67〕 此地域之尚武風氣，亦與趙武靈王的積極推廣有關，見《史記・趙世家》：「今中山在我腹心，北有燕，東有胡，西有林胡、樓煩，……吾將胡服騎射以教百姓。」〔漢〕司馬遷撰；〔劉宋〕裴駰集解；〔唐〕司馬貞索隱；〔唐〕張守節正義：《史記三家注》，頁717。

〔註68〕 見《史記・貨殖列傳》：「代，石北也，地邊胡，數被寇，人民矜懻忮好氣，任俠為姦，不事農商，……自全晉之時固已患其慓悍，而趙武靈王益厲之。……中山地薄人眾，……民俗懁急，仰機利而食，丈夫相聚游戲，悲歌慷慨。……燕亦勃、碣之間一都會，南通齊、趙，東北邊胡，上谷至遼東，地踔遠，人民希，數被寇，大與趙、代俗相類，而民雕捍少慮。」〔漢〕司馬遷撰；〔劉宋〕裴駰集解；〔唐〕司馬貞索隱；〔唐〕張守節正義：《史記三家注》，頁1339～1340。

〔註69〕 見韓愈〈送董邵南序〉：「燕趙古稱多感慨悲歌之士，……為我弔望諸君之墓，而觀於其市，復有昔時屠狗者乎？」杜牧〈上周相公書〉：「兩

既反映中原士大夫對該場域的固有觀感，亦體現詩人內心關於攘除夷狄之期盼。

二、再釋邊地之物產器物

除了闡述歷史遺跡所富含的文化意蘊，以及邊疆地區迥異於中原之風俗民情，高、岑二人亦多於其邊塞詩中，就異域別具特色的自然物產及人文資源進行敘寫，表達自身當下之觀感與情思，例如高適〈和王七玉門關聽吹笛〉有云：

胡人吹笛戍樓間，樓上蕭條海月閒。借問落梅凡幾曲，從風一夜滿關山。〔註70〕

本詩確切創作時間已不可考，但時人芮挺章於天寶三載（744）所編纂的《國秀集》亦有選錄此詩，〔註71〕題為〈和王七度玉門關上吹笛〉，〔註72〕故其當作於此年之前，彼時高適尚未奔赴河西，故本詩應屬懸想示現之作，而值得注意的是，詩人雖未身歷其境，卻極逼真地呈現邊塞周遭寂寥冷清之景況，廣袤無垠的大漠瀚海、低懸城樓簷邊的明月、迴盪在關隘山嶺間的胡笛樂音，共同塑造出一股哀戚憂傷的氛圍，映現長年戍守於此地的士卒之孤苦，及其內心日夜企盼還鄉的無盡愁思。

高適與岑參邊塞詩中時見與胡笛、胡笳相關的描繪，此物象書寫自有其悠久之文化意蘊，其中最廣為人知的事例，當屬《後漢書·列女傳》裡關於漢末才女蔡琰之記載，亦即後世戲曲「文姬歸漢」的典故由來，茲引原文如下，其云：

漢伐虜，騎兵取於山東，所謂冀之北土，馬之所生，馬良而多，人習騎戰。」〔清〕董誥編：《全唐文》，頁 5616、7793。
〔註70〕〔唐〕高適撰；劉開揚注：《高適詩集編年箋註》，頁 347。
〔註71〕見《國秀集序》：「天寶三載，譴謫蕪穢，登納菁英，可被管絃者都為一集。芮侯即探書禹穴，求珠赤水，……今略編次，見在者凡九十人，詩二百二十首，為之小集，成一家之言。」收入傅璇琮、陳尚君、徐俊主編：《唐人選唐詩新編》，頁 280。
〔註72〕傅璇琮、陳尚君、徐俊主編：《唐人選唐詩新編》，頁 350。

陳留董祀妻者，同郡蔡邕之女也，名琰，字文姬，博學有才
辯，又妙於音律，……天下喪亂，文姬為胡騎所獲，沒於南
匈奴左賢王，在胡中十二年，生二子，曹操素與邕善，痛其
無嗣，乃遣使者以金璧贖之，而重嫁於祀。……後感傷亂離，
追懷悲憤，作詩二章，其辭曰：「……不能寐兮起屏營，登胡
殿兮臨廣庭。玄雲合兮翳月星，北風厲兮肅泠泠。胡笳動兮
邊馬鳴，孤雁歸兮聲嚶嚶。樂人興兮彈琴箏，音相和兮悲且
清。」〔註73〕

《藝文類聚‧卷四十四》亦嘗提及此事，其云：

《蔡琰別傳》曰：「琰，字文姬，……漢末大亂，為胡騎所獲，
在左賢王部伍中，春月登胡殿，感笳之音，作詩言志曰『胡
笳動兮邊馬鳴，孤雁歸兮聲嚶嚶』」。〔註74〕

上述二段文字皆反映蔡文姬遭胡人擄走，流落北方異地多年的悲慘際
遇，本無哀樂之分的胡笳樂音，遂於此敘寫脈絡中化作一種故土憂思
之意象表徵，相似的事例也時見於《藝文類聚》之中，〔註75〕房玄齡
所編修的《晉書》亦多有徵引，〔註76〕由此可知，自漢以迄於唐，關
於胡笳之物象描繪，已形成一個既定的書寫傳統，並能表達特定文化
意蘊，遠赴萬里之外客居異域的邊塞詩人，亦多就此進行闡述，藉以抒
發自身懷鄉愁緒，復以下列數首詩為例，高適〈部落曲〉有云：

〔註73〕〔劉宋〕范曄：《後漢書》，頁2800～2803。
〔註74〕〔唐〕歐陽詢編；汪紹楹校：《藝文類聚》（上海：上海古籍出版社，
　　　　1999年5月），頁795。
〔註75〕見《藝文類聚‧卷四十四》：「劉疇曾避亂塢壁，賈胡百數，欲害之，
　　　　疇無懼色，援笳而吹之，為出塞之聲，動其遊客之思，於是群胡皆倚
　　　　泣而去。……劉越石為胡騎所圍數重，城中窘迫無計，劉始夕乘月，
　　　　登樓清嘯，胡賊聞之，皆悽然長歎，中夜吹奏胡笳，賊皆流涕，人有
　　　　懷土之切，向曉又吹，賊并起圍奔走。」〔唐〕歐陽詢編；汪紹楹校：
　　　　《藝文類聚》，頁795。
〔註76〕詳見該書〈劉隗傳〉、〈劉琨傳〉，此不復贅述。〔唐〕房玄齡撰；楊家
　　　　駱編：《新校本晉書并附編六種》，頁1841、1690。

　　蕃軍傍塞遊，代馬噴風秋。老將垂金甲，閼氏著錦裘。琱戈

　蒙豹尾，紅斾插狼頭。日暮天山下，鳴笳漢使愁。〔註77〕

本詩乃天寶十二載（753）秋季，高適在涼州（今甘肅省武威市）所作，
是時詩人效力於河西節度使哥舒翰幕下，〔註78〕就任不到一年，尚未
融入自身所處的地域，遂藉由此詩來抒發對於周遭環境的疏離感，詩
中化用漢末古詩典故，〔註79〕表述自身對中原故土之思念，一如依戀
北地寒風的胡馬，復體現文人士子對於秋季之固有觀感，單于妻妾穿
著的華麗皮裘、掛綴豹尾的雕紋長戈以及繪於纛旗上的狼頭圖騰，皆
明確標識出此處迥異於漢地之氛圍，亦反映詩人置身其間的孤獨寂寥，
日落時的夕陽殘景結合陣陣悠揚胡笳聲，共同營構出一幅極其悲涼淒
切的畫面，更加凸顯一位惆悵迷惘的異鄉遊子之鮮明形象。岑參〈胡笳
歌送顏真卿使赴河隴〉亦云：

　　君不聞胡笳聲最悲？紫髯綠眼胡人吹。吹之一曲猶未了，愁

　殺樓蘭征戍兒。涼秋八月蕭關道，北風吹斷天山草。崑崙山

　南月欲斜，胡人向月吹胡笳。胡笳怨兮將送君，秦山遙望隴

　山雲。邊城夜夜多愁夢，向月胡笳誰喜聞？〔註80〕

本詩作於天寶七載（748）秋，彼時岑參尚未出塞，是以詩中所描繪的
情境，當屬詩人自身之想像，詩中首句即明言胡笳樂音的悲切，「紫髯
綠眼」一句用語尤為新奇，藉由對胡人容貌之敘寫來襯托河西、隴右一
帶相較於中原的區域特殊性，其後復以涼秋、北風、斜月等詞彙呈現士
大夫視角中有關該地之苦態，秦山與隴山相隔千里之遠，詩人內心的
離恨、傷感與連綿不絕之愁緒，一如無數對日夜企盼重逢的征人思婦，

〔註77〕　〔唐〕高適撰；劉開揚注：《高適詩集編年箋註》，頁 275。

〔註78〕　見《舊唐書・高適傳》：「河西節度哥舒翰見而異之，表為左驍衛兵曹，
　　　　　充翰府掌書記，從翰入朝，盛稱之於上前。」〔後晉〕劉昫：《舊唐書》，
　　　　　頁 3328。

〔註79〕　詩中「代馬噴風秋」一句，出自於〈古詩十九首・行行重行行〉：「胡
　　　　　馬依北風，越鳥巢南枝。」收入〔梁〕蕭統編；〔唐〕李善注：《昭明
　　　　　文選》，頁 401。

〔註80〕　〔唐〕岑參撰；陳鐵民、侯忠義注：《岑參集校注》，頁 88。

盡皆化於陣陣悠揚胡笳聲裡。本詩的特別之處在於，詩人雖無親身經歷，卻仍就中原文人的固有觀點來陳述邊疆之景況，而其對胡笳物象的描繪，亦完全合乎前文所提及之書寫傳統，由此可以確知，胡笳在唐代已成為一種能傳達特定意涵的文化符號，士大夫對其觀感根深柢固，邊塞詩人無論出塞與否，盡皆於其詩篇裡就此脈絡進行闡發，〈酒泉太守席上醉後作〉又云：

> 酒泉太守能劍舞，高堂置酒夜擊鼓。胡笳一曲斷人腸，座上相看淚如雨。琵琶長笛曲相和，羌兒胡雛齊唱歌。渾炙犁牛烹野駝，交河美酒金叵羅。三更醉後軍中寢，無奈秦山歸夢何。〔註81〕

據陳鐵民之考證，本詩應為唐肅宗至德二載（757），岑參東歸途經酒泉時所寫，此時他所效力的主帥封常清已獲罪伏誅，〔註82〕中原地區飽受戰亂的摧殘，局勢極動盪不安，值此風雨飄搖之際，詩人啟程返鄉探視親友，遂以此詩來抒發自身當卜焦急如焚的愁緒，詩中首先陳述太守設宴餞別之景況，藉此來襯托座上賓客的心理狀態，犁牛、野駝等珍饈佳餚當前，復有金杯玉液助興，以及精采的音樂歌舞，本該喧鬧歡騰的筵席，卻絲毫未見席間眾人的半點喜悅神色，一曲胡笳奏畢，竟使四座淚如雨下，詩人透過這種對比性極強之敘寫，凸顯出鄉愁的鮮明形象，亦再度印證唐代士大夫對於胡笳之文化詮釋。

除了胡笳這種樂器以外，岑參也多藉由其他物項來呈現自己置身異域之孤寂，例如〈與獨孤漸道別長句兼呈嚴八侍御〉裡有此數句：

> 輪臺客舍春草滿，潁陽歸客腸堪斷。窮荒絕漠鳥不飛，萬磧千山夢猶懶。……桂林葡萄新吐蔓，武城刺蜜未可餐。軍中置酒

〔註81〕〔唐〕岑參撰；陳鐵民、侯忠義注：《岑參集校注》，頁219。
〔註82〕見《舊唐書·封常清傳》：「玄宗聞常清敗，削其官爵，令白衣於仙芝軍效力，仙芝令常清監巡左右廂諸軍，常清衣皂衣以從事，監軍邊令誠每事干之，仙芝多不從，令誠入奏事，具言仙芝、常清逼撓奔敗之狀，玄宗怒，遣令誠齎敕至軍並誅之。」〔後晉〕劉昫：《舊唐書》，頁3209。

夜撾鼓，錦筵紅燭月未午。花門將軍善胡歌，葉河蕃王能漢
語。……魚龍川北盤溪雨，鳥鼠山西洮水雲。臺中嚴公於我厚，
別後新詩滿人口。自憐棄置天西頭，因君為問相思否？〔註83〕

本詩乃天寶十五載（756）春季，岑參於輪臺時所作之七言古詩，詩中
開頭藉由對於周遭春景的敘寫來襯托自身心境之悲涼，並指出此地與
中原相隔萬里，漫長路途使返鄉一事充滿艱阻，葡萄、刺蜜皆為西域所
特有之自然物產，這些中土罕見的異物未能讓岑參感到新奇，反而觸
發其懷鄉愁緒，餞別筵席上華夷共處一堂，外族首領口中的胡歌及其
帶有濃重西域腔調之漢語，愈發深化詩人內心的強烈疏離感，進而使
其深切思念時任侍御史的故交嚴武。〔註84〕〈首秋輪臺〉又云：

異域陰山外，孤城雪海邊。秋來唯有雁，夏盡不聞蟬。雨拂
氈牆濕，風搖毳幕羶。輪臺萬里地，無事歷三年。〔註85〕

本詩作於唐肅宗至德元載（756）七月，是時安史之亂已在中原地區造
成劇烈騷動，但安西、北庭形勢卻相對穩定，岑參身處的庭州一帶大致
上平靜無戰事，換言之，縱使詩人繼續待在這座異域孤城，最終仍將無
可作為，故其遂興起不如歸去之嘆，振翅南飛的秋雁群，即為詩人內
心情思之表徵，詩中劃線之處尤其值得注意，氈牆、毳幕皆為西域當
地特有的建築形式，但是岑參卻對這些異物抱持負面觀感，稱其在風
雨過後變得濕臭難忍，藉以表達自己長期羈留於異鄉的孤獨與不適，
亦清晰反映中原士大夫對於西域胡人的生活方式之鄙夷心態。

　　上述列舉詩篇盡皆呈現邊塞詩人之懷鄉愁緒，而高適、岑參亦多
就邊疆特有的物產、文物進行描述，藉此表達自身當下的各種情思，茲

〔註83〕〔唐〕岑參撰；陳鐵民、侯忠義注：《岑參集校注》，頁210。
〔註84〕原詩「臺中嚴公」一詞，指侍御史嚴武，見《舊唐書‧職官志》：「御
　　　　史臺秦、漢曰御史府，……梁、陳、北朝咸曰御史臺，武德因之。……
　　　　侍御史四員，從六品下，御史之名。」《舊唐書‧嚴武傳》：「嚴武，中
　　　　書侍郎挺之子也，……弱冠以門蔭策名，隴右節度使哥舒翰奏充判官，
　　　　遷侍御史。」〔後晉〕劉昫：《舊唐書》，頁1861、1862、3395。
〔註85〕〔唐〕岑參撰；陳鐵民、侯忠義注：《岑參集校注》，頁216。

以下列數首詩為例，高適〈陪竇侍御靈雲南亭宴詩序〉有云：

> 軍中無事，君子飲食宴樂，宜哉。白簡在邊，清秋多興，況
> 水具舟楫，山兼亭臺，始臨泛而寫煩，俄登陟以寄傲，絲桐
> 徐奏，林木更爽，觴蒲萄以遞歡，指蘭芷而可掇，胡天一望，
> 雲物蒼然，雨蕭蕭而牧馬聲斷，風嫋嫋而邊歌幾處，又足悲
> 矣。〔註86〕

本詩乃天寶十三載（754）秋季，高適於武威所作，詩中陳述幕府諸人
齊聚靈雲池畔宴飲之盛況，美景當前，琴韻婉轉悠揚，與會賓客莫不把
酒言歡，席間觥籌交錯，氣氛一片熱絡，根據《史記》所言，葡萄產於
大宛（烏茲別克東部），自漢武帝遣使開通西域以後始傳入中國，〔註
87〕因此物能用於釀酒之故，是以格外受到文人士大夫的矚目，時見於
歷代詩文作品之中，就唐代邊塞詩而言更是如此，〔註88〕詩人慣以葡
萄、美酒這類詞彙所反映的文化意涵，來抒發自身慷慨激昂之壯烈情
懷，或是各種抑鬱難遣的愁思，縱觀此詩序之脈絡可知，高適胸中當有
諸多感慨，故其在酒酣耳熱之際，仰望遼闊胡天，側耳傾聽遠方傳來的
陣陣馬鳴與邊歌，心緒復逐漸由樂轉悲，詩末又云「常吟塞下曲，多謝
幕中才，河漢徒相望，嘉期安在哉」〔註89〕，巧妙以牛郎、織女分隔

〔註86〕　〔唐〕高適撰；劉開揚注：《高適詩集編年箋註》，頁276。
〔註87〕　見《史記・大宛列傳》：「宛左右以蒲陶為酒，富人藏酒至萬餘石，久
　　　　　者數十歲不敗，俗嗜酒，馬嗜苜蓿，漢使取其實來，於是天子始種苜
　　　　　蓿、蒲陶肥饒地。」〔漢〕司馬遷撰；〔劉宋〕裴駰集解；〔唐〕司馬貞
　　　　　索隱；〔唐〕張守節正義：《史記三家注》，頁1296。
〔註88〕　唐代詩歌裡與「葡萄」相關的詩篇數量頗多，例如王翰〈涼州詞二首
　　　　　其一〉：「蒲萄美酒夜光杯，欲飲琵琶馬上催。醉臥沙場君莫笑，古來
　　　　　征戰幾人回。」李頎〈古從軍行〉：「聞道玉門猶被遮，應將性命逐輕
　　　　　車。年年戰骨埋荒外，空見蒲桃入漢家。」王維〈送劉司直赴安西〉：
　　　　　「苜蓿隨天馬，葡萄逐漢臣。當令外國懼，不敢覓和親。」鮑防〈雜
　　　　　感〉：「漢家海內承平久，萬國戎王皆稽首。天馬常銜苜蓿花，胡人歲
　　　　　獻葡萄酒。」〔清〕彭定求主編：《御定全唐詩》，頁1605、1348、1271、
　　　　　3485。
〔註89〕　〔唐〕高適撰；劉開揚注：《高適詩集編年箋註》，頁277。

兩地來比喻君臣間的關係疏遠，委婉曲折地表達自己有志難伸，未獲
足以發揮個人才幹的官職，其內心之孤獨、失意不言可喻，詩中所提及
的西域葡萄美酒，也清晰反映出詩人當下忽喜忽悲、變化甚鉅的複雜
心理狀態，岑參〈涼州館中與諸判官夜集〉亦云：

> 彎彎月出掛城頭，城頭月出照涼州。涼州七里十萬家，胡人
> 半解彈琵琶。琵琶一曲腸堪斷，風蕭蕭兮夜漫漫。河西幕中
> 多故人，故人別來三五春。花門樓前見秋草，豈能貧賤相看
> 老。一生大笑能幾回，斗酒相逢須醉倒。〔註90〕

根據陳鐵民之考證，本詩乃天寶十三載（754）秋，岑參赴北庭途經涼
州時所作，詩中指出當地胡人泰半通曉音律，善於彈奏琵琶，呈現極濃
厚的異國風情，〔註91〕寒風凜冽的漫長夜裡，淒涼幽怨的琵琶曲聲觸
發詩人心底深處之感懷，與舊識闊別重逢固然可喜，但念及歲月的無
情流逝，他不禁擔憂自己老大無成，貧賤以終其身，面對著充滿未知的
前途以及短暫苦悶之人生，詩人舉杯豪飲，力圖一醉方休，琵琶、斗酒
這些詞彙化於詩中，亦反映其內心當下五味雜陳的感受。〈優鉢羅花歌〉
又云：

> 白山南，赤山北，其間有花人不識，綠莖碧葉好顏色，葉六
> 瓣，花九房，夜掩朝開多異香，何不生彼中國兮生西方？移
> 根在庭，媚我公堂，恥與眾草之為伍，何亭亭而獨芳，何不
> 為人之所賞兮，深山窮谷委嚴霜，吾竊悲陽關道路長，曾不
> 得獻於君王。〔註92〕

詩作於天寶十五載（756），優鉢羅花是中土罕有之花卉，分布於新疆天
山與火焰山的交界，岑參將詠物、抒情融為一體，既就此花的顏色、構

〔註90〕〔唐〕岑參撰；陳鐵民、侯忠義注：《岑參集校注》，頁173。
〔註91〕「琵琶」乃自西域傳入中國之彈撥樂器，見《釋名・釋樂器》：「批把
　　　　本出於胡中，馬上所鼓也，推手前曰批，引手卻曰把，象其鼓時，因
　　　　以為名。」〔漢〕劉熙撰；〔清〕畢沅疏證：《釋名疏證》，收入《叢書
　　　　集成初編》（北京：中華書局，1985年），頁107。
〔註92〕〔唐〕岑參撰；陳鐵民、侯忠義注：《岑參集校注》，頁213。

造、氣味進行描繪，亦抒發自身對其生於幽谷、鮮為人知的惋惜之情，末尾二句則意有所指，委婉表述他懷才不遇，未獲君王重用的困窘境遇，正好能呼應詩序所云「適此花不遭小吏，終委諸山谷，亦何異懷才之士，未會明主，擯於林藪耶」，此詩立意新穎，取材頗具巧思，詩人宦途失意的惆悵落寞，盡皆體現於其異物敘寫之中。

　　岑參兩度奔赴邊塞，對西域概況有一定程度的瞭解，其詩中有關異物之敘寫，亦多寓含自身對當地政治、軍事形勢的觀察與評述，茲以下列數詩為例，〈玉門關蓋將軍歌〉有云：

> 蓋將軍，真丈夫，行年三十執金吾，身長七尺頗有鬚，玉門關城迴且狐，黃沙萬里百草枯，南鄰犬戎北接胡，將軍到來備不虞，五千甲兵膽力粗，軍中無事但歡娛，暖屋繡簾紅地爐，織成壁衣花氍毹，燈前侍婢瀉玉壺，金鐺亂點野酡酥，紫紱金章左右趨，問著祇是蒼頭奴，美人一雙閑且都，朱唇翠眉映明矑，清歌一曲世所無，今日喜聞鳳將雛，可憐絕勝秦羅敷，使君五馬謾踟躕，野草繡窠紫羅襦，紅牙鏤馬對樗蒲，玉盤纖手撒作盧，眾中誇道不曾輸，櫪上昂昂皆駿駒，桃花叱撥價最殊，騎將獵向城南隅，臘日射殺千年狐，我來塞外按邊儲，為君取醉酒剩沽，醉爭酒盞相喧呼，忽憶咸陽舊酒徒。〔註93〕

陳鐵民將本詩繫於天寶十四載（755），根據《資治通鑑》所述，至德二載（757）正月，河西兵馬使蓋庭倫聚眾叛亂，其後旋為官軍平定，〔註94〕詩末又提及臘日射獵之事，若就此而言，本詩應繫於至德元載（756）十二月，亦即蓋庭倫起事前夕，當時岑參遵奉上級指令，前往各軍鎮考察部隊糧草、器械的儲備狀況，途經玉門關（甘肅省敦煌市郊）而有此

〔註93〕　〔唐〕岑參撰；陳鐵民、侯忠義注：《岑參集校注》，頁198。
〔註94〕　見《資治通鑑》：「至德二載春，正月，……河西兵馬使蓋庭倫與武威九姓商胡安門物，殺節度使周泌，聚眾六萬，……支度判官崔稱與中使劉日新以二城兵攻之，旬有七日平之。」〔宋〕司馬光：《資治通鑑》（台北：中華書局，1969年11月），卷219，頁10。

作。全詩明褒暗貶，首先頌揚蓋將軍之威武形象及其戍守邊關的功勳，
然後又極力描繪軍中筵席盛況，諸如壁衣、氍毹、玉壺、酡酥等詞彙，
皆清晰呈現屋室擺設與餐宴飲食的豪奢，穿著華服之奴僕歌姬，更加
彰顯主人翁的尊榮顯貴，美人擲骰，眾士卒在旁呼喝下注的聚賭場景
以及馬廄內之大宛名駒，〔註95〕亦反映部隊紀律的廢弛渙散與高階將
領之驕縱逸樂，綜觀本詩的時空背景及其敘寫脈絡，可知岑參對蓋庭
倫的稱譽實含委婉諷諫之意，詩中提及的諸多新奇異物，未讓詩人產
生正面觀感，卻使他窺見邊疆駐軍腐化墮落之縮影，其對國事的憂慮
關切，於此一覽無遺，〈胡歌〉又云：

> 黑姓蕃王貂鼠裘，葡萄宮錦醉纏頭。關西老將能苦戰，七十
> 行兵仍未休。〔註96〕

本詩乃岑參任職於庭州期間所作，詩中首句所說的「黑姓蕃王」，當指西
突厥別種突騎施蘇祿可汗麾下的某一位部族首領，〔註97〕貂鼠裘、葡萄
宮錦皆為具有西域特色之華麗衣著服飾，化於詩裡則呈現蕃王日常生活
的舒適安逸，進而反襯漢族老將常年在外征戰，始終無法返回中原故鄉
之苦，詩人對異族領袖抱持敵視態度，己方軍隊長期駐守邊疆，卻遲未
有所斬獲，導致大批戍卒被迫羈留胡地，此事亦使岑參深感憤慨，他的
負面觀感與情緒，皆可由其異物敘寫中略見一斑。〈趙將軍歌〉亦云：

> 九月天山風似刀，城南獵馬縮寒毛。將軍縱博場場勝，賭得
> 單于貂鼠袍。〔註98〕

〔註95〕 詩中「桃花叱撥」一詞，即指大宛國所進貢的汗血寶馬，見《續博物
志‧卷四》：「天寶中大宛進汗血馬六匹，一曰紅叱撥，二曰紫叱撥，
三曰青叱撥，……六曰桃花叱撥。」〔宋〕李石：《續博物志》，收入《叢
書集成初編》（北京：中華書局，1985年），頁55～56。

〔註96〕 〔唐〕岑參撰；陳鐵民、侯忠義注：《岑參集校注》，頁205。

〔註97〕 見《舊唐書‧突厥傳》：「突騎施烏質勒者，西突厥之別種也，……蘇
祿者，突騎施別種也，……晚年抄掠所得者，留不分之，又因風病，
一手攣縮，其下諸部，心始攜貳，……百姓又分為黃姓、黑姓兩種，
互相猜阻。」〔後晉〕劉昫：《舊唐書》，頁5190～5192。

〔註98〕 〔唐〕岑參撰；陳鐵民、侯忠義注：《岑參集校注》，頁206。

本詩乃岑參任職庭州期間所作，詩題「趙將軍」所指何人，無法確切得知，聞一多稱其或為高仙芝部將趙崇玭，[註99]封常清被召回中原後，代其為北庭節度使，[註100]詩中極言天山當地秋冬之際的刺骨寒風，以此昭示征戍生活之艱辛，後半部筆鋒一轉，大力頌揚趙將軍的驍勇威武，稱其與異族首領以射獵對賭，並連番得勝，最終贏得一襲精緻華貴的貂鼠皮裘，值得注意的是，同樣一種物品，在不同語境下，便可能表達不同的意涵，就「貂鼠裘」一詞而言，在前文提及的〈胡歌〉裡，它所反映的是詩人對於「異族驕奢、己方困頓」之強烈不滿，化於本詩中，則呈現中原士大夫目睹「漢族將領技壓胡人酋長」時的驕傲及自豪，既展示岑參對邊地異物的觀察與詮釋，亦演繹詩人內心多變之情思。〈衛節度赤驃馬歌〉則云：

> 君家赤驃畫不得，一團旋風桃花色。紅纓紫轡珊瑚鞭，玉鞍
> 錦韀黃金勒。請君鞴出看君騎，尾長窣地如紅絲。自矜諸馬
> 皆不及，卻憶百金初買時。香街紫陌鳳城內，滿城見者誰不
> 愛？揚鞭驟急白汗流，弄影行驕碧蹄碎。紫髯胡雛金翦刀，
> 平明翦出三鬃高。櫪上看時獨意氣，眾中牽出偏雄豪。騎將
> 獵向南山口，城南狐兔不復有。草頭一點疾如飛，卻使蒼鷹
> 翻向後。憶昨看君朝未央，鳴珂擁蓋滿路香。始知邊將真富
> 貴，可憐人馬相輝光。男兒稱意得如此，駿馬長鳴北風起。
> 待君東去掃胡塵，為君一日行千里。[註101]

詩題中的「衛節度」，即神策軍節度使衛伯玉，據《舊唐書》所述，衛氏於唐肅宗乾元二年（759）歲暮官拜安西四鎮、北庭行營節度使，後

[註99] 見《舊唐書・高仙芝傳》：「小勃律國王為吐蕃所招，……玄宗特敕仙芝以馬步萬人為行營節度使往討之，……仙芝乃分三軍：使疏勒守捉使趙崇玭統三千騎趣吐蕃連雲堡，自北谷入。」〔後晉〕劉昫：《舊唐書》，頁3203～3204。

[註100] 聞一多：《岑嘉州繫年考證》，收入朱自清、郭沫若編：《聞一多全集》（台北：里仁書局，2000年1月），第3冊，頁138。

[註101] 〔唐〕岑參撰；陳鐵民、侯忠義注：《岑參集校注》，頁290。

遷為神策軍節度，上元二年（761）二月，史思明領兵西進，衛伯玉將其擊退，復於永寧（河南省洛寧縣）一帶大破敵軍，〔註102〕由詩末「東去掃胡塵」一句可知，本詩當作於這兩個時間點間，「赤驃馬」所指究竟為何，目前尚無定論，或為前文所說的大宛名駒桃花叱撥，也有可能是由西北鐵勒諸部的貢馬中所配育繁衍之珍貴品種，〔註103〕岑參細膩描繪此匹神駒的外型、顏色、姿態、速度，以及牠走在首都街道上所受到之關注，藉此來襯托主人衛伯玉入朝覲見天子時的英姿勃發、神采飛揚，而馬鞭上所鑲嵌之「珊瑚」，亦為自西域傳入中土的稀奇異物，〔註104〕愈能彰顯邊將之富貴顯達，赤驃馬、珊瑚鞭這些詞彙化於詩裡，既昭示漢人王朝對周邊民族的威懾力，也反映詩人期盼己方軍隊掃除胡虜、收復失土之積極意識，而他渴慕功名榮寵的心理狀態，亦體現於其異物敘寫中。

　　除了上述列舉的物產、文物之外，西域的音樂以及歌舞，亦於胡風盛行的唐代大量傳入中原，〔註105〕並體現於岑參的邊塞詩裡，〈田使君美人如蓮花舞北旋歌〉有云：

〔註102〕見《舊唐書・衛伯玉傳》：「乾元二年十月，逆賊史思明遣偽將李歸仁鐵騎三千來犯，伯玉以數百騎於疆子阪擊破之，……轉四鎮、北庭行營節度使，獻俘百餘人至闕下，詔解縛而赦之，遷伯玉神策軍節度。上元二年二月，史思明領眾西下圖長安，史朝義率其黨夜襲陝州，伯玉以兵逆擊，大破賊於永寧。」〔後晉〕劉昫：《舊唐書》，頁3378。

〔註103〕見《舊唐書・鐵勒傳》：「骨利幹北距大海，去京師最遠，自古未通中國，貞觀中遣使來朝貢，……獻良馬十四，太宗奇其駿異，為之制名，號為十驥：……七曰發電赤，……十曰奔虹赤。」〔後晉〕劉昫：《舊唐書》，頁5349。《唐會要・卷七十二》：「貞觀二十一年八月十七日，骨利幹遣使朝貢，獻良馬百匹，其中十四尤駿，……噴沫則千里飛紅，流汗則三條振血，塵不及起，影不暇生。」〔宋〕王溥：《唐會要》，收入《叢書集成初編》（北京：中華書局，1985年），頁1302。

〔註104〕見《漢書・西域傳》：「罽賓地平，溫和，……以金銀為錢，文為騎馬，幕為人面，出封牛……珊瑚、虎魄、璧流離。」〔漢〕班固撰；〔唐〕顏師古注；楊家駱編：《新校本漢書并附編二種》，頁3885。

〔註105〕見《隋唐史》：「玄宗時西方樂譜大量輸入，……唐代音樂大體為西域化，又可從樂工多胡人或胡裔表現之，……西域之樂常與舞相配合，故唐世亦盛行樂舞。」岑仲勉：《隋唐史》，頁634～636。

如蓮花，舞北旋，世人有眼應未見。高堂滿地紅氍毹，試舞一曲天下無。此曲胡人傳入漢，諸客見之驚且嘆。曼臉嬌娥纖復穠，輕羅金縷花蔥蘢。回裙轉袖若飛雪，左旋右旋生旋風。琵琶橫笛和未匝，花門山頭黃雲合。忽作出塞入塞聲，白草胡沙寒颯颯。翻身入破如有神，前見後見回回新。始知諸曲不可比，採蓮落梅徒聒耳。世人學舞祇是舞，姿態豈能得如此。〔註106〕

陳鐵民將本詩繫於天寶十載（751），以為此乃岑參往返於西域各地時所作，詩中所提的「北旋舞」，蓋為盛行於康國（今烏茲別克撒馬爾罕）等昭武九姓居住區域之「胡旋舞」，〔註107〕屬於一種風格較為剛健明快的舞蹈，〔註108〕詩人描述田使君府內的某位美艷歌姬，在鋪滿鮮紅地毯的廳堂上翩然起舞，此種極具異國風情之樂舞，使在場所有來自中土的賓客大為驚嘆，歌姬的容顏、妝扮、體態、服飾及輕盈迴旋之飄逸舞姿，配合胡族樂器演奏的蒼涼曲調，〔註109〕共同呈現一種悲壯淒美之感受，也令中原士人如癡如醉，久久不能自已，諸如北旋、氍

〔註106〕 〔唐〕岑參撰；陳鐵民、侯忠義注：《岑參集校注》，頁124。

〔註107〕 見《通典》：「康國樂，二人皂絲布頭巾，緋絲布袍，錦衿，舞二人，緋襖，錦袖，……舞急轉如風，俗謂之胡旋。」〔唐〕杜佑：《通典》（台北：大化書局，1978年4月），頁1219。《唐會要》：「康國，本康居之苗裔，……開元初，屢遣使獻鎖子甲、水晶桮，及越諾侏儒人、胡旋女子。……史國，……與康國同域，……開元十五年，其王阿忽必多延屯遣使獻胡旋女子及豹。」〔宋〕王溥：《唐會要》，頁1774～1777。

〔註108〕 見《隋唐史》：「唐舞分健舞、軟舞，意即武舞、文舞之派別，……《樂府雜錄》則健舞為《阿連》、《柘枝》、《劍器》、《胡旋》及《胡騰》，……胡旋，開、天間，康、米、史，俱密諸國屢獻胡旋女子，知其舞風行於九姓胡，非只出自康國。」岑仲勉：《隋唐史》，頁636～637。

〔註109〕 詩中「出塞」、「入塞」之語，本指漢樂府曲目，歸類於「橫吹曲辭」，《樂府詩集・卷二十一》：「橫吹曲，其始亦謂之鼓吹，馬上奏之，蓋軍中之樂也，北狄諸國，皆馬上作樂，……其後魏武北征烏丸，越沙漠而軍士思歸，於是減為中鳴，尤更悲矣。」〔宋〕郭茂倩編撰：《樂府詩集》（台北：里仁書局，1999年1月），頁309。

觥、琵琶、橫笛、出塞、入塞等詞彙，盡皆標識此處的獨特氛圍，亦映現詩人對於邊疆異物的驚奇之感。

第三節　小結

誠如《文心雕龍》所言，創作者內心的各種情感，必然與其所在之地的景觀及風物產生關聯，高適、岑參皆就其置身邊塞的所見所聞進行描繪，藉此表述當下的心境與體悟。然而，值得特別注意的是，在真實經驗的呈現之餘，兩者的詩篇裡亦存在眾多虛筆渲染之處，結合華夏民族固有的歷史記憶與文化意蘊，寄寓中原文人對於異域、異族的想像及臆測，透過特殊的時空場景來塑造邊陲之地的苦態，呈現基層士卒戍守前線的艱辛與幕府文人羈留他鄉的寂寥，將「胡漢交戰的斑駁歷史」以及「唐帝國對於周邊民族的征伐」搬上文學舞台進行展演。此外，在物產、器物意象的運用方面，二人自有其固定敘寫脈絡，諸如長城、胡笳、琵琶、貂裘、赤驃等詞彙，既能明確標識當地迥異於中土的獨特氛圍，也蘊含創作者內心當下的各種複雜情思，這種虛實相間、交錯運用的鋪陳手法，最早可上溯自南朝邊塞詩，用以建構漢族士大夫的集體歷史想像以及文化身份認同，並被以高適、岑參為首的盛唐邊塞詩人所接受與沿襲，反覆套用於其詩篇中，頗有值得深入探究之處。

第五章　結　論

　　有唐一代,乃詩歌的黃金國度,明初詩論家高棅將其分為初、盛、中、晚四期,所謂盛唐,即指自玄宗開元元年(713)迄代宗大曆元年(766),一個為期五十年左右的重要階段。在這段期間,唐帝國的國力再度邁向巔峰,政局的穩定,經濟的繁榮,皆為藝文發展奠定良好的基礎,就詩歌創作而言亦然,此時眾體兼備、名家輩出,隨著王朝的積極擴張,邊政制度的變革,眾多仕宦不遂的文人相繼從戎赴邊、投身幕府,以塞外風物、征戍生活等題材為敘寫主軸的邊塞詩派因而蔚為流行,在中國文學史上寫下輝煌燦爛的一頁。高適、岑參作為其中最具代表性的巨擘,其詩篇的質量與數量皆屬上乘,備受時人與後世關注,惟其多寄託文人士大夫置身邊地時的觀感與情思,亦揉合源遠流長的歷史記憶與文化論述,故本文擬以二人作品為例,藉此建構盛唐邊塞詩人對於域外之共通視野與想像世界,並獲得結論如下:

一、以尊王攘夷作為敘寫的基礎態度

　　高適、岑參詩中關於戰爭、胡地與胡人的描繪,體現盛唐邊塞詩對自我／邊界在政治及文化上之演繹與詮釋。就政治意識而言,高、岑二人皆在其邊塞詩中詳加闡釋對於戰爭之觀點,戰爭的殘酷本質無法改變,向來標榜仁愛精神的儒家諸賢,遂聚焦於發起戰爭的背後動機,亦即「師出有名」之必要,試圖從實踐仁義的角度來審視戰爭,

強調王師出征並非為了滿足統治者的一己之私，而須具備道德層面的正當性，藉由廣披恩澤感召天下蒼生，使其不論遠近，咸來歸服，體現自《尚書》體系之中便已確立的弔民伐罪思想，而此論述分為二種，首先，誅殺殘暴無行的異邦首領，拯救當地百姓於水火中，使其得以脫離未施仁義的苛刻政治；其次，醇厚邊疆澆薄的風俗民情，使異域黎民得以接受聖朝教化，改變其原本野蠻失序的鄙陋生活。上述觀念全為高適、岑參所接受沿襲，兩者側重的焦點雖不盡相同，卻皆於詩歌裡呈現其內心對「征討有罪之人，藉以撫慰天下蒼生」的政治觀之闡釋。

就文化脈絡言，針對早在先秦時期便已成形的華夷秩序觀，高適與岑參皆於其邊塞詩中進行更深入的詮釋，可分為下列二種，首先，就申明華夏文化之正統地位言，或聲稱本國政教制度具優越性，或描繪關於四夷賓服的理想願景，或強調己方政權受命於天的法統，並在戰爭敘寫之中極言王師軍容之壯盛以及各方異族之必敗，充分展示漢人士子對自身文明的高度信心。其次，或控訴邊疆蠻夷之偏邪不正，對其提出貪婪嗜慾、殘暴好戰等眾多主觀的尖銳批判，亦反覆陳述外族入寇對中原地區造成的劇烈破壞，與廣大人民所承受的無窮苦難，體現中原士大夫審視異族時所流露的鄙夷、警戒、仇視等複雜心態，安史之亂爆發以後，文人對蠻夷猾夏的憤慨情緒急遽高漲，尊王攘夷之民族意識愈發昂揚，皆映現於高、岑的邊塞詩歌中。

二、以內聖外王思索邊境的處置手段

提升個人內在學養，對外施行仁政王道，向來是儒家所重視的核心價值，也是歷代知識份子奉行不渝的圭臬，就高適、岑參而言亦然，但是，自開元中末葉以迄天寶年間，選舉制度實有欠公允，朝中權貴結黨營私、排除異己的情形層出不窮，進而嚴重地阻礙缺乏門第庇蔭的寒族士子之宦途，在報國無門，未能輔弼君王匡扶社稷的困境下，高、岑二人毅然奔赴邊疆，將「入幕獻策，以佐戎帥」視為實踐其淑世理想

之另類蹊徑，並多於其詩作中暢談邊境的處置手段，以及治國、平天下之願景。就平定天下言，二人皆反覆申明己身誓言安邦定國的豪情壯志，此論述分為二種，首先，就建立不朽功業言，或以古為喻，憑弔孫武、吳起、衛青、霍去病、竇憲等歷代名將的輝煌武功，既反映他們對於帝國興復前朝榮光之期許，亦體現其渴望參與其中，在對外戰爭裡立功留名的積極意識；或以今為比，關注當前瞬息萬變的邊境局勢，表述自身對於朝廷征討契丹、吐蕃以及西域諸部的正面觀感，足見其亟欲為國靖邊的恢弘氣概。其次，就排遣個人情志言，或自我引薦，寄託請求援引之意；或作詩贈答，勸勉朋友力圖振作，以期拜將封侯，足見其強烈入世情懷。當理想與現實相牴觸，遠大抱負未能實現之際，兩者亦多藉詩歌抒解其壯志未酬、老大無成的不盡愁思，體現其渴求功名，至老未曾或忘的心理狀態。

就勸諫君主言，高適、岑參同樣經歷年少清寒貧困的生活，對廣大人民的苦痛自是深有體會，故其多於詩中申明為政之道以及治國規箴，此意識化於邊塞詩裡則轉為對制敵策略、軍政管理的闡述，可分成下列二種，首先，勸諫國君心繫蒼生、廣納賢才，或言帝王須痌瘝在抱，以百姓為念，方能拯救人民於水火；或言底層士卒命若螻蟻，遲未能返鄉的悲慘處境，期盼當局盡早結束戰爭，藉以化解征人思婦之苦；或言布衣求仕的不易，告誡朝廷應重視戰功，公正拔擢人才，勿使寒門仕進之路為權貴所阻塞。其次，暢言用兵計策、盱衡邊境形勢，或言須斟酌損益，勿再執著拘泥於徒勞無功的和親、羈縻政策；或言應以戰止戰，唯有畢其功於一役，徹底殲滅敵寇的武裝力量，方能換取邊境的長久和平與穩定；或言當適時調整邊境戰略部署以及相關人、物力資源配置，藉此取得最終的勝利。除此之外，二人亦嘗以較客觀的視角揭露己方軍隊之黑暗面，批判高階將領的驕奢逸樂及其隱匿敗績、爭功諉過等劣行，提醒君王應留意執掌兵符者的品格與操守，盡皆體現其邊塞詩中的豐富內涵與思想深度。

三、以結合歷史想像域外的異國風貌

　　高適、岑參詩中有關邊疆場域以及異地風物的敘寫，反映盛唐邊塞詩人對域外之觀察與詮釋，既印證詩歌藝術創作與作家個人情思的關聯性，亦體現傳承了上千餘年的豐富歷史、文化意涵。就場域描繪言，高、岑二人皆沿襲南朝士大夫的敘寫策略，將幽薊、營州、河西、隴右與安西四鎮等區域塑造成飽含苦楚的荒服之地，以此昭示中原王朝的正統地位與文化優越性，此般論述又可再細分為二種，首先，就時序流轉言，他們皆側重於對秋、冬二季之闡發，延續漢族文人固有的季節書寫傳統，清晰展演羈留在外的遊子內心之蕭瑟悲涼與孤獨寂寥。其次，就景域空間言，兩者慣用風雪、冰霜、塵沙、荒磧等詞彙來凸顯塞外之苦態，皆以虛實交錯的敘寫手法巧妙結合「真實感官體驗」以及「虛擬想像幻境」，但其詮釋角度與表現技巧卻是各異其趣，大體而言，高適偏好勾勒遠景，常藉由蒼茫天際、巍峨山巒等意象來直抒胸臆，既言前線士卒征戍之苦，亦表達他對邊地戰事的殷切憂慮，以及自身空有凌雲壯志，卻始終報國無門之淒涼悲愴。至於岑參兩度出塞期間的寫景詩篇，自有其蛻變歷程，前期多藉周遭景物烘托己身懷鄉愁緒，後期則逐步拓展詩歌思想境界，以更恢弘的視角來表述唐帝國在西域的軍事擴張，極力描繪當地夏季酷熱、冬季嚴寒之自然景觀，呈現新疆一帶極苛刻的氣候條件，進而襯托出王師在此惡劣環境下所展現的高昂鬥志以及令四夷咸感畏服之磅礴氣勢，充份體現其雄奇壯麗，極富浪漫主義色彩的邊塞詩風。

　　就風物形容言，高適、岑參亦多於其詩篇中提及邊地的自然物產、人文資源及其民情風俗，二人的觀察與詮釋也各有異同，此論述亦可分為二種，首先，就環扣歷史之文化遺跡言，高適首度出塞時所置身的幽州、薊州、營州，位處春秋戰國時期的燕國轄地，因其與內蒙古草原接壤，長期面臨北方胡人南侵的威脅，故當地軍民遂不斷修築邊防工事以抵禦之，秦漢帝國為抗擊匈奴，亦致力於使此道防禦體系漸趨完備，是以長城、關塞等詞彙，便逐漸被賦予特殊意涵，成為一種能區分

內外、辨別華夷之文化符號，並具體展現於高適的邊塞詩篇，東北地區深受胡人遊牧文化影響的粗獷、剽悍民風，也在其詩中得到充分詮釋，反映詩人對異族的警戒與征服心理。其次，就詮釋邊地之物產文物言，河隴與西域異於中土的飲食、服裝、建築、擺飾、樂器，盡皆化於高適與岑參的邊塞詩中，反映他們身處異域時的各種情思，或言羈留異鄉之孤寂，或言未遇明主之惆悵，或言對於四夷賓服之期許，或言渴慕功名之殷切，抑或表述自身審視政軍情勢的觀感，其中有關胡笳、葡萄、苜蓿以及西域名駒等異物之敘寫，則盡皆體現邊塞詩裡極為豐富的歷史記憶與文化底蘊。

　　以高適或岑參為例的盛唐邊塞詩研究，迄今已取得甚為豐碩可觀的成果，本文在現有的基礎之上，力求創新與突破，綜論此二人以邊塞題材為書寫對象的詩篇，並就「政治觀點」、「民族意識」、「歷史脈絡」、「文化意蘊」以及「士大夫淑世精神」等面向進行闡述，從中歸納兩者的共通之處，藉以瞭解在此波瀾壯闊的盛世之下，為數眾多的邊塞詩人對域外所抱持的普遍觀感與想像，文中對於高、岑作品的分類方式，有別於過往以句式結構、用韻技巧、語言風格或是整體意境等面向為依據的傳統邊塞詩研究，希望藉此論文章節安排的設定，能提供未來的研究者在思索上的一條另類蹊徑，或可將其延伸運用至各種題材的詩歌之探討，藉以剖析其他境遇與高適、岑參相似的唐代士人之心理世界。再者，高、岑二人皆嘗寓居塞外多年，其詩篇皆就其切身軍旅體驗而寫，足以作為研究唐朝與契丹、吐蕃等民族的互動關係之一手史料，本文試圖藉由對於兩者詩歌之闡述，從中拼湊還原更為清晰、真實的帝國面貌，以期瞭解此封建王朝的對外態度與主張，及其自身在快速發展變遷之下所面臨的各種困境，上述成果亦可供研究唐代邊患、軍政及異域文化者作參考。

參考書目

一、傳統文獻

（一）高適、岑參詩集

1. 〔唐〕高適撰；阮廷瑜注：《高常侍詩校注》（台北：國立編譯館中華叢書編審委員會，1965 年）。

2. 〔唐〕高適撰；孫欽善注：《高適集校注》（上海：上海古籍出版社，1984 年 2 月）。

3. 〔唐〕高適撰；劉開揚注：《高適詩集編年箋註》（北京：中華書局，2000 年 1 月）。

4. 〔唐〕岑參撰；劉開揚注：《岑參詩集編年箋註》（成都：巴蜀書社，1995 年 11 月）。

5. 〔唐〕岑參撰；廖立注：《岑嘉州詩箋注》（北京：中華書局，2004 年 9 月）。

6. 〔唐〕岑參撰；陳鐵民、侯忠義注：《岑參集校注》（上海：上海古籍出版社，2004 年 9 月）。

（二）其他典籍

1. 〔周〕佚名撰；高亨注：《詩經今注》（上海：上海古籍出版社，2009 年 5 月）。

2. 〔周〕李耳撰；〔魏〕王弼注；〔唐〕陸德明釋文：《老子道德經注》（台北：世界書局，1957 年 9 月）。

3. 〔周〕左丘明傳；〔晉〕杜預注；〔唐〕孔穎達疏：《春秋左傳正義》，收入李學勤編：《十三經注疏》（北京：北京大學出版社，2001 年 9 月）。

4. 〔周〕左丘明撰；〔清〕董增齡正義：《國語正義》（成都：巴蜀書社，1985 年 4 月）。

5. 〔周〕商鞅撰；朱師轍解詁：《商君書解詁定本》（台北：華正書局，1975 年 3 月）。

6. 〔周〕孟軻撰；〔清〕焦循正義：《孟子正義》（台北：文津出版社，1988 年 7 月）。

7. 〔周〕莊周撰；〔清〕王夫之注：《莊子解》（香港：中華書局，1976 年 3 月）。

8. 〔周〕荀況撰；〔唐〕楊倞注：《荀子》（北京：中華書局，1985 年 2 月）。

9. 〔周〕韓非撰；陳奇猷注：《韓非子新校注》（上海：上海古籍出版社，2000 年 10 月）。

10. 〔漢〕毛亨傳；〔漢〕鄭玄箋：《毛詩鄭箋》（台北：新興書局，1964 年 3 月）。

11. 〔漢〕毛亨傳、鄭玄箋；〔唐〕孔穎達疏：《毛詩正義》，收入李學勤主編：《十三經注疏》（北京：北京大學出版社，2001 年 9 月）。

12. 〔漢〕董仲舒撰；鍾肇鵬主編：《春秋繁露校釋》（濟南：山東友誼出版社，1994 年 12 月）。

13. 〔漢〕孔安國傳；〔唐〕孔穎達疏：《尚書正義》，收入李學勤主編：《十三經注疏》（北京：北京大學出版社，2001 年 9 月）。

14. 〔漢〕公羊壽傳、何休解詁；〔唐〕徐彥疏：《春秋公羊傳注疏》，收入李學勤主編：《十三經注疏》（北京：北京大學出版社，2001

年 9 月）。

15. 〔漢〕司馬遷撰；〔劉宋〕裴駰集解；〔唐〕司馬貞索隱；〔唐〕張
守節正義：《史記三家注》（台北：漢京文化事業有限公司，1981
年 4 月）。

16. 〔漢〕司馬遷撰；〔日〕瀧川龜太郎考證：《史記會注考證》（台北：
漢京文化事業有限公司，1983 年 9 月）。

17. 〔漢〕劉向撰；石光瑛校釋：《新序校釋》（北京：中華書局，2001
年 1 月）。

18. 〔漢〕班固撰；〔唐〕顏師古注；楊家駱主編：《新校本漢書并附編
二種》（台北：鼎文書局，1997 年 10 月）。

19. 〔漢〕劉熙撰；〔清〕畢沅疏證：《釋名疏證》，收入《叢書集成初
編》（北京：中華書局，1985 年）。

20. 〔晉〕陳壽撰；〔劉宋〕裴松之注；盧弼集解：《三國志集解》（台
北：漢京文化事業有限公司，1981 年 4 月）。

21. 〔晉〕干寶撰；汪紹楹校注：《搜神記》（台北：里仁書局，1982 年
9 月）。

22. 〔劉宋〕范曄：《後漢書》（北京：中華書局，1987 年 10 月）。

23. 〔劉宋〕范曄撰；〔唐〕李賢注；〔清〕王先謙集解：《後漢書集解》
（北京：中華書局，1984 年 2 月）。

24. 〔劉宋〕劉義慶編；〔梁〕劉孝標注；龔斌校釋：《世說新語校釋》
（上海：上海古籍出版社，2011 年 12 月）。

25. 〔北魏〕酈道元撰；陳橋驛點校：《水經注》（上海：上海古籍出版
社，1990 年 9 月）。

26. 〔梁〕劉勰撰；王更生注：《文心雕龍讀本》（台北：文史哲出版社，
1984 年 3 月）。

27. 〔梁〕鍾嶸撰；徐達譯注：《詩品》（台北：地球出版社，1994 年 5
月）。

28. 〔梁〕蕭統編；〔唐〕李善注：《昭明文選》（鄭州：中州古籍，1990
年 10 月）。

29. 〔唐〕歐陽詢編；汪紹楹校：《藝文類聚》（上海：上海古籍出版社，
1999 年 5 月）。

30. 〔唐〕房玄齡撰；楊家駱編：《新校本晉書並附編六種》（台北：鼎
文書局，1976 年 10 月）。

31. 〔唐〕魏徵撰；楊家駱主編：《新校本隋書》（台北：鼎文書局，1975
年 3 月）。

32. 〔唐〕李白撰；〔清〕王琦注：《李太白全集》（北京：中華書局，
1977 年 9 月）。

33. 〔唐〕杜甫撰；〔清〕仇兆鰲注：《杜詩詳注》（台北：里仁書局，
1980 年 7 月）。

34. 〔唐〕芮挺章編：《國秀集》，收入傅璇琮、陳尚君、徐俊編：《唐
人選唐詩新編》（北京：中華書局，2014 年 11 月）。

35. 〔唐〕殷璠編：《河岳英靈集》，收入傅璇琮、陳尚君、徐俊編：《唐
人選唐詩新編》（北京：中華書局，2014 年 11 月）。

36. 〔唐〕瞿曇悉達編：《開元占經》（台北：台灣商務印書館，1973 年
10 月）。

37. 〔唐〕杜佑：《通典》（台北：大化書局，1978 年 4 月）。

38. 〔後晉〕劉昫：《舊唐書》（北京：中華書局，1975 年 5 月）。

39. 〔後晉〕劉昫撰；楊家駱主編：《新校本舊唐書》（台北：鼎文書局，
1976 年 10 月）。

40. 〔宋〕王溥撰：《唐會要》，收入《叢書集成初編》（北京：中華書
局，1985 年）。

41. 〔宋〕李昉編：《太平廣記》（北京：中華書局，1961 年 9 月）。

42. 〔宋〕司馬光：《資治通鑑》（台北：中華書局，1969 年 11 月）。

43. 〔宋〕郭茂倩編撰：《樂府詩集》（台北：里仁書局，1999 年 1 月）。

44.〔宋〕李石:《續博物志》,收入《叢書集成初編》(北京:中華書局,1985 年)。

45.〔宋〕朱熹:《四書章句集注》,收入〔宋〕朱熹撰;朱傑人、嚴佐之、劉永翔主編:

46.《朱子全書》(上海:上海古籍出版社,2002 年 12 月)。

47.〔宋〕洪邁:《容齋隨筆》(上海:上海古籍出版社,1978 年 7 月)。

48.〔宋〕劉克莊:《後村詩話》(北京:中華書局,1983 年 12 月)。

49.〔宋〕嚴羽撰;郭紹虞校釋:《滄浪詩話校釋》(台北:里仁書局,1987 年 4 月)。

50.〔元〕辛文房:《唐才子傳》(北京:中華書局,1991 年 5 月)。

51.〔明〕高棅:《唐詩品彙》(台北:學海出版社,1983 年 7 月)。

52.〔明〕唐汝詢編;王振漢點校:《唐詩解》(保定:河北大學出版社,2001 年 9 月)。

53.〔清〕孫希旦撰;沈嘯寰、王星賢點校:《禮記集解》(台北:文史哲出版社,1990 年 8 月)。

54.〔清〕孫星衍:《尚書今古文註疏》(濟南:山東友誼書社,1991 年 10 月)。

55.〔清〕徐松撰;孟二冬補正:《登科記考補正》(北京:燕山出版社,2003 年 7 月)。

56.〔清〕彭定求主編:《御定全唐詩》(台北:明倫出版社,1971 年 5 月)。

57.〔清〕董誥編:《全唐文》(北京:中華書局,1983 年 11 月)。

58.〔清〕雷學淇:《竹書紀年義證》(台北:藝文印書館,1977 年 5 月)。

59.〔清〕劉熙載:《藝概》(台北:金楓出版社,1986 年 12 月)。

二、近人專著

1. 英·杜希德主編；張榮芳譯；高明士校訂：《劍橋中國史》（台北：南天書局，1987 年 9 月）。

2. 美·梅維恆編；馬小悟譯：《哥倫比亞中國文學史》（北京：新星出版社，2016 年 7 月）。

3. 王文進：《南朝邊塞詩新論》（台北：里仁書局，2000 年 12 月）。

4. 王文進：《南朝山水與長城想像》（台北：里仁書局，2008 年 6 月）。

5. 史墨卿：《岑參研究》（台北：台灣商務印書館，1985 年 2 月）。

6. 左雲霖：《高適傳論》（北京：人民文學出版社，1985 年 5 月）。

7. 田曉菲：《烽火與流星》（新竹：國立清華大學出版社，2009 年 8 月）。

8. 李豐楙：《六朝隋唐仙道類小說研究》（台北：學生書局，1986 年 4 月）。

9. 李劍國輯校：《唐五代傳奇集》（北京：中華書局，2015 年 5 月）。

10. 李寰：《新疆研究》（台北：四川文獻研究社，1977 年 2 月）。

11. 何寄澎：《總是玉關情：唐代邊塞詩初探》（台北：聯經出版社，1978 年 6 月）。

12. 佘正松：《高適研究》（成都：巴蜀書社，1992 年 8 月）。

13. 吳宗國：《唐代科舉制度研究》（瀋陽：遼寧大學出版社，1997 年 3 月）。

14. 岑仲勉：《隋唐史》（石家莊：河北教育出版社，2000 年 12 月）。

15. 杜維明撰；陳靜譯：《儒教》（台北：麥田出版社，2002 年 12 月）。

16. 周勛初、姚松：《高適和岑參》（上海：上海古籍出版社，1994 年 3 月）。

17. 周勛初：《高適年譜》，收入周勛初：《周勛初文集》（南京：江蘇古籍出版社，2000 年 9 月）。

18. 孫映逵：《岑參詩傳》（鄭州：中州古籍出版社，1989 年 12 月）。

19. 崔明德：《中國古代和親史》（北京：人民出版社，2005 年 7 月）。

20. 喬象鍾、陳鐵民編：《唐代文學史》（北京：人民文學出版社，1995 年 12 月）。

21. 葛兆光：《何為中國：疆域民族文化與歷史》（香港：牛津大學出版社，2014 年 6 月）。

22. 廖立：《岑參評傳》（北京：人民文學出版社，1990 年 8 月）。

23. 聞一多：《岑嘉州繫年考證》，收入朱自清、郭沫若等編：《聞一多全集》（台北：里仁書局，2000 年 1 月）。

24. 臺靜農：《中國文學史》（台北：台大出版中心，2016 年 4 月）。

25. 蔡振念：《高適詩研究》（台北：花木蘭文化出版社，2008 年 9 月）。

三、期刊暨學位論文

（一）期刊論文

1. 王劉純：〈岑參交游考辨——閻防、杜位與嚴維〉《河南大學學報·哲學社會科學版》（1988 年第 5 期）。

2. 王玉梅：〈高適岑參邊塞詩異同論〉《天津師大學報·社會科學版》（1999 年第 4 期）。

3. 王勛成：〈岑參去世年月辨考〉《蘭州大學學報》（1990 年第 4 期）。

4. 王勛成：〈有關岑參生平的幾個問題〉《寧夏大學學報·社會科學版》（1993 年 2 期）。

5. 王勛成：〈岑參入仕年月及生年考〉《文學遺產》（2003 年第 4 期）。

6. 王偉康：〈高適、岑參邊塞詩創作風格差異及其成因探賾〉《揚州大學學報·人文社會科學版》（2003 年第 6 期）。

7. 王樹森：〈唐蕃角力與盛唐西北邊塞詩〉《北京大學學報·哲學社會科學版》（2014 年第 4 期）。

8. 王永莉：〈唐代邊塞詩「絕域」意象的歷史地理學考察〉《人文雜誌》（2014 年 10 期）。

9. 王小艷：〈地域性視角下唐代陝北邊塞詩主題類型解讀〉《出版廣角》（2018 年 21 期）。

10. 木齋：〈論初盛唐邊塞詩的演進和類型〉《新疆師範大學學報・哲學社會科學版》（2005 年第 1 期）。

11. 仇鹿鳴、唐雯：〈高適家世及其早年經歷釋證——以新出《高崇文玄堂記》、《高逸墓志》為中心〉《社會科學》（2010 年第 4 期）。

11. 左雲霖：〈尚武社會風氣的形成及其對盛唐邊塞詩的影響〉《社會科學輯刊》（1984 年第 4 期）。

12. 冉旭：〈論盛唐詩人入幕的實況和對邊塞詩的影響——從明人「例就辟外幕」說談起〉《上海師範大學學報・哲學社會科學版》（2000 年第 4 期）。

13. 史國強、趙婧：〈岑參赴安西路途考證〉《新疆大學學報・哲學社會科學版》（2007 年第 1 期）。

14. 朱秋德：〈論唐代西域地理名稱的變遷——岑參詩中的安西、北庭、磧西、鎮西〉《石河子大學學報・哲學社會科學版》（2003 年第 3 期）。

15. 朱秋德：〈以詩證史：岑參邊塞詩中有關唐代西域名稱的變遷〉《中國文學研究》（2006 年第 1 期）。

16. 曲琨：〈盛唐邊塞詩繁榮的歷史原因〉《探索與爭鳴》（2006 年第 4 期）。

17. 伍鈞鈞：〈高適李白杜甫同游梁宋探析〉《中國文化研究》（2017 年第 3 期）。

18. 阮廷瑜：〈高適交遊考〉《大陸雜誌》第 30 卷 7 期～第 30 卷 8 期（1965 年 4 月）。

19. 祁立峰：〈經驗匱乏者的遊戲——再探南朝邊塞詩成因〉，《漢學研究》第 29 卷第 1 期（2011 年 3 月）。

20. 佘正松：〈九曲之戰與高適詩歌中的愛國主義〉《文學遺產》（1981

年第 1 期）。

21. 吳肅森：〈敦煌殘卷高適佚詩初探〉《敦煌研究》（1985 年第 3 期）。

22. 吳相洲：〈從岑參在封常清幕的處境、職責看其詩歌戰報式特點〉《社會科學輯刊》（2000 年第 2 期）。

23. 余嘉華：〈高適《李雲南征蠻詩》有關史實辨略〉《雲南師範大學學報·哲學社會科學版》（1986 年第 5 期）。

24. 余恕誠、王樹森：〈論初盛唐東北邊塞詩及其政治軍事背景〉《吉林師範大學學報·人文社會科學》（2014 年第 1 期）。

25. 何蕾：〈唐代邊塞詩對漢代歷史文化的記憶與書寫〉《中南民族大學學報·人文社會科學版》（2013 年第 5 期）。

26. 辛曉娟：〈杜甫與高適蜀中關係新論〉《中國典籍與文化》（2014 年第 2 期）。

27. 李無未：〈高適岑參詩韻系異同比較〉《延邊大學學報·社會科學版》（1990 年 4 期）。

28. 李羿萱：〈岑參西域詩中的火山、赤亭、走馬川考〉《西北史地》（1995 年第 4 期）。

29. 李智君：〈詩性空間：唐代西北邊塞詩意象地理研究〉《寧夏社會科學》（2004 年第 6 期）。

30. 李厚瓊：〈岑參入蜀未與杜鴻漸同行〉《內江師範學院學報》（2005 年第 3 期）。

31. 李厚瓊：〈岑參蜀中交游考〉《樂山師範學院學報》（2006 年第 9 期）。

32. 李芳民：〈岑參安西之行事跡新考〉《復旦學報·社會科學版》（2014 年第 5 期）。

33. 周勛初：〈高適生平若干問題的探討——兼評文學研究所《唐詩選》〉《文學評論》（1979 年第 2 期）。

34. 邵文實：〈敦煌遺書 P3812 號中所見高適詩考辨〉《文獻》（1997 年第 1 期）。

35. 胡大浚：〈岑參「西征」詩本事質疑——讀岑參詩札記之一〉《西北師大學報・社會科學版》（1981 年第 3 期）。

36. 胡大浚：〈邊塞詩之涵義與唐代邊塞詩的繁榮〉《西北師大學報・社會科學版》（1986 年第 2 期）。

37. 胡大浚：〈唐代社會文化心理與唐代邊塞詩〉《唐代文學研究》（1992 年第 00 期）。

38. 禹克坤：〈如何評價唐代邊塞詩〉《文學評論》（1981 年第 3 期）。

39. 禹克坤：〈唐代邊塞詩與民族問題〉《中央民族學院學報》（1991 年第 2 期）。

40. 郁賢皓：〈高適研究的可喜成果——評《高適年譜》〉《文學評論》（1984 年第 5 期）。

41. 姜玉琴：〈論盛唐邊塞詩對「漢文本」的引用與改寫〉《上海大學學報・社會科學版》（2016 年第 6 期）。

42. 孫欽善：〈高適年譜〉《北京大學學報・人文科學版》（1963 年第 6 期）。

43. 孫欽善：〈高適年譜諸疑考辨〉《北京大學學報・哲學社會科學版》（1983 年第 4 期）。

44. 孫欽善：〈《高適集》版本考〉《文獻》（1982 年第 1 期）。

45. 孫欽善：〈《高適集》校敦煌殘卷記〉《文獻》（1983 年第 3 期）。

46. 孫映逵：〈岑參生年考辨〉《南京師大學報・社會科學版》（1981 年第 3 期）。

47. 孫映逵：〈岑參邊塞經歷考〉《徐州師範學院學報》（1984 年第 2 期）。

48. 孫植：〈岑參生年諸說辨疑〉《海南師範大學學報・社會科學版》（2013 年第 9 期）。

49. 徐無聞：〈高適詩文繫年稿〉《西南師範大學學報・人文社會科學版》（1980 年 2 期）。

50. 徐定祥：〈文章四友和盛唐邊塞詩——兼談邊塞詩的文學淵源〉《安徽大學學報》（1988 年第 4 期）。

51. 徐曉敬：〈從唐代邊塞詩看唐人對戰爭的態度〉《遼寧大學學報‧哲學社會科學版》（1999 年第 1 期）。

52. 徐煒紅：〈論盛唐邊塞詩空間美感的形成〉《短篇小說》（2018 年第 14 期）。

53. 柴劍虹：〈岑參邊塞詩和唐代的中西交往〉《西北大學學報‧哲學社會科學版》（1984 年第 1 期）。

54. 秦紹培、劉藝：〈論唐代邊塞詩及其繁榮原因〉《新疆大學學報‧哲學社會科學版》（1992 年第 1 期）。

55. 秦紹培、劉藝：〈論唐代邊塞詩的思想價值〉《新疆大學學報‧哲學社會科學版》（1993 年第 1 期）。

56. 馬登杰：〈岑參詩中的西域主將和僚佐〉《西域研究》（2009 年第 4 期）。

57. 夏國強：〈岑參西域詩史地學價值論略〉《昌吉學院學報》（2017 年第 1 期）。

58. 夏國強、李愛榮：〈岑參首赴安西路途與唐代絲綢之路南道〉《新疆大學學報‧哲學社會科學版》（2017 年第 5 期）。

59. 陳祥耀：〈邊塞詩——盛唐詩歌的驕傲〉《福建論壇‧文史哲版》（1984 年第 6 期）。

60. 陳再陽：〈盛唐邊塞詩人的心態與邊塞詩的創作〉《中文自學指導》（2001 年第 2 期）。

61. 陳鐵民：〈關於文人出塞與盛唐邊塞詩的繁榮——兼與戴偉華同志商榷〉《文學遺產》（2002 年第 3 期）。

62. 陸凌霄：〈高適《燕歌行》意蘊尋繹〉《廣西民族學院學報‧哲學社會科學版》（1995 年第 4 期）。

63. 張錫厚：〈敦煌本《高適詩集》考述〉《文獻》（1995 年第 4 期）。

64. 張子開：〈敦煌寫本《歷代法寶記》所見岑參事跡考〉《文學遺產》（2000 年第 6 期）。

65. 張玉娟：〈試論唐代邊塞詩「以漢喻唐」模式〉《山東社會科學》（2004 年第 3 期）。

66. 張馨心：〈高適研究述評〉《甘肅社會科學》（2011 年第 1 期）。

67. 張馨心：〈盛唐詩人高適、李白的人生選擇及交游關係新議〉《甘肅社會科學》（2013 年第 4 期）。

68. 崔玉梅：〈初盛唐邊塞詩的胡樂器解讀〉《甘肅聯合大學學報·社會科學版》（2006 年第 6 期）。

69. 陶成濤：〈唐代的音樂環境與樂府邊塞詩的繁榮——兼論唐代邊塞詩「親歷邊塞」之外的「想像邊塞」〉《杜甫研究學刊》（2018 年第 3 期）。

70. 彭蘭：〈高適繫年考證〉《文史》（1963 年第 3 輯）。

71. 彭蘭：〈關于高適研究中若干問題的探討〉《武漢師範學院學報·哲學社會科學版》（1982 年第 1 期）。

72. 喬長阜：〈杜甫與高適李白游宋中考辨——兼辨杜李游魯及杜入長安時間〉《杜甫研究學刊》（1995 年第 2 期）。

73. 曹芬：〈高適、岑參邊塞詩比較〉《安徽農業大學學報·社會科學版》（2006 年 4 期）。

74. 馮淑然：〈從初盛唐邊塞詩看東北民族關係〉《內蒙古民族大學學報·社會科學版》（2017 年第 3 期）。

75. 黃倩：〈論盛唐邊塞詩中的西域樂器意象——以琵琶、羌笛為例〉《蘭州教育學院學報》（2019 年第 6 期）。

76. 葉金：〈論盛唐邊塞詩〉《社會科學》（1983 年第 2 期）。

77. 楊曉靄、胡大浚：〈隴右地域文化與唐代邊塞詩〉《文史知識》（1997 年第 6 期）。

78. 楊曉靄、高震：〈岑參的西域行旅與「絲路」之作〉《寧夏師範學

院學報》（2014 年第 5 期）。

79. 路雲亭：〈盛唐邊塞詩文化性徵〉《太原師範學院學報・社會科學版》（2008 年 4 期）。

80. 雷鳴：〈唐代邊塞詩的文學地理學分析〉《語文建設》（2014 年第 20 期）。

81. 聞一多：〈岑嘉州繫年考證〉《清華學報》第 8 卷第 2 期（1933 年 6 月）。

82. 廖立：〈唐代戶籍制與岑參籍貫〉《中州學刊》（1986 年第 4 期）。

83. 廖立：〈岑參詩友考〉《鄭州大學學報・哲學社會科學版》（1991 年第 1 期）。

84. 廖立：〈高適征詣長安岑參獻書西周在洛陽辨〉《中州學刊》（1994 年第 2 期）。

85. 廖立：〈岑參生年再辨——兼及各說的論證方法〉《鄭州大學學報・哲學社會科學版》（1994 年第 6 期）。

86. 廖立：〈岑參赴西域時間路途考補〉《河南大學學報・社會科學版》（1995 年第 4 期）。

87. 廖立：〈吐魯番出土文書與岑參〉《新疆大學學報・哲學社會科學版》（1996 年 1 期）。

88. 廖立：〈岑參出游考〉《中州學刊》（1997 年第 2 期）。

89. 熊飛：〈《交河郡長行坊支貯馬料文卷》與岑參行年小考〉《敦煌研究》（1997 年第 3 期）。

90. 趙愛梅：〈慷慨激昂，豪放悲壯——高適、岑參邊塞詩奏響盛唐之音〉《青海社會科學》（2007 年第 3 期）。

91. 趙志強：〈初盛唐邊塞詩的時空描寫藝術再探〉《華北電力大學學報・社會科學版》（2016 年第 2 期）。

92. 劉尚勇：〈岑參生卒年考〉《成都大學學報・社會科學版》（1983 年第 2 期）。

93. 劉滿：〈岑參「西征」詩地名探討〉《西北師大學報·社會科學版》（1982 年第 4 期）。

94. 劉滿：〈高適詩地名考證〉《蘭州大學學報》（1984 年第 4 期）。

95. 劉漢初：〈梁朝邊塞詩小論〉，收入於香港中文大學中文系主編：《魏晉南北朝文學論集》（台北：文史哲出版社，1994 年 11 月）。

96. 賴義輝：〈岑參年譜〉《嶺南學報》第 1 卷第 2 期（1930 年 5 月）。

97. 盧葦：〈岑參西域之行及其邊塞詩中對唐代西域情況的反映〉《蘭州大學學報》（1980 年第 1 期）。

98. 霍然：〈論盛唐邊塞詩與唐人社會心態〉《江海學刊》（1996 年第 6 期）。

99. 燕曉洋：〈絲綢之路景觀與岑參邊塞詩空間想像〉《哈爾濱師範大學社會科學學報》（2017 年第 6 期）。

100. 戴偉華：〈對文人入幕與盛唐高岑邊塞詩幾個問題的考察〉《文學遺產》（1995 年第 2 期）。

101. 謝建忠：〈試探岑參詩中的西域胡人〉《西南民族學院學報·哲學社會科學版》（2001 年第 11 期）。

102. 謝建忠：〈吐魯番出土文書中交河郡騰過人馬與岑參詩關係考論〉《蘭州學刊》（2015 年第 2 期）。

103. 薛天緯：〈岑參詩與唐輪臺〉《文學遺產》（2005 年第 5 期）。

104. 譚優學：〈邊塞詩泛論〉，收入於西北師範大學中文系主編：《唐代邊塞詩研究論文選粹》（蘭州：甘肅教育出版社，1988 年 5 月）。

105. 龐琳：〈高適詩《同呂判官從哥舒大夫破洪濟城回登積石軍多福寺七級浮圖》史地考釋〉《青海民族學院學報》（1992 年第 1 期）。

160. 龐維躍：〈高適、岑參邊塞詩風格辨異〉《喀什師範學院學報》（2010 年第 4 期）。

（二）學位論文

1. 任文京：《唐代邊塞詩的文化闡釋》（保定：河北大學中國古代文

學博士論文，2004 年 6 月）。

2. 范武杰：《唐代西北邊塞詩山川意象研究》（蘭州：西北民族大學文藝學碩士論文，2014 年 5 月）。

3. 秦丹丹：《安史亂後李白、高適、杜甫關係研究》（保定：河北大學中國古代文學碩士論文，2017 年 6 月）。

4. 崔玉梅：《盛唐邊塞詩的戰爭與和平主題研究》（北京：中央民族大學中國古代文學碩士論文，2006 年 3 月）。

5. 楊金柱：《初盛唐邊塞詩的嬗變──以閨閣思婦與征夫游子的描寫為例》（北京：中國社會科學院研究生院中國古代文學碩士論文，2012 年 4 月）。

6. 劉文娟：《岑參送別詩初探》（西安：陝西師範大學中國古代文學所碩士論文，2012 年 5 月）。

7. 劉峰：《交游天下才，悲歌傷懷抱──高適交游詩研究》（北京：首都師範大學中國古代文學碩士論文，2012 年 5 月）。

8. 應曉琴：《唐代邊塞詩綜論》（上海：華東師範大學中國古代文學博士論文，2007 年 5 月）。